TINTA
DA
CHINA
| brasil |

VIAGEM NO PAÍS DA CRÔNICA

HUMBERTO WERNECK

SÃO PAULO
TINTA-DA-CHINA BRASIL
MMXXV

PRIMEIRO PLANO

TALVEZ

Talvez tenha sido a pomba morta espalmada con
tra o asfalto da Avenida Presidente Wilson. Talvez, o
livros do morto, os seus esplêndidos álbuns de pintura
dispostos nas estantes, em uma desordem de gente viva
Talvez a idéia do limite, os olhos da lebre acuada pelo
cães, Talvez as anotações cruas de um pedacinho d
papel; pagar as contas, colecionar estampas antigas, in
sistir com o sub-delegado. Talvez o calor úmido. O re
lato minucioso de uma aventura amorosa em uma e
talagem inglesa do seculo dezoito, talvez. Talvez os pé
inchados, as mãos enormes, as narinas do morto. Talve
Filipe, o Bárbaro, bêbado de vinho em cima de uma r
cha. A consciência, talvez, dos passos do senador, o se
pigarro na ante-sala, seus olhos que piscavam atrás d
óculos. A garrafa morna em cima da mesa. Talvez, ta
vez... Talvez o arquiteto que subiu a uma torre mu
alta, e caiu quando a multidão lhe agitava bandeiras c
loridas, e a adolescente se orgulhava de sua morte.

Poda a mo fusão

25.1.1992
Sábado

Entreato chuvoso

Otto Lara Resende

RIO DE JANEIRO — *Eu é que não vou falar mal do trópico. Todo clima tem vantagens e desvantagens. Tal e qual as quatro estações do ano em qualquer parte do mundo. Mas aqui, na nossa latitude, até os elementos da natureza de fato se ressentem de uma certa ordem. Dias e dias daquele calorão e, súbito, uma onda de frio. Tudo pode acontecer. Um temporal de todo tamanho, verdadeira calamidade pública. A enchente paralisa o trânsito, instala o caos.*

Águas inimigas, até a lagoa fica mal comportada. Falo da lagoa Rodrigo de Freitas, minha vizinha. Você pode não morar na praia, nem ver o mar. Mas ele está aí, nervoso, impaciente como ele é. Sempre recomeçado, como diz o poeta, mas agora, com o mau tempo, está é a fim de acabar com tudo. Vem

dia. O Sol se retira, agastado, p ver esse rude espetáculo. Tenha paciência, mas isto aqui, se ainc trecho da cidade, já nenhum c misso tem com a civilização começa o sertão chamado bruto.

Tudo pode acontecer nesse ar em que a barbárie vai sendo e segundo um feroz improviso. Deus, é o fim do mundo, pe bicho da terra tão pequeno – abrigo, ao léu. Sabe-se lá co repente mais uma vez estou salv gratias. Daqui a pouco, diss noite, sobrevém um dia novir folha. A luz cintila nas cicatriz dissimula. Até o velho clichê da za indiferente traz um toque in A vida é bela, eia!

Sim, a vida é bela. mesmo c chuvinha manhosa, que convid

Piscadelas literárias

Sem que o autor se desse conta, este livro começou a se fazer há quase sete anos, naquele 12 de setembro de 2018 em que o Instituto Moreira Salles nos presenteou com o Portal da Crônica Brasileira.

Que novidade era aquela? Imagine um vasto balaio transbordante de crônicas, algo em torno de 2.700, da lavra de seis craques desse patinho feio da literatura, gênero tão ao gosto do leitor brasileiro. Em ordem alfabética, para não impingir preferências pessoais: Antônio Maria, Clarice Lispector, Paulo Mendes Campos, Otto Lara Resende, Rachel de Queiroz e Rubem Braga. A partir daquele dia, de cada um deles você podia ler, no computador, no celular, bastando digitar cronicabrasileira.org.br, uma fartura de textos já saídos em livro — e, muito mais numerosos, escritos que, nas hemerotecas e no acervo de instituições como o IMS e a Fundação Casa de Rui Barbosa, jazem ainda na situação de recorte de jornal ou de revista, hoje alcançáveis pela internet graças ao Portal. Detalhe: em vários desses velhos retalhos de imprensa se leem correções e anotações feitas à mão pelo autor. Imagine, por exemplo, Paulo Mendes Campos de caneta em punho a "despiorar" (adoro este verbo inventado por Otto Lara Resende) uma crônica de... Paulo Mendes Campos.

Há mais nesse Portal: alguns textos, poucos mas bem escolhidos, você pode ouvir na interpretação de vozes à altura, a do poeta Eucanaã Ferraz, por exemplo. Mais ainda: cada cronista foi recriado pelo traço de Cássio Loredano, cartunista dos maiores, e também se tornou objeto de textos sobre vida & obra. Por fim, para quem se interesse em mergulhar nas artes da crônica, há no site do Portal um setor recheado de escritos sobre o gênero, didáticos sem chatice, a começar pelo clássico "A vida ao rés do chão", de Antonio Candido.

Pouco adiante, neste livro, se vai iluminar melhor essa expressão, calcada no francês *rez-de-chaussée* para designar a parte baixa, por isso nem um pouco nobre, de uma página de jornal, como aquelas nas quais, no século XIX, nasceu na França o folhetim, mais tarde crônica — gênero para o qual narizes empinados se torciam, ao mesmo tempo que fazia a delícia de leitores sequiosos de prazer impresso.

Não por acaso, "Rés do Chão" foi escolhido como título geral de textos publicados no Portal, a cada quinze dias, com a missão de atrair o leitor, esse viajante, para crônicas selecionadas a partir de um tema. Piscadelas literárias, digamos assim.

Coube a mim, nos primeiros quarenta meses, redigir o "Rés do Chão" — sem perceber, repito, que estava a engordar quinzenalmente o livro involuntário que agora você tem nas mãos.

Muito mudou no Portal desde o começo. Aos seis cronistas citados acima, com o tempo vieram se juntar mais treze — também aqui enumerados em ordem alfabética: Antônio Torres, Carlos Drummond de Andrade, Dinah Silveira de Queiroz, Fernando Sabino, Ivan Lessa, João do Rio, José Carlos Oliveira, Jurandir Ferreira, Lima Barreto, Machado de Assis, Maria Julieta Drummond de Andrade, Stanislaw Ponte Preta e Vinicius de Moraes. O balaio em que se acondicionavam cerca de 2.700 crônicas precisou se desdobrar para que nele coubessem, nesta data, nada menos de 3.585 textos, marca que daqui a pouco estará superada.

Na equipe do Portal já não estão o jornalista Flávio Pinheiro, a quem se deve o impulso da largada, ao tempo em que era diretor executivo do IMS, e a escritora Elvia Bezerra, por muitos anos responsável, ali, pela Coordenação de Literatura. Em seu lugar está Rachel Valença, cujos saberes abarcam sesmarias distintas como a filologia e o jornalismo. Desde o início lá está, e esteja sempre, a editora e bibliotecária Katya de Sá Leitão Pires de Moraes, parceira incomparável, síntese rara de delicadeza e rigor. A seu lado, dois pesquisadores afiados, Danilo Bresciani e Elizama Almeida. O espaço que ocupei por mais de três anos é agora território do jovem e já maduro editor Guilherme Tauil, o organizador da obra do cronista Antônio Maria em *Vento vadio*. É ele quem escreve hoje o "Rés do Chão" – sinal de que mais um livro pode estar em gestação sem que o autor perceba…

Humberto Werneck
abril de 2025

PAULO MENDES CAM

UM BOÊMIO ANTIGO

COMO boêmio, Leonardo era um clássico meticuloso. Eu estava no princípio da minha mocidade; êle já ia apitando melancólico pelos subúrbios da velhice. Eu era irrequieto e estróina; êle, calmo e ajuizado. Êle era cultor de Rui Barbosa; eu só amava as grandes desintegrações espirituais.

vélica, desesperadora, incomparável operação. Leon
trou no bar, apertou a mão do português com o mais
de seus sorrisos, perguntou-lhe pela família, pelo Va
política de além-mar, por tudo que pudesse inte
curiosidade de um bom taberneiro. Tinha um carro
do-nos, escondido na esquina, mas procedia como s
vindo para passar ali a tarde tôda. Só depois de mui
indagou, distraído:

— O nosso amigo tem um bom uìsquezinho?

— Tenho cá o White Label, o Cavalo Branco,
& White...

— Grandes marcas, grandes marcas, suspirou L
mas hoje em dia só um milionário pode beber coisa

— Ainda tenho daquele que o senhor tem le
outras vêzes.

— Ah, sim, soluçou meu amigo, aquêle uísque d
É numa hora dessas que penso nas injustiças so
Joaquim.

— Mas o uísque não é bom?

— Uma cachaça melhorzinha, uma cachaça mel

— Mas é barato, doutor.

— Barato?! O amigo está com imaginação
Então acha barato uma garrafinha de cachaça por
zeiros?

— Faço-lhe a noventa, pronto.

Tive vontade de tirar do dinheiro do bôlso, pa

ÚLTIMA PÁGINA

Não escrevam

RACHEL DE QUEIROZ

TÔDAS nós, veteranas no ofício, somos freqüentemente procuradas por moças que [sentem em si] (tem dentro do peito) a imperiosa vocação de escrever. Pedem-nos conselhos, citam coisas nossas que leram, mostram-nas as suas próprias produções, cumprem enfim a rotina clássica do principiante junto ao medalhão: um pouco de lisonja, um pouco talvez de inveja e bastante desdém juvenil.

Alegam tôdas que nasceram para escrever. Pois, de princípio, não acredito que ninguém nasça para escrever. A gente nasce para a vida e para a morte, ou, como dizia Lampeão, para amar, gozar e querer bem. Escrever é uma arte postiça e tardia, muito longe da espontaneidade do canto ou da dança; o seu aprendizado é penoso, mesmo se a gente se refere ao aprendizado pròpriamente técnico, o traçar das letras, a formação das sílabas, das palavras, a pontuação.

Se alguém nascesse para escrever, haveria de nascer logo escrevendo; ao mesmo tempo que dissesse [PAPAI e MAMÃ] (á a mamã,), tomaria do cálamo e traçaria os seus balbuceios. Assim como um patinho recémnascido nada.

Fixado êste ponto, — isto é, que ninguém nasce para escrever, que ninguém nasce com a sina imperiosa, iniludível de escrever, mas antes impõe a si próprio aquêle esfôrço, com muita lida, muitos erros e recuos, pergunto eu: para que escrever?

Mormente se tratando de mulher. Porque o homem, criatura mais ou menos folgada, não tem na realidade nenhum compromisso com a natureza; ou se os tem, pode satisfazê-los num minuto. Sobra-lhe tempo para as ocupações criadoras ou destruidoras, a escrita, as artes plásticas, a guerra, a mecânica, o estudo. Mulher, não. Desde o berço, traz seu ofício no corpo, (e antes de ... tem de criar ...)

Escrever para quê? Para exprimir-se, revelar-se? Ora, para isso a gente fala, conversa. Para ser festejada, endeusada, criar um círculo de admiradores e fãs? Mas para êsse fim poderá a mulher usar a cara ou o corpo, se os tem apresentáveis. Se os não tem, não conte muito com o tal círculo, embora escreva como um anjo. Há uma misteriosa correspondência entre a beleza física de uma mulher e a admiração despertada por seus dotes intelectuais. Quer transmitir emoção? Mas nesse caso por que não tenta o [BALLET] (ballet,) a música ou o teatro?

A nós, mulheres, o que convém são as artes interpretativas. Considero o

VIAGEM NO PAÍS DA CRÔNICA

Uma conversa aparentemente fiada

Quem chegou ao mundo nas últimas muitas décadas não tem a obrigação de saber que "rés do chão", tradução literal do francês *rez-de-chaussée*, significa, diz o dicionário *Houaiss*, "pavimento de uma casa ou edifício que fica ao nível do solo", ou, mais simplesmente, "andar térreo". Lugar por onde se entra, portanto — a não ser que você disponha de heliponto no topo do prédio...

"Rés do chão", como se verá, tem muito a ver com o tema deste livro: a crônica brasileira. Corrente ainda em países de língua francesa, *rez-de-chaussée* teve outrora, informa o dicionário *Larousse*, o significado adicional de "folhetim, artigo impresso nos baixos de uma página". Porque foi ali, na parte inferior de uma página de jornal, que no século XIX nasceu o *feuilleton*, o folhetim, seção de amenidades, espécie de parque de diversões onde pudesse o leitor se distrair da insipidez do noticiário. Não é por acaso que se chama "A vida ao rés do chão" um texto de Antonio Candido (1918-2017), provavelmente o melhor e mais substancioso estudo já escrito no Brasil sobre a crônica.

Vale relembrar que o gênero, amado pelo leitor mas visto ainda com desdém por empinados narizes não só acadêmicos, felizmente cada vez menos numerosos, aqui chegou em 1852, trazido da França pelo poeta, jornalista e diplomata carioca Francisco Otaviano (1825-1889). O desenrolar da história você sabe. No rastro daquele pioneiro, e ainda na parte inferior da página, vieram José de Alencar, Machado de Assis, França Júnior, Joaquim Manuel de Macedo, Raul Pompeia e muitos mais, que viram no folhetim a possibilidade de ganhar um dinheirinho que seus livros não rendiam.

A moda pegou. Já em 1859, o jovem — de vinte anos — Machado de Assis pôs em palavras as características da crônica, tal como é hoje entendida. O folhetinista, escreveu ele, era alguém capaz de promover "a fusão admirável do útil e do fútil, o parto curioso e singular do sério, consorciado com o frívolo". Para Machado (que na década de 1870 passaria a usar o termo "crônica" em vez de "folhetim"), esse tipo de escriba, "na sociedade, ocupa o lugar do colibri na esfera vegetal; salta, esvoaça, brinca, tremula, paira e espaneja-se sobre os caules suculentos, sobre todas as seivas vigorosas. Todo o mundo lhe pertence; até mesmo a política".

Esplendidamente aclimatada nos trópicos, a crônica ganharia, no correr do tempo, século XX adentro, uma cara tão brasileira que muitos chegam a ver nela uma criação nacional. Na verdade, deu-se algo semelhante ao sucedido com o futebol, que aqui veio a ganhar uma "cintura" bem pouco encontradiça entre os ingleses que o inventaram.

O abrasileiramento do folhetim francês haveria de se consumar a partir da década de 1930, com Rubem Braga. O gênero nunca mais seria o mesmo. "Rubem Braga lançou o grito do Ipiranga e a crônica se libertou", creditou Paulo Mendes Campos em entrevista a Beatriz Marinho para *O Estado de S. Paulo*, em 1985. "Assumiu sua condição de mãe solteira e desparafusada, tornando-se um pretexto literário, amplo, rico e difuso."

Mas que diabo, afinal, vem a ser a crônica? "Se não é aguda, é crônica...", esquivou-se o Braga certa vez que alguém lhe perguntou. Tantas décadas depois, definir o gênero segue sendo um desafio. Algo parece claro: jornalismo é que não é, pois não tem compromisso com a objetividade e a impessoalidade, na imprensa obrigatórios. Melhor seria ver a crônica como bem-vinda contramão no jornalismo. Pois, diferentemente do articulista e do editorialista, que nos passam a impressão de alguém falando do alto de um caixotinho, o cronista genuíno parece estar de papo com cada leitor, sentados os dois na informalidade de um meio-fio, em clima de deleitosa cumplicidade.

Nada de procurá-lo, portanto, no topo do edifício, ou mesmo num segundo andar: é pelo rés do chão que você vai chegar a seu cronista — a um punhado deles, na verdade, todos graúdos, expoentes daquela que foi, nos anos 1950 e 1960, a era de ouro da crônica brasileira.

O ouro da crônica

Os tempos, claro, são outros, nem sempre melhores; a imprensa, também — e o fato é que, nostalgia à parte, nunca mais tivemos, nos domínios da crônica, uma fase de ouro como aquela que cintilou da metade dos anos 1940 a meados dos 1960, com brilho mais intenso na década de 1950.

O leitor dispunha então de uma boa dúzia e meia de cronistas, vários deles entre os melhores que o gênero já nos proporcionou. Só na *Manchete*, revista semanal criada em 1952, havia quatro, e veja quem: Rubem Braga, Paulo Mendes Campos e Fernando Sabino, além de Henrique Pongetti, que, sem ombrear com eles, nem por isso fazia feio. Também toda semana, Rachel de Queiroz acostumou muita gente a começar pela última página a leitura da finada *O Cruzeiro*, na época a maior revista brasileira. Nos jornais, espalhava-se o ouro em pó de Antônio Maria, Carlos Drummond de Andrade, Manuel Bandeira, Nelson Rodrigues, Vinicius de Moraes, Cecília Meireles, Stanislaw Ponte Preta, Luís Martins e, mais adiante, anos 1960 adentro, José Carlos Oliveira, Clarice Lispector e Carlos Heitor Cony. O time já se desfizera quando, retardatário, entrou em campo Otto Lara Resende, até então cronista ocasional, e se estabeleceu como cronista contumaz, e dos melhores, com pique de moço, na *Folha de S.Paulo*.

Com a crônica vivendo momento sem igual, lá nos anos 1940 e 1950, causa espanto o fato de que na quase totalidade dos colégios ela não entrava no cardápio de português e de literatura. Na "pequena antologia" que acompanha o *Português no ginásio*, por exemplo, de Raul Moreira Léllis, um dos manuais mais adotados no país, o que de mais recente havia eram sonetos de Guilherme de Almeida, um modernista aguado.

O panorama mudou rapidinho a partir de 1960, quando Fernando Sabino e Rubem Braga criaram a Editora do Autor, em sociedade com um advogado de bom faro financeiro, Walter Acosta. No final daquele ano, com um esquema esperto de marketing — nas noites de autógrafos, até foram escaladas "madrinhas", uma para cada cronista, entre elas Tônia Carrero —, chegou às livrarias um pacote com quatro lançamentos, oferecidos também numa caixa, sedutora sugestão para o Natal. Além de uma antologia poética de Vinicius de Moraes, saíram três seletas imediatamente clássicas de crônicas: *Ai de ti, Copacabana!*, de Rubem Braga; *O homem nu*, de Fernando Sabino; e *O cego de Ipanema*, de Paulo Mendes Campos. Não tardou que professores de colégio apanhassem a deixa e cuidassem de rejuvenescer seu geriátrico menu literário, tornando-o infinitamente mais apetecível que a dieta vigente, à base de Coelho Neto e anacronismos que tais. Não há forçação de barra em afirmar que escritores hoje consagrados se nutriram também, gulosamente, dos cronistas que a Editora do Autor catou na imprensa para consolidar em livro.

Na esteira da fornada inicial, e desde o início num esquema de ruidosos lançamentos coletivos, não só no Rio como em vários cantos do Brasil, vieram coletâneas de Carlos Drummond de Andrade, Manuel Bandeira, Rachel de Queiroz, Vinicius de Moraes, Stanislaw Ponte Preta. A certa altura, a Editora do Autor teve a boa ideia de pôr em livro textos de sete cronistas que Paulo Autran desfiava, de domingo a domingo (tente imaginar algo assim nos dias de hoje), ao microfone da Rádio Ministério da Educação. *Quadrante*, que rendeu dois volumes, foi precursor da série Para Gostar de Ler, da editora Ática, que a partir dos anos 1980 faria a festa e a cabeça literária de sucessivas gerações de jovens leitores e futuros escritores.

Embora bem-sucedida, não durou muito a Editora do Autor, vendida em 1966 ao sócio Acosta. No ano seguinte, Braga e Sabino puseram para voar a Sabiá, outro sucesso que também não os reteve por muito tempo, passando às mãos da José Olympio em 1972. Nas duas empreitadas, a dupla se cansou da brincadeira quando, vitoriosa, ela se tornou negócio por demais absorvente para quem gostava mesmo era de escrever.

Vale a pena voltar aos começos da Editora do Autor, cujo surgimento se deu em circunstâncias curiosas. O pai da criança foi Fernando, revelou Paulo Mendes Campos numa reportagem com sabor de crônica, "Uma editora alegre", em 1960. "Sabino, ainda tenro, acostumou-se a relacionar literatura e dinheiro, e jamais perdeu esse hábito salutar", contou Paulo. "Seu amigo de tantos anos, sempre o vi preocupado em melhoria de pagamento, direitos autorais, e todos os pormenores que defendem praticamente o ofício de escrever." O "hábito salutar" em questão teria brotado quando Fernando, aos doze anos, criou a rotina de ganhar, quase todas as semanas, os 100 mil-réis que a revista *Carioca* pagava pela melhor crônica sobre assunto radiofônico.

Disposto a engordar os dez por cento devidos a um autor a cada livro vendido, Sabino já caraminholava tornar-se seu próprio editor quando, em 1960, Jean-Paul Sartre passou pelo Brasil, vindo de Cuba, onde a então recente revolução lhe inspirara uma série de artigos para o jornal *France-Soir*. Sabino e Braga farejaram best-seller e trataram de precipitar o parto da editora. Por meio de apelos nos jornais, conseguiram juntar os dezesseis capítulos da reportagem, em seguida traduzidos num mutirão que mobilizou todo um time de amigos, de modo a que o lançamento de *Furacão sobre Cuba* pudesse acontecer com a presença do autor. Os dois cronistas, que naquele ano tinham visitado Havana, cuidaram de encorpar o volume, de 222 páginas, com suas impressões de viagem: "Trata-se de uma revolução", de Rubem Braga, e "A revolução dos jovens iluminados", de Fernando Sabino.

E assim, ao cabo de sete dias de ensandecida maratona editorial, Jean-Paul Sartre pôde, em 17 de setembro, autografar nada menos de oitocentos exemplares de seu livro, num shopping center na rua Siqueira Campos, em Copacabana, o qual, estando ainda em obras, contribuiu para reforçar o clima geral de improviso. Não sem um bocado de sufoco suplementar para Sabino, de seu natural já elétrico, pois na hora marcada para o início do fuzuê nem Sartre nem o Braga tinham dado as caras. Aflito, embrenhou-se pelo shopping até achar o sócio placidamente pendurado a um telefone. Seu relato da noitada, no *Jornal do Brasil*, chama-se "Editora" — texto indisponível, infelizmente, em respeito à determinação do escritor, firmada em cartório, de que nada seu possa ser publicado se não estiver nos livros que deixou organizados. O mesmo se diga de "Furacão", em que ele descreve a maratona de produzir o primeiro título da Editora do Autor.

Já o Braga, em suas "Confissões de um jovem editor", nos abre bastidores da aventura e revela que Paulo Mendes Campos e Vinicius de Moraes, de olho em bons resultados comerciais, que de fato vieram, se dispuseram a bancar seus livros. Rubem fala do papo em que ele, na Bahia, à sombra de Jorge Amado, conseguiu de Sartre o sinal verde para montar um livro que ele próprio não havia programado. Conseguiu também o que o improvisado editor não teria ousado pedir: generoso, o filósofo francês não quis um tostão em troca de suas reportagens. Na mesma crônica, para prevenir decepções, Rubem orientou "jovens autores incompreendidos" a procurar editores mais endinheirados — "nós ainda não podemos", teve a prudência de avisar. Mas nem sempre foi assim que as coisas se passaram. Poucos meses depois, a editora apostou nos originais de *Redenção para Job*, romance enviado de Pernambuco por um moleque de dezessete anos, um tal de Aguinaldo Silva, sim, ele mesmo, futuro novelista do primeiro time da TV Globo.

Encantos de um patinho feio

Coisa singular, a tal da crônica, esse patinho feio da literatura. Ao contrário do que se passa com o romance, com a novela, com o conto, ela quase nunca resulta de um longo processo de elaboração. Nem poderia. É algo que precisa ser escrito, haja ou não assunto, e escrito para já, sob a pressão dos prazos de fechamento do jornal ou da revista. Embora em certos casos não fosse má ideia, não vale entregar à redação duas ou três laudas em branco. Dane-se a falta de condições ideais, dos largos períodos de maturação de que dispõe um ficcionista. Aquilo tem que sair, haja o que houver.

Quase podemos ver Rubem Braga, por exemplo, o autodenominado Velho Braga, o maior de todos, bufando à máquina de escrever, enquanto ali ao lado se impacienta o moço que a redação encarregou de recolher em domicílio aquele palmo de prosa para o qual, não menos urgente, há um espaço aberto na edição de amanhã.

No dia seguinte, sem os rabiscos, sem as emendas apressadas que o autor teve ainda tempo de fazer no seu original, antes de passá-lo às mãos do estafeta, lá estará a crônica, não raro espremida entre anúncios ou noticiário cuja data de validade haverá de caducar em poucas horas. Perdida nessa vizinhança prosaica e efêmera, lá estará o que foi escrito às pressas, de olho no relógio, e que ainda assim, por se tratar de arte, poderá quem sabe atravessar os tempos, sem ruga ou pátina, capaz de seguir falando a leitores que ainda nem sequer nasceram.

Rio, capital da crônica

Corro os olhos pela chamada "geração de ouro" da crônica brasileira, vicejante sobretudo nas décadas de 1950 e 1960, e constato: embora vivam todos no Rio, bem poucos ali são cariocas.

Confira: Clarice Lispector nasceu na Ucrânia e adolesceu no Recife, de onde veio também Antônio Maria; Rachel de Queiroz é cearense; Carlos Drummond de Andrade, Fernando Sabino, Otto Lara Resende e Paulo Mendes Campos, mineiros; e Rubem Braga, capixaba. Também de Pernambuco vieram Nelson Rodrigues e Manuel Bandeira. Nativos do Rio, nesse inigualável time, Vinicius de Moraes, Cecília Meireles, Carlos Heitor Cony, quem mais?

Foi no Rio, no entanto, que os forasteiros desse timaço vieram a frutificar. Aí chegaram quando a cidade era a capital não só política do país. Nunca se saberá se teriam brilhado com a mesma intensidade em outro lugar que acaso sediasse os poderes da República. Quase posso apostar que não, pois só o Rio teria reunido condições para o florescimento de uma tal fornada de cronistas. Sem abjurar sua bagagem de origem, todos, uns mais, outros menos, se carioquizaram.

Aqui está, por exemplo, Paulo Mendes Campos a seguir no céu — "Sobrevoando Ipanema" — os volteios de uma gaivota "gratuita e vadia". Ou debruçado, em "Minhas janelas", sobre aquela, carioca, "mais generosa e plena" que qualquer das muitas que se abriram a seus olhos. O mesmo Paulo a descobrir, em "No domingo de manhã...", que o Rio é dourado, "mas de um dourado que não se encontra no metal mais puro".

Há ainda Antônio Maria a concluir, em "A lagoa", que não há recanto carioca mais bonito que a maltratada lagoa Rodrigo de Freitas. Em "Amanhecer em Copacabana", ele arremata a madrugada num banco de praia, varado pela "insuportável lucidez das pessoas fatigadas". Não longe dali, nas linhas de "Praia do Flamengo", Rachel de Queiroz assiste ao fascinante entra e sai de diferentes tipos de banhistas, para no final se encantar também com o fato de que é "tudo completamente de graça".

Quanto a Rubem Braga, ele se faz ao mar, em "Faroleiro", e vai conhecer Astrogildo, operador das luzes com que o farol da Ilha Rasa dardeja o Rio de Janeiro. Vai também, em "A tarde", ao encontro do oposto da luz, e então nos conta que "a sombra quem a faz é o sol, quem a azula é a lua, quem a deixa perene no ar, remota mas fresca, é a saudade do que passou".

Coisa de artista

São minoria os cronistas que não cuidam, cedo ou tarde, de peneirar em livro aquilo que escreveram para o varejo da imprensa. Um que partiu sem coletânea de crônicas, aos setenta anos, é Otto Lara Resende. No seu caso, a explicação pode estar no fato de ter sido ele um cronista tardio, cuja produção no gênero concentrou-se no final da vida; cronicando em ritmo diário, em pouco mais de ano e meio ele pingou quase seiscentas colunas na *Folha de S.Paulo*. Algo semelhante se passou com Clarice Lispector, que não apenas se foi cedo demais, na véspera de seus 57 anos, como tinha com a crônica uma relação sofrida. No seu caso, como no de Antônio Maria, desaparecido aos 43 anos sem livro publicado, ficou para os pósteros a tarefa de administrar e editar a sua produção no gênero.

Outros, como Paulo Mendes Campos e Rachel de Queiroz, cuidaram eles mesmos de filtrar em livro as suas crônicas. Ao revisitarem suas pastas de recortes, puderam retocar o que haviam produzido sob o chicote dos prazos e tamanhos impostos pela redação. Nesse esforço suplementar, que muitas vezes incluiu a seleção de crônicas, Rubem Braga pôde contar com o auxílio de dois outros mestres no gênero, os amigos Fernando Sabino e Otto Lara Resende, leitores rigorosos a quem ficou devendo certeiros pitacos.

Os arqueólogos da literatura haverão de constatar que o Braga voltou a seus escritos antes mesmo de os organizar em livro.

A crônica "A estrela", por exemplo, com a qual ele estreou colaboração semanal na revista *Manchete*, em 1953, passou por criteriosa lixa para ser republicada, ali mesmo, em 1961, já então com título definitivo, "A nenhuma chamarás Aldebarã", que chegaria a livro em *A traição das elegantes*, de 1967. Coisa de artista, mais que de mero colunista — quem duvidaria?

Tesouros de um bibliodisplicente

Difícil imaginar um escritor, mesmo um daqueles capazes de se interessar por algo além do próprio umbigo, que não guarde o que publica na imprensa. O pernambucano Antônio Maria Araújo de Moraes foi quanto a isso uma exceção radical. Quando um infarto o apagou, aos 43, ele não só não tinha livro publicado como não deixou recortes dos milhares de crônicas que espalhou numa fartura de revistas e jornais. O homem que se rotulava "cardisplicente" foi também um bibliodisplicente.

Sabe disso melhor do que ninguém o jovem cronista e pesquisador Guilherme Tauil, que, uma vez apresentado à literatura fina do Maria, até recentemente disponível em cinco coletâneas magras e há muito esgotadas, ainda assim suficientes para atear nele uma paixão, decidiu cavar em busca de mais ouro mariano. Três anos de cuidadosa mineração resultaram, em 2020, numa dissertação de mestrado, defendida na Universidade de São Paulo, e, em seguida, num suculento catatau, *Vento vadio*, quase quinhentas páginas nas quais, finamente peneiradas, Tauil, com rigor de mestre, acomodou 185 crônicas, das quais 132 até agora inéditas em livro.

Encantado, o autor destas linhas, tendo devorado a obra, recomenda a você que corra atrás de um exemplar, comprometendo-se, caso torça o nariz, a lhe ressarcir a grana despendida, mas avisando desde já que no mesmo ato romperá relações literárias com o equivocado comprador... Saiba você que estará botando fora, ainda, num caprichado texto introdutório, informações sobre a vida e a obra de Antônio Maria, além de considerações capazes de explicar a inapetência editorial de um cronista dos maiores.

Mas vamos sem tardança a uma primeira lambiscada nos tesouros de *Vento vadio*.

Comecemos pela crônica que o Maria dedicou a um colega e amigo, "das pessoas que melhor já escreveram neste nosso idioma": ninguém menos que Rubem Braga, de quem semanas antes tinha lido mais uma obrinha-prima, "Opala", que entra aqui num contrabando do qual ninguém irá reclamar, sobre uma bela Joaquina que, "com a mão no queixo, os olhos no céu, era quem mais fazia. Fazia olhos azuis". "Fazia olhos azuis", embasbaca-se o Maria. No apartamento onde pousa o Braga, uma "água-furtada" no topo de um edifício em Ipanema, há uma varanda, nela uma rede, e na rede quem? Antônio Maria, "falando bem da vida alheia com o dono da casa".

Um amigo seu de infância também é merecedor de crônica, talvez como compensação pelo fato de Maria não o ter reconhecido de saída. Quando por fim o localiza no fundo do baú da memória, o cronista o abraça, se desculpa e vai-se embora. "Se fosse possível convencê-lo", sai ruminando, "teria ficado para dizer-lhe, com todas as palavras nos lugares certos, que a falha não é, jamais, de quem esquece o amigo de infância", "e, sim, de quem dele ainda se lembra."

Retratista fino, Antônio Maria não esconde o interesse que lhe causa certo Everaldino, "homem vivedor" com quem divide mesa num restaurante. "Seu ar e sua voz macia baianizavam por completo o salão, onde paulistas friorentos comiam", nos conta clc. O homcm lhc faz cair o qucixo com o relato aventuresco de quem foi escafandrista a bordo do barco de um grego de nome Papaulos, de cuja mulher, sem premeditação nem esforço, um dia se tornou amante. Descoberta a história, será salvo da morte exatamente por quem planejara dar cabo dele. Na sua tortuosa ganhação da vida, Everaldino foi também baterista numa orquestra em Cuba, mas gostou mesmo foi de ser modelo para um caricaturista em Roma. Entre uma aventura e outra, aceitou, num circo, em troca de 300 mil-réis, engalfinhar-se com um canguru, numa disputa que acabou sem vencedor.

Volta e meia com o pé na estrada, Antônio Maria de repente está em Paris, onde, às seis da matina, vê apenas "pombos que beliscam o asfalto" e "mulheres encapotadas que saem dos subterrâneos", os primeiros a exibir "grande tranquilidade" e elas, "certo ar de saciedade nos olhos". É assim, filosofa o cronista, "que Paris acorda: pombos serenos e mulheres nem sempre". Num café, em seguida, ele repara que os olhos e o nariz de uma moça são tão parecidos com os de outra que também seu coração deve ser frio.

O amor, tema de inumeráveis crônicas de Antônio Maria, lhe inspirou "Desgaste", sobre um casal em que "um cabia tão bem no abraço do outro", enquanto entre suas bocas não havia mais que um "curto espaço", "ocupado por palavras pequenas, de amor, de ternura violenta".

Tudo transcorre sob a chuva que cai sobre a casa do cronista, fazendo com que em seu coração brotem de novo "todas as coisas antigas que foram boas" para ele. "Deve ser a infância, toda ela, que se perdeu sem que eu pudesse fazer nada", medita. Volta a lembrança da chuva que desabava no seu quintal de menino e destruía um por um os seus carrinhos. "Hoje está chovendo e eu não tenho um só brinquedo", constata. "Perdi a razão e todas as mortes me cercam, muito atentas." O clima, dentro e fora dele, é semelhante ao de "Beleza". Neste caso, porém, há na serra flores que lhe trazem "uma alegria completa, uma impressão de salvamento, em que os cansaços aparecem como penas já cumpridas". Em seu coração "há um amor indefinido, que por si, pelo bem que faz, poderá ficar sem alvo certo, sem reciprocidade", bastando-lhe "a manhã de vento frio, o perfume das flores e o verde do capim viçoso". Em "Estrada afora", uma gota de humor bem próprio de Maria atenua a melancolia. Quando, por exemplo, ele se lembra de uma solitária vez em que sentiu "um vago desapego da existência": "Não cheguei a querer a morte, mas pus-me à sua disposição. Não me quis. Agradeci-lhe o pouco-caso e desci do avião". Mais adiante, confessa que não se importaria de ser por um mês Vicente Celestino, o lacrimogênio compositor de *O ébrio* e *Coração materno*. Mas vê um problema: quem, durante aqueles trinta dias, seria a "caseira" dele, Antônio Maria?

Ainda mais bem-humorada é "Barata entende", na qual o cronista vê surgir uma quase camaradagem entre ele e um exemplar desse inseto, um entre inumeráveis que assolavam sua casa, porém um pouco diferente dos demais: uma barata "mais clara, talvez, mais alazã". Diferente também porque passa bom tempo a observá-lo enquanto ele escreve, pousada onde? Em cima da *Antologia poética* do amigo Vinicius de Moraes... De tanto vê-la, Maria acostumou-se à companhia, de tal modo que sentiu desassossego numa noite em que a barata demorou a dar as caras, ou melhor, as antenas, e a ocupar seu posto sobre o livro. Mas a história não vai terminar aí...

Outro inseto pousa em "O croquete", no caso, uma mosca e em sentido literal. E ali vai permanecer por largo tempo, no botequim, sob o olhar judicioso de um freguês de camiseta, maltratado, com os fundilhos muito sujos e cabelos idem, que observa a vitrine de salgados "como uma mulher olharia para uma vitrine de joias". Entre os muitos croquetes que ali jazem, "todos antigos, ainda da inauguração do botequim", o homem finalmente escolherá "aquele azul, que está com uma mosca em cima", e, impassível, justificará a escolha ao cronista, que, roído pela curiosidade, o interpelará na rua.

Mas já se espicha por demais um papo anunciado como lambiscada apenas. Nisto é que dá uma conversa quando o assunto é Antônio Maria.

Original até no plágio

Sabem os cronistas a que extremos pode levá-los a obrigação de encher um palmo de jornal ou revista quando lhes falta assunto. Esse é todo um longo e divertido capítulo do ofício. Divertido, é claro, apenas para o leitor, que nem sempre poderia imaginar o pesadelo que foi para Paulo Mendes Campos, por exemplo, alinhavar a deliciosa "Vaidades e uma explicação", ou, para Antônio Maria, pôr de pé sua impecável "Amanhecer no Margarida's".

Fernando Sabino lembrou com muita graça o dia em que o colega Rubem Braga, à míngua de inspiração, lhe perguntou se tinha alguma crônica "usada" que pudesse lhe ceder. Organizadíssimo, o escritor mineiro baixou a seus arquivos e lá desenterrou a história de uma sopa servida a preço insignificante num refeitório popular no centro do Rio de Janeiro. O Velho Braga apanhou a velha crônica do confrade, deu um tapinha no texto e a publicou.

Tempos mais tarde, foi Sabino quem precisou de crônica de segunda mão, e fez ao amigo a mesma pergunta que ele lhe fizera. Braga mexeu e remexeu em seus papéis — e o que exumou ali? Justamente a crônica da sopa dos pobres. Fernando ensaiou reclamação, mas, sem alternativa, engoliu a requentada sopa, com o trabalho adicional de trocar alguns ingredientes, de forma a disfarçar o sabor de coisa por demais manjada. Por via das dúvidas, para cortar qualquer possibilidade de mais idas e vindas, enfiou ali a informação de que o maldito caldo ia sumir do cardápio.

O mesmo Braga tem duas outras histórias célebres de saídas felizes para um sufoco da falta de assunto. Numa das crises de inspiração zero, ainda no começo da carreira, ele encheu sua coluna, num jornal paulistano, de desaforos contra o leitor, sobre o qual despejou até mesmo pragas — de forma tão graciosa, porém, que se tornou impossível abandonar a leitura, arrematada com um "Passem mal!".

Pela mesma época, Rubem Braga saiu-se ainda mais brilhantemente no dia em que, sem assunto para encher uma coluna, decidiu publicar crônica alheia, de autoria de um amigo, ainda por cima Carlos Drummond de Andrade, estampada, sob pseudônimo, num jornal de Belo Horizonte. O fato de ter sido publicada sem o nome do poeta, que se assinou "Barba Azul", autorizou Rubem Braga a reproduzi-la sem conflito ético, pois reproduziu também o pseudônimo. A divertida molecagem foi contada pelo Braga em "O crime (de plágio) perfeito", cuja leitura não deixa dúvida: o cronista brilhava até mesmo quando publicava coisa que não era sua.

Transpiração, inspiração

"Há um meio certo de começar a crônica por uma trivialidade", escreveu Machado de Assis, com ironia muito sua, e deu a receita: bastava ao escriba dizer "Que calor! Que desenfreado calor!", exclamações a serem proferidas "agitando as pontas do lenço, bufando como um touro, ou simplesmente sacudindo a sobrecasaca".

Tanto tempo depois (a crônica é de novembro de 1877), estamos livres da sobrecasaca, pesada e abafada vestimenta, carapaça quase, dentro da qual o jovem (38 anos) Machado, colaborador da revista *Ilustração Brasileira*, se sentia assar na fornalha do Rio de Janeiro. Nem por isso, sabemos, o refresco foi total. Encaradas agora em mangas de camisa, ou sem camisa alguma, as demasias térmicas do verão carioca seguiriam não só fazendo transpirar como inspirando bons cronistas surgidos depois de Machado de Assis.

Rubem Braga, por exemplo, numa "crônica excessivamente acalorada" do início dos anos 1950, com título lacônico — "Calor" —, constata que o verão "chegou de verdade, fazendo mingau do asfalto". Obrigado a funcionar normalmente apesar da canícula, ele ao menos pinga uma reclamação: "Nós somos mais estúpidos que todo o resto da América Latina, onde as horas de mais calor são as horas de sesta". O Velho Braga lamenta não estar em Roma, "cidade honesta onde da uma às três ninguém faz coisa nenhuma".

Mineiro transplantado que amava o Rio, Paulo Mendes Campos tratou do tema em mais de uma ocasião, e mesmo na prosa poética de "O amor acaba", na qual arrola circunstâncias em que pode uma relação amorosa chegar ao fim, menciona romances que o "abuso do verão" faz derreterem.

Também ele vindo de Minas Gerais, Otto Lara Resende escreveu fartamente sobre as delícias e os tormentos do calorão carioca. Em "Sombra e água fresca", falou na arte de lidar com o verão "como se lida com um cão bravo". Em "Carioca da gema", escrita quando era ainda primavera, o cronista de *Bom dia para nascer* registrou o bafo abrasador de um verão que "chega assim, sem dar bola para o calendário", sem tomar conhecimento "da rotação da Terra, muito menos do horário de verão".

As instabilidades do janeiro seguinte fariam Otto voltar ao assunto em "Entreato chuvoso": "Aqui, na nossa latitude, até os elementos da natureza de fato se ressentem de uma certa ordem. Dias e dias daquele calorão e, súbito, uma onda de frio". Calejado, esse mineiro pouco dado a praia deixa uma advertência: "Tudo pode acontecer". Inclusive boas crônicas, haverá de acrescentar o leitor, agradecido.

Viajar, em mais de um sentido

Assim como qualquer um de nós, que os lemos aqui na planície, também os grandes cronistas, na volta das férias, costumam trazer lembranças de viagem. A diferença é que, além de souvenirs convencionais, entre elas pode haver recordações em forma de literatura.

Às vezes nem memórias são, mas fantasias que uns dias vividos fora da base têm o condão de atear em nós, em especial quando se trata de profissionais da imaginação.

Penso, ao acaso, em Rachel de Queiroz, viajante que, ao lado de impressões trazidas do estrangeiro — veja "Suíça" e "Ir à Europa", por exemplo —, algumas vezes se deixou levar, na hora de escrever, por algo que não trouxera na bagagem física. "A criatura", escreveu ela na crônica "Férias", em 1957, "passa exatamente um mês e dez dias longe do movimento do Rio e sua civilização" — e, na volta, tem a sensação de que "nada aconteceu" em sua ausência. Coisas de Brasil, acredita a autora de *O brasileiro perplexo*, de "uma terra onde não acontece nada", e "ao mesmo tempo tudo pode acontecer...".

Sob o mesmo título, nove anos antes — 1948 —, e sem ter posto os pés na estrada, Rachel desatara fantasias de uma revisita ao Ceará natal. "Até me dá água na boca, pensar numas férias passadas assim debaixo de um cajueiral à beira da lagoa de Messejana", fantasia ela, c vai em frente: "Se for em tempo de caju é só estender a mão, colher a fruta, chupar", tendo acima da cabeça "o céu azul de Nosso Senhor" e, sob os pés, "a areia branca daquele chão que já foi fundo de mar".

Não raro o cronista, ao garimpar lembranças, viaja não no espaço, mas no tempo — como faz o pernambucano Antônio Maria em "Meus primos", sobre uns meninos "feios" e "loucos" com os quais costumava passar as duas férias do ano, numa propriedade herdada do avô usineiro e que, empencada de dívidas, em breve seria preciso vender a preço de nada. Tudo, nessa viagem no tempo, é para ele inesquecível, e também dolorido: "São estas as pobres e perdidas recordações embora sem ternura para os outros de que me sirvo nos dias de saudade", escreve o Maria, então aos 32 anos de idade, "única maneira de voltar ao moleque da campina, que não sabia nada e era o rei de tudo". Que os leitores, pede, não façam pouco de suas "humildes saudades"; em vez disso, tratem de buscar, cada qual na sua meninice, "lembranças parecidas com estas, e elas vos restituirão um certo apego, um pouco de bem-querer aos dias de hoje, tão sem graça em sua maioria".

Rubem Braga, aos 34, também volta (ao contrário de Antônio Maria, não apenas em imaginação) à cidade onde nasceu — e registra, na pungente "Em Cachoeiro", as impressões fortíssimas de estar de novo na casa em que se criou. "Estou cercado de lembranças — sombras, murmúrios, vozes da infância, preás, nambus e sanhaços", enumera o Braga, abrindo seu baú capixaba. "Uma parte desse mundo perdido ainda existe, e de modo tão natural e sereno que parece eterno; agora mesmo chupei um caju de 25 anos atrás." E se dá conta: "Parece que toda minha vida fora daqui foi apenas uma excursão confusa e longa: moro aqui".

O mineiro Paulo Mendes Campos, que na maturidade se mostrará igualmente nostálgico da infância e juventude belo-horizontina, está, aos 29, carregado do bom humor que sempre foi uma de suas marcas. Num ônibus que o leva de Niterói a

Araruama, em 1951, ele é todo olhos e ouvidos para algumas das figuras que ali estão; entre elas, uma gorducha que "diz coisas engraçadas com uma voz horrível, cortante". O que seria preferível para aquela criatura, pergunta-se o cronista em "Itinerário de férias": "ser espirituosa com uma voz desagradável ou dizer tolices com uma voz doce"? Na monotonia da viagem, o cronista escarafuncha também a paisagem, e a certa altura, divertido, se dá conta de que "os cães da roça já não correm atrás dos automóveis", como antigamente.

Em outra jornada, essa bem curta, do Leblon ao centro do Rio de Janeiro, relatada em "Era um turista...", Paulo observa um turista estrangeiro que sucessivas vezes se levanta e cede assento a senhoras que vão embarcando, para mais adiante, vagando um assento, voltar a se sentar — até que, ao perceber que é o único macho a bordo a se incomodar quando há mulher em pé, simplesmente renuncia do cavalheirismo e, a exemplo dos demais brasileirinhos ali presentes, termina a viagem sentado.

Não menos mineiro do que Paulo Mendes Campos, e igualmente bem-humorado, Otto Lara Resende, em "Turista, mas secreto", acha graça na notícia de que no Recife andavam, "em segredo", nada menos de 1.800 turistas alemães. Na tentativa de evitar assaltos, "o desembarque foi sigiloso, como sigilosos foram os passeios que todos deram por Olinda e Recife", ironiza o cronista, acrescentando que na praia da Boa Viagem, para não chamar a atenção, decidiu-se dividir o pessoal em pequenos grupos. "Está me cheirando a piada", escreve Otto — e desafia alguém a lhe explicar "como é que é que 1.800 alemães podem passar despercebidos no Recife e Olinda". Endiabrado, como de hábito, não haveria Otto de perder a oportunidade de apanhar a deixa por ele mesmo levantada: "Imagine um prussiano, daquele tamanhão, confundido com um gabiru".

Sob o céu de Paris

Do nosso time de cronistas, houve três que não se contentaram em apenas visitar Paris. Trataram de passar ali um tempo mais largo e mais pausado, sem o implacável cronômetro de um turista. Rubem Braga, Paulo Mendes Campos e José Carlos Oliveira, por ordem de chegada ao mundo (e a Paris), viveram temporadas esplêndidas às margens do Sena, e de lá abasteceram jornais do Rio de Janeiro. De volta ao Brasil, a experiência de cada um seguiu rendendo prosa, carregada de memórias.

Para Rubem Braga, foram especialmente vivas as lembranças de um prédio onde morou, no número 44 da rue Hamelin, não longe do Arco do Triunfo. Instalado com mulher e filho em acomodações geladas, no quarto andar, só mais tarde veio a saber que 25 anos antes dele ali viveu e morreu um romancista, dos mais graúdos da literatura universal no século XX. Ninguém menos que Marcel Proust, contou o cronista em "Dois escritores no quarto andar". Na impossibilidade de sair em busca do tempo perdido, ao Braga restou arrepender-se de ter enjeitado, mesmo depois de flambada, a banheira onde o gênio das letras mergulhara seu castigado corpo; enojado, preferiu recorrer a mangueira e chuveirinho. Em compensação, agarrou-se à fantasia de haver dormido na cama em que o ilustre colega bateu as botas (a menos que tenha ido de borzeguins ao leito).

Tratado pela primeira vez em "44, rue Hamelin" — da qual a crônica citada anteriormente aproveita largos trechos e acrescenta outros —, o endereço do Braga em Paris inspirou ainda "As velhinhas da rue Hamelin", um dos melhores frutos do talento de quem foi observador finíssimo da vida. Duas das tais velhinhas são "magrinhas como duas formigas" e, caminhando em calçadas opostas, parecem vigiar-se mutuamente, como a verificar se a outra segue viva. Na rua Hamelin o cronista detectou ainda dois velhinhos que andam juntos sem jamais trocar palavra, um dos quais lhe dá a impressão de haver nascido já vestindo a sobrecasaca que o envolve.

Em Paris, Rubem Braga foi cronista e também jornalista, e desta última produção sua, bem pouco convencional no gênero, diga-se, ficaram textos que alguns anos atrás Augusto Massi selecionou e reuniu pela primeira vez em *Retratos parisienses*. Lá estão relatos de encontros que o Braga teve com Pablo Picasso, Jean-Paul Sartre, Marc Chagall e Jean Cocteau, por exemplo. São todos ótima leitura — mas fiquemos aqui com "Visitando Marie Laurencin", retrato impiedoso, e no entanto compassivo, de uma artista menor então em voga. Que outro repórter começaria dizendo que sua entrevistada foi para ele "uma decepção"?

Não muito tempo depois do amigo Rubem Braga, Paulo Mendes Campos viveu em Paris, e de lá trouxe vivências e impressões tão copiosas que, se fossem coisa física, teriam corrido o risco de empacar na aduana brasileira. Não espanta que anos mais tarde, bufando e se liquefazendo na fornalha de um verão carioca, em dia de muita chatice e trabalho, lhe tenha batido — "De repente" — "uma saudade magnífica de Paris na primavera". Saudade, detalhou ele nessa crônica que é também poema em prosa, "de mim a vadiar pelas ruas e bosques", "indo e vindo pela margem esquerda do Sena", a admirar "a cor e o imponderável de Paris".

A julgar por seus escritos, nada parece ter escapado às antenas do poeta e cronista mineiro. Nem mesmo os cemitérios — tão diferentes, constatou, dos que temos no Brasil. O cronista viu ali um tanto de coisas que eram para ele novidade, e disso falará na delicada "Cemitérios de Paris". Em qual cemitério brasileiro, pode o leitor se perguntar, haveria tamanha fartura de velhinhos, com namorados "que se beijam e se amam entre túmulos", com estudantes atracados a seus livros, com crianças a brincar, "tão naturais ali perto da morte"? Ou aquela senhora que, apoiada na bengala, carrega "flores feias e velhas", com o ar não de visitante, mas de quem, no final do dia, estivesse voltando para sua sepultura. Imagem semelhante àquela que o Braga nos deu em "As velhinhas da rue Hamelin", com a diferença de que a segunda personagem não está retornando à tumba, e sim temerosa de nela cair antes da hora.

Uma coisa se pode afirmar: para o visitante, mesmo sem traço de necrofilia, os cemitérios parisienses têm muitos atrativos — além, é claro, da reconfortante certeza de (por ora) estar ali apenas de passagem. Rubem Braga gostou de passear num deles, o de Montparnasse, onde o que mais o atraiu foi o concorrido jazigo do casal Pigeon. Vale uma espiada no Google para conhecer Thérèse e Charles Pigeon, castamente acomodados, como dois pombinhos, em sua cama de pedra e bronze. (Se você perdeu exatamente aquela aula de francês, saiba que *pigeon* é pombo.)

Numa de suas revisitas a Paris, Paulo teve à disposição um atrativo adicional: a companhia de Vinicius de Moraes, amigo que em meados da década de 1950 lá servia como diplomata. Tão boêmios quanto poetas, lançaram-se na noite parisiense, e no fim da madrugada, famintos, foram em busca da celebrada sopa de cebola do mercado que existia em Les Halles.

Não se vai antecipar aqui — trate de ler "Em Paris" — o que sucedeu quando, no pós-sopa, sobretudo no pós-vinho, já nascendo o dia, a dupla voltou ao local onde Vinicius deixara o carro. Diga-se apenas que, no capítulo seguinte, naquela madrugada ainda, os dois cruzaram a ponte Mirabeau, celebrada em versos de Guillaume Apollinaire (1880-1918) que Vinicius se pôs então a recitar. Foi o que bastou para acender em Paulo a lembrança de outra história, ligada ao poeta de "Le Pont Mirabeau", que se passara com ele em sua temporada parisiense. Versos famosos que, por fim, estão também na citada "De repente" — e os mesmos, veja você, que haverão de condimentar ainda "O Sena corre sob a ponte", em que outro antigo morador da cidade, José Carlos Oliveira, nos leva a passear com ele no final do inverno parisiense de 1979. Passeio que será retomado, dois anos mais tarde, numa crônica, "Bonjour, alegria", na qual Carlinhos, agora em pleno outono, "desbordando de amor por Paris", nos propõe deleitoso contraponto a *Bom dia, tristeza*, o romance que em 1954 fez da desconhecida Françoise Sagan (1935-2004), aos dezenove anos, uma celebridade literária supranacional.

Paris era para ele algo tão especial que um dia, ao listar seus desejos numa série de crônicas, pôs na primeira linha o sonho de conhecer a capital francesa, "que namoro de longe há dez anos". Ou seja, desde os seus dezoito, altura da vida em que trocou Vitória pelo Rio de Janeiro. Só em janeiro de 1964, ano e meio depois de publicar "Desejos (1)", pôde Carlinhos pôr os pés no aeroporto de Orly (não existia ainda o Charles de Gaulle, inaugurado em 1974), conforme contará numa crônica cujo título será uma palavra que dispensa qualquer outra: "Paris". O jovem (29 anos) só não sabia que sua estreia incluiria, no mesmo dia, uma cena de sangue.

Em “Cadê meu bistrô?”, ei-lo a flanar — afinal, “Paris não é uma cidade para o turista apressado”. Na calçada do multiestrelado Plaza Athénée, a surpresa de topar com “uma gentil senhora muito poderosa no Brasil” (cujo nome o cronista fez a maldade de nos sonegar), e ela o convida para um drinque no bar do hotel. Tudo muito bom, mas o uísque não ajudou a resolver o doce problema que o atormenta: tendo desistido de La Coupole, qual bistrô deve ele agora adotar?

Agonia maior, contará Carlinhos em “Solidão, solidão”, só a de saber que naquele momento havia na cidade 590 mil mulheres tão solitárias quanto ele. Sentiu-se como o Velho Braga no dia em que, recém-chegado a Paris, ligou para uma conhecida e ouviu da concierge (zeladora) que a moça havia partido. Nem tão ligado era assim à criatura, “A que partiu”, mas, sozinho no hotel, sentiu inesperado desamparo — até se dar conta de que apenas havia caído numa cilada da língua francesa, na qual “partir” em geral dispensa a conotação dramática que o verbo frequentemente tem em português. Uma dessas sutilezas que, como poucos, Rubem Braga sabia captar e destilar em arte.

Saudade de tudo e nada

Temperamento, feitio, inclinação natural para a visada realista que marca sua prosa — o fato é que Rachel de Queiroz dizia não sentir saudade do que quer que fosse. Nada, nenhuma, reforçava ela. Talvez nem mesmo da glória precoce que experimentou aos dezenove anos, com a publicação de seu primeiro livro, o romance *O Quinze*, ou do dia de 1977 em que se tornou a primeira mulher eleita para a Academia Brasileira de Letras. "Não tenho saudade de nada", conta Rachel na crônica intitulada, exatamente, "Saudade". "Nem da infância querida", acrescenta, "nem mesmo de quem morreu". Para surpresa de muitos, "nem sequer do primeiro dia em que nos vimos" — ela e o médico Oyama de Macedo, seu segundo marido e maior amor: "Considero uma bênção e um privilégio esse passado que ficou atrás de nós, vencido".

Nesse particular, Rachel de Queiroz parece situar-se em polo oposto ao do confrade Rubem Braga, cuja prosa ressuma com frequência uma saudade que por vezes chega a dispensar um objeto nítido. "Aquela surda saudade que não é de terra nem de gente, e é de tudo", escreve ele em "A viajante". Em 1955, vivendo em Santiago, a capital chilena, o Braga visitou Buenos Aires, onde nove anos antes estivera por três meses. "Não tenho saudade desse tempo", afirma ele em "Buenos Aires" — para em seguida desdizer-se: "Ou pensei que não tivesse". Sai pela cidade em busca de referências que lhe ficaram na memória, e se decepciona, pois muita coisa mudou ou simplesmente desapareceu. Eis, porém, que para ele outra Buenos Aires "nasce, a de hoje, e sinto timidamente carinho" — sentimento forte o bastante para lá adiante, quem sabe, traduzir-se em saudade. Em outra crônica, "O morro", Rubem contempla, na paisagem do centro do Rio, "uma velha amizade" de seus olhos: o morro de Santo Antônio, condenado ao desmonte, para que de sua matéria se faça o Aterro do Flamengo — e, já nostálgico, sofre por antecipação: é como se seu coração, "velho muar sentimental", fosse perder, "com aquele bonito capim" que reveste o morro, "um pasto de saudade e lembranças queridas".

Mestre do humor e do lirismo, Paulo Mendes Campos se valeu de um e de outro em crônicas nas quais fala da saudade. Em "(Carta de separação à garrafa de uísque)" — assim, entre parênteses —, o leitor que não tenha atentado ao título pode ter a impressão de que ele está se despedindo de uma namorada, da qual se sente devedor de "algumas das melhores horas" de sua vida. "Foi", relembra o missivista, "amor à primeira vista", mas "aquela noite, na boate, custou-me engolir-te." Por ela, a amada agora demitida, ele chegou a brigar, fez os piores papéis, prejudicou sua saúde. "Falta-me dinheiro para sustentar-te", alega — e desfere a estocada: "Não há outro jeito senão uma separação que, de minha parte, deixa muitas saudades." A crônica é de 1953, e o missivista, previsivelmente, não iria além das palavras. Como se sabe, há separações que não dão certo — e assim foi entre o cronista mineiro e o amor em questão: o destilado escocês.

A galhofa ficou de lado nas três crônicas nas quais Paulo Mendes Campos se deteve naquele episódio para ele doloroso, de consequências vitalícias — os três anos que passou no colégio interno, dos doze aos catorze. A experiência transparece em duas crônicas, "O colégio", escrita aos 25, e "Quando voltei ao colégio...", aos trinta, e também num poema, "Fragmentos em prosa", antes de encontrar expressão definitiva em "O colégio na montanha". "A misteriosa saudade do colégio é cheia de raiva e desprezo", resume ali o cronista, então nos seus 43. "Estou cada vez mais preso àquele tempo, mas é porque as feridas da idade madura estavam contidas nele, como um câncer incipiente. Para mim, as férias vão terminar a todo instante; e eu volto sempre, a todo instante, ao medo infindável."

Saudades de outra natureza, gratificantes, inspirariam Paulo Mendes Campos em "De repente", crônica que, sem nenhum favor, é um poema em prosa (e nessa condição figura, aliás, nos seus *Melhores poemas*, editados pela Global em 2015). Em pleno burburinho do centro do Rio, em 1957, o poeta e cronista, vale relembrar, sente doer-lhe subitamente "uma saudade magnífica de Paris", cidade onde passou uma temporada no final dos anos 1940, "uma saudade sem jeito, feérica", e a registra numa página impecável.

É também a saudade que leva Antônio Maria a constatar, em "A noite em 1954", que no Rio estavam "murchando" os "lugares musicados", numa "desalegria que se agrava de ano para ano". Ela está presente, ainda, em "O encontro melancólico", em que dois ex-amantes, num bar, experimentam o desconforto que agora ocupa o lugar de um amor vencido. "Que saudade os trouxera ali?", indaga o cronista, que não tem dúvida: "Nenhuma. Vieram, simplesmente, porque um gostaria de saber, no coração do outro, a falta que estava fazendo."

O bloco dos cronistas

Para Antônio Maria, houve um Carnaval em que a ressaca veio antes da farra — se é que para ele teve farra naquele fevereiro de 1941, mês no qual, faltando "uns oito dias" para a folia começar, uma confusão doméstica levou o jovem pernambucano, em seus vinte anos recém-completados, a amargar uma noite de cana no Rio de Janeiro. A encrenca só não foi maior, conta ele em "A senha do sotaque", porque... bem, não antecipemos o inesperado desfecho da história. É possível que o Maria, por detrás das grades, tenha reencontrado um amargo porém essencial ingrediente das celebrações de rua que viveu em sua terra quando menino e adolescente, e que não custa relembrar mais uma vez: "Não tenho a menor dúvida", diz ele em "Carnaval antigo... Recife", de que "aquilo que fazia a beleza do Carnaval pernambucano era a revolta".

Clarice Lispector, que lá viveu até mudar-se para o Rio, na adolescência, guardou recordações fortes de festejos dos quais não chegou a participar, mas que ainda assim a marcaram. O espetáculo, por exemplo, das "ruas mortas onde esvoaçavam despojos de serpentina e confete", nas Quartas-feiras de Cinzas. Como explicar — pergunta-se ela décadas depois, em "Restos de Carnaval" — a "agitação íntima" que a engolfava quando se aproximava a festa, da qual, na verdade, pouco participava, limitando-se a olhar, "ávida, os outros se divertirem"? De tão "sedenta", relembra, "um quase nada já me tornava uma menina feliz". Mas houve, aos oito anos, "um Carnaval diferente dos outros", no qual, pela primeira vez fantasiada, a menina Clarice saboreou a iminência de "ser outra que não eu mesma".

Rachel de Queiroz, em "Confete no chão", colheu no Carnaval de 1948 um curioso personagem, certo Mariano, que "não tem mulher nem amores, nem trabalho nem ambição, nem dinheiro, nem roupa, nem casa", e que, mesmo amando o Carnaval, dele participa apenas como livre atirador, pois não gosta de sujeitar-se a regras que há em todos os blocos. "Chega o Carnaval", descreve Rachel, o fulano "arranja uma camisa de meia, um boné de marinheiro e cai na orgia". Daquela vez, além de muito beber, cantar e pular, o Mariano "até amar amou, uma cabrocha fardada de soldadinho" do inseticida Flit, para chegar à Quarta-feira de Cinzas escornado nas areias da praia.

Quanto a Otto Lara Resende, não há registro escrito de que tenha um dia saracoteado num baile de Carnaval, ou se esbaldado num bloco de rua. Era ele, também nesse departamento, um observador atento e fino. Encerrado o Carnaval de 1992, o primeiro que passou no Rio em muitos anos (e também o último, pois morrerá no final de dezembro), Otto falou dele em duas crônicas consecutivas. Em "Arcaísmo e esparadrapo", meteu sua divertida colher no escândalo provocado, durante o desfile da Beija-flor de Nilópolis, pelo descolamento de retalhos de esparadrapo que haviam sido estrategicamente aplicados no corpo de um destaque da escola, daí resultando a exposição daquilo que, na linguagem empolada da liga das agremiações carnavalescas, se chamou de "genitália desnuda".

Na outra crônica, "Sermãozinho de Cinzas", Otto elogia a iniciativa da Mangueira de homenagear Tom Jobim — com uma ressalva: "Faltou o urubu". Sim, essa ave ciconiiforme da família dos catartídeos cujo nome popular o Maestro Brasileiro tomou como título para um de seus melhores álbuns. "Estava na hora de exaltar o urubu, nossa águia de luto", disse o Otto. Luto? Para quem não estava lá, ou não se lembra: naquele ano de 1992, ia no auge a podriqueira do governo Collor.

Rubem Braga, por fim, em "Carnaval", sob a forma de carta endereçada a uma "querida amiga" em Paris, critica o presidente Getúlio Vargas, que, eleito em 1950 para o cargo de que havia sido apeado em 1945, teve, em seu primeiro ano de governo, "o maior cuidado em não fazer coisa alguma". A vida "subiu muito de preço", informa o Braga, "mas ganhou em pitoresco". Chegou o Carnaval, acrescenta, e "há pessoas em pânico, fugindo, dizendo que vai haver barulho". Rubem acredita que não, que tudo vai acabar em "pândega", e argumenta: "Neste país, minha querida, nem o Carnaval se pode mais levar a sério".

Fantasias para o Carnaval

Não há quem não guarde alguma lembrança de Carnaval, tenha ele se passado na alucinação de Momo, enredado em serpentina e salpicado de confete, ou no silêncio espesso de um retiro espiritual (que, aliás, não deixa de ser uma forma negativa de sublinhar três dias de paganismo à solta).

Rubem Braga, por exemplo, numa de suas crônicas sob o título "De São Paulo", haverá de se lembrar, em fevereiro de 1951, de um que ele viveu na capital paulista, "chocho carnaval de sempre", para cuja pasmaceira lhe parecia existir o solitário consolo de umas "noites frescas". O que diria hoje o Velho Braga ante as folganças momescas de uma Pauliceia a cada ano mais desvairada?

Já Paulo Mendes Campos conservou, qual cicatriz na alma, o trauma de um baile, aos três ou quatro anos de idade, no interior de Minas, durante o qual, entre sorrisos, uma folgada lhe surripiou aquilo que dará título a uma crônica antológica — "Um saco de confete" —, aveludada violência para a qual o menininho buscou compensação numa espantosa vingança, praticada contra quem nada tinha com o malfeito. Por maior que tenha sido, porém, o ressentimento do menino não comprometeu sua paixão pelos fevereiros que viriam — não fosse ele nascido num 28 desse mês "truncado e biruta", "ovelha furta-cor do zodíaco", no qual, revelará em "Rio de fevereiro", identificava "certo encanto dionisíaco".

Também Antônio Maria, em "Carnaval antigo... Recife", foi garimpar na infância os ecos de folias carnavalescas tão impacientes que já na noite de Natal se esparramavam pelas ruas da cidade. "Aquilo que fazia a beleza do carnaval pernambucano", Maria rememora, "era a revolta — revolta e pavor —, porque só de amor, por amor, se cometem os atos de rebeldia".

Quanto a Rachel de Queiroz, ela colheu nas ruas e salões material de nostalgia, destilado em "Carnaval", e também de reflexão: em "Carnaval e cinzas", a escritora cearense sustenta que se trata de "festa de duas classes apenas", a dos pobres e a dos ricos, pouco restando à espremida classe média, da qual faz parte, senão pegar carona numa dessas alas. Em "Ressaca de Quaresma", Rachel levanta divertida lebre: "O Carnaval já não foi inventado expressamente como preparativo da Quaresma, fornecendo ao fiel o pecado, para que ele tenha do que se arrepender?".

Em meio ao repicar dos tamborins, caiba aqui, fantasiada de postscriptum, uma recomendação para que se leia, de Clarice Lispector, "O primeiro livro de cada uma das minhas vidas". Vai se saber ali que raras leituras, na meninice, lhe trouxeram alegria como *Reinações de Narizinho*. Leia-se a crônica, e também se (re)visite o clássico de Monteiro Lobato; mas, por favor, na versão original, nunca nas adaptadas — falemos claro: adulteradas — em nome do politicamente correto, até porque, nessas, a Narizinho já não reina como aquela que encantou gerações e gerações de leitores brasileiros.

A tristeza (e um possível antídoto)

Difícil imaginar que em algum momento de sua meninez, juventude ou idade madura Rachel de Queiroz tenha sido uma foliona. Impossível não é, pois em 1949 ela pingou um lamento, ou quase, na sua já então famosa última página da revista *O Cruzeiro*. A grande festa popular "morreu, se acabou", registrou em "Carnaval", reduzida que fora "a dois grupos bem distintos e algumas vezes adversos: a turma dos exibicionistas e a turma dos melancólicos espectadores".

Clarice Lispector, como já vimos, fazia parte dessa segunda turma — pelo menos na decisiva década em que viveu no Recife, na infância e nos começos da adolescência. Com a mãe doente, conta ela em "Restos de Carnaval", ninguém na família tinha cabeça para pensar na trepidação dos dias em que reinava Momo. Clarice não ia além da entrada do sobrado onde morava, munida, no máximo, de lança-perfume e um saco de confete, mas nem por isso se queixava: "Mesmo me agregando tão pouco à alegria, eu era de tal modo sedenta que um quase nada já me tornava uma menina feliz". Que dizer, então, do dia em que, tendo improvisado com uns restos de papel crepom sua primeira fantasia, Clarice atraiu o silencioso sorriso de um garoto que sobre ela fez cair uma chuva de confete?

***

Num improvável bloco de Carnaval, nossos cronistas com certeza integrariam a categoria espectadores, com ênfase na melancolia de que falou Rachel — não fosse esse um ingrediente que, uns mais, outros menos, todos eles destilaram em seus escritos. "O meu Carnaval sem nenhuma alegria!", já dissera Manuel Bandeira no poema "Epílogo". Melancolia que, nem é preciso dizer, nunca dependeu do calendário para sair à rua. Casos agudos como o de Carlinhos Oliveira, que, enredado numa sufocante "falta de sentido", chega a se ver, em "Ao longo do mar", como "um pano sujo atirado num terreno baldio pelo mais sórdido dos mendigos". Não vislumbra estrelas em seu firmamento — mas, felizmente, não se trata do fim: "No ponto mais extremo da desesperança", ele descobre, "há uma certa alegria".

Rubem Braga, em "A menina Silvana", se aflige com a "mais triste de todas as tristezas, a tristeza da infância". Há outras tantas — como a que ele experimentou num fim de outono, tema de "O inverno". A ilusão pode estar na noitada que ele descreve em "A grande festa", celebração a que não faltam imperadores e presidentes da República, e na qual mesmo as pessoas doentes e tristes "estavam bem", "a humanidade estava contente consigo mesma, havia muito entendimento" — e então eis que...

Em outra fantasia sua, "Lembrança", há um homem aborrecido de estar em seu quarto, "em uma casa de cômodos grande e triste" povoada de "mulheres feias de 42 anos", "mocinhas muito virgens" e "homens carecas". Adiantará alguma coisa sair à rua e caminhar a esmo? Em "Galeria", cansado e desanimado da vida, "e tão vazio de amor", o cronista não vê recurso senão hospedar-se num hotel no centro do Rio — onde não tarda a se ver convertido num lavrador de 54 anos (ele que, no momento em que escreve, ainda não chegou aos 40), às voltas com mulher doente, casa hipotecada e filho na cadeia. Desce à rua, caminha — e vai voltando a ser Rubem Braga. Problema resolvido? Não: trata-se apenas de "um leve, distante, humilde e pobre alívio". Talvez não para si, mas para os outros, ele, quem sabe, teria remédio: "uma história tão engraçada", diz em "Meu ideal seria escrever...", que funcionasse como espantalho, como antídoto para tristezas em geral. Valha também para o Carnaval — e aqui não custa voltar a Manuel Bandeira, desta vez o Bandeira de "Não sei dançar":

Uns tomam éter, outros cocaína.
Eu tomo alegria!

Mas atenção, adverte Rachel de Queiroz em "Confissão do engolidor de espadas": nem tudo serve na luta para sossegar os demônios da alma. Certo escritor, por exemplo, cujo nome não revela, entregou-se a um divã, do qual se levantou liberto de seus tormentos — mas a um preço ainda mais alto do que o pago ao psicanalista: nunca mais escreveu coisa que prestasse. Mais cauteloso foi Paulo Mendes Campos em seu magnífico "Videoteipe da insônia", que aliás reproduz largas passagens do poema autobiográfico "Fragmentos em prosa", dos anos 1950, incluído em seu segundo livro de poesia, *O domingo azul do mar*, de 1958.

"O homem é um animal triste", escreveu Paulo numa crônica de juventude, "Professores de melancolia", temperada com humor, ingrediente muito seu: há "indivíduos", exemplifica, que, na praia de Copacabana, "só veem aqueles bichinhos da areia".

Já entrado na maturidade, ele nos deu a deliciosa "A arte de ser infeliz", caricatura do "homem perfeitamente infeliz" — aquele que se julga ameaçado, "ao norte, pela queda do cabelo; ao sul, pela desvalorização da moeda; a leste, pelo acúmulo de matéria graxa; a oeste, pela depravação dos costumes". O "mal profundo" do "homem perfeitamente infeliz", crava o poeta e cronista mineiro, é "julgar-se um homem perfeitamente feliz".

A solidão e a sozinhez

Muitos de nós, quando não haja quem nos faça companhia, sentimos falta, também, de palavras que em língua portuguesa deem conta das nuances embutidas na condição de quem está sozinho.

Não nos basta, de fato, o substantivo "solidão", sobrecarregado na empreitada de expressar estados sutilmente diversos. Problema que não tem o idioma inglês, servido por *loneliness*, aplicável quando a falta de alguém ao lado seja um peso no corpo e na alma, e também por *solitude*, para aqueles casos em que estar sozinho, longe de ser um peso, pode ser desejável. Até existe em português o substantivo "solitude", mas como sinônimo menos utilizado de "solidão". Fique aqui a sugestão de nos apropriarmos da palavra "sozinhez", criada por Paulo Mendes Campos na delicada, deliciosa crônica "Para Maria da Graça", e de injetarmos nela a ideia, que ali não está, de uma solidão, digamos, benigna, bem diversa daquela, pesada, que nos faz sofrer.

A leitura de nossos cronistas pode deixar mais clara, se preciso for, essa ideia de que há solidão boa e solidão ruim. Paulo Mendes Campos, já que falamos nele, escreveu sobre a solidão pesada — na belíssima "Talvez", um poema em prosa no qual "as barreiras do mundo" se fecham sobre um homem. Ou em "O galo", crônica de juventude (Paulo andava então nos 24 anos), na qual, vendo "esfacelar-se" nas esquinas o grupo de amigos com quem cruzava a madrugada, o personagem termina por se ver "sozinho com o seu destino". Mais aflitiva ainda, "Um homenzinho na ventania", crônica extensa em três partes, acompanha, como se fosse câmera, a errância de um homem nas ruas do Rio de Janeiro, tangido pela embriaguez e por um vendaval tremendo, no dia em que, melancolicamente, chegava aos quarenta anos de idade. Melancolia que impregna também "A metamorfose às avessas", história de um inseto que, na contramão da novela de Franz Kafka, acorda convertido em ser humano e mergulha num mal-estar, para ele inédito, a que dá o nome de "alma".

Já Rubem Braga se divide entre a solidão e a "sozinhez". A primeira transparece, por exemplo, em "A mulher esperando o homem", na qual a personagem se vê "sujeita a muitos perigos entre o ódio e o tédio, o medo, o carinho e a vontade de vingança". Situação que o Braga assim resume: "A mulher que está esperando o homem recebe sempre a visita do diabo, e conversa com ele. Pode não concordar com o que ele diz, mas conversa com ele". Também é triste "A grande festa", sonho que bruscamente se converte em pesadelo. Em "Fim de ano", ao contrário, sente-se bem o cronista, desacompanhado, mas não solitário, numa passagem de ano: "Sou um homem sozinho, numa noite quieta, junto de folhagens úmidas, bebendo gravemente em honra de muitas pessoas". Em "Cartão", a sós na sua varanda, ele se inunda de satisfação ao se lembrar de que naquele dia recebeu um cartão de Paris que uma amiga lhe enviou: "Como é fácil alegrar meu coração!". Em "A casa", por fim, o Braga sonha com a morada ideal, na qual haja "um canto bem escuro" em que "possa ficar sozinho, quieto, pensando minhas coisas".

Em "Solidão", de Rachel de Queiroz, abrigado num "hospital silencioso e rico", um homem preferiria estar "numa enfermaria pública, à beira-rua", porque ali teria "o conforto da companhia humana, as delícias da promiscuidade". Quanto a Otto Lara Resende, em "A solidão proibida", lamenta o fato de já não haver "lugar no mundo para as almas solitárias". Está em sintonia com Antônio Maria, que em "Despedida" anseia por um lugar em que lhe seja permitido desejar "ser só". Na antológica "Amanhecer no Margarida's", o cronista, fechado numa despovoada intimidade, se felicita: "Que delícia estar sozinho!". É até possível ser feliz em companhia de outra pessoa, reconhece — "mas é uma felicidade de renúncia, como a do cristão que reza de joelhos, morrendo de dor, nas rótulas e nos rins". E conclui: "A grande felicidade seria a de estar-se inteiramente só, em companhia de alguém", uma vez que "nunca se é rigorosamente feliz quando se está perto de alguém".

A conversa boa de Lima Barreto

Além de romancista graúdo, e sabe disso quem leu *Triste fim de Policarpo Quaresma*, ou *Recordações do escrivão Isaías Caminha*, Lima Barreto era um cronista dos bons — mais do que isso, era um cronista puro-sangue, desses que nos proporcionam (permitam-me reprisar uma vez mais a imagem) a gratificante sensação de estarmos aboletados a seu lado num meio-fio, ouvindo-o desenrolar o novelo de uma conversa boa. Aliás, tem tudo a ver a imagem do meio-fio, pois o Lima era um homem das ruas — coisa rara no universo literário de seu tempo, as duas primeiras décadas do século passado, quando escritor era quase sempre um homem de gabinete.

O cronista tinha os olhos permanentemente postos na vida e nos personagens de sua cidade. Apaixonado pelo Rio de Janeiro, nem por isso deixava de ver suas mazelas, contra as quais investia com humor, ironia, às vezes sarcasmo. Caso de "Queixa de defunto", sobre as más condições da rua que levava um defunto ao cemitério de Inhaúma, e cujo pavimento, de tão trepidante, teria feito ressuscitar um morto. Em "As enchentes", uma tempestade de verão o deixa indignado com as autoridades municipais. É como se a inundação o obrigasse a se levantar do meio-fio e incorporar tons de editorialista: "Uma vergonha!". Mal sabia o Lima que o problema das enchentes no Rio iria sobreviver indefinidamente à sua morte, ocorrida em 1922.

A criação de um Conselho Municipal, em 1918, o faz desembainhar sua mais cortante ironia em "Até que afinal!...", ao se dar conta de que o novo órgão público, em vez de melhorar a vida dos cariocas, começara criando mais impostos. E o que dizer daquela autoridade municipal que, vinda de fora mas instalada na cidade fazia muitos meses, passou recibo de não conhecer uma rua famosa como a do Ouvidor. A indagação que Sua Excelência fez a um guarda virou título da crônica: "Que rua é esta?".

As reclamações do Lima se tingem às vezes de alguma rabugice, não o bastante, felizmente, para afugentar o leitor. Em 1915, por exemplo, ele torce o nariz para o novo prédio da Biblioteca Nacional, inaugurado em 1910: parece um "palácio americano", avalia o cronista em "A biblioteca", sentindo-se intimidado ao pé de "escadas suntuosas". Dois anos mais tarde, reage contra a novidade americana dos arranha-céus, "monstruosas construções", "torres babilônicas" que até podiam fazer sentido na exiguidade da ilha de Manhattan, escreve ele em "Sobre o desastre", mas não nas generosas vastidões do Rio. O tom não é muito diferente em "O cedro de Teresópolis", de fevereiro de 1920, em que a notícia de que alguém quer derrubar uma bela árvore faz espraiar-se a sua indignação contra os que, no Rio, buscavam estender a cidade rumo a uns "areais" — leia-se: Copacabana, ligada a Botafogo, desde 1892, por esse que hoje é conhecido como Túnel Velho.

O tema das agressões à flora está também em "A derrubada", crônica na qual a boa conversa de Lima Barreto principia falando da anunciada remoção das grades do Passeio Público, avança pela denúncia do sacrifício de "árvores velhas, vetustas fruteiras", das quais "dentro em breve não restarão senão uns exemplares" — e então retorna às grades, para que o cronista possa uma vez mais alfinetar seu desafeto Coelho Neto, escritor passadista que, segundo o Lima, não hesitara em sacar cânones gregos para justificar a remoção daquelas proteções metálicas do Passeio Público.

A pendenga entre os dois escribas, por sinal, transbordava para outros campos, aí incluídos os de futebol — ou melhor, *football*, grafia inglesa que então se adotava no Brasil para designar o esporte para aqui transplantado, não muitos anos antes, por Charles Miller. Fica difícil saber até que ponto foi por aversão a Coelho Neto, derramado admirador da nova modalidade esportiva, por ele enfeitada com eflúvios helênicos, que Lima Barreto, em "Uma partida de football", preferiu falar em "jogo dos pontapés na bola". Não surpreende que, quase um século depois (em 2010), cacos da porfia tenham rendido um livro, *Lima Barreto versus Coelho Neto: Um Fla-Flu literário*, de Mauro Rosso. Na crônica em questão, o Lima deplora também o comportamento das "torcedoras" (por se tratar de neologismo, ou simplesmente por desprezo, a palavra ganhou aspas), cujo vocabulário, "rico no calão", só encontrava similar na fala de "carroceiros do cais do porto".

Torcedoras ou não, as mulheres fizeram correr rios de tinta da pena de Lima Barreto, por elas fascinado não apenas como tema de escrita. Só não precisavam, reclama ele em "Chapéus, etc.", ocupar suas cabeças com "semelhante cobertura", uns chapelões enormes. Ao vê-las em desfile na avenida, o escritor põe-se a meditar sobre o sobe ou desce das saias e decotes — e aí lhe ocorre uma ideia, que hoje haveria de acender justa indignação entre mulheres: criar-se uma comissão encarregada de decidir o que no corpo das beldades transeuntes poderia ou não ser visto. Se na Câmara dos Deputados existe uma comissão para tratar de questões sociais, pergunta ele em

"Modas femininas e outras", por que não poderia haver uma para deliberar sobre o comprimento de saiotes & decotes?

O bom humor da sugestão é o mesmo que o cronista põe em campo em "Amor, cinema e telefone", gostoso texto no qual, fingindo acreditar que "o amor deve ser combatido", ele pede a proibição de tudo o que possa fazê-lo germinar. Em especial, o escuro do cinema e o telefone, em que vê moças e senhoras penduradas o tempo todo. Numa demonstração de que nem sempre valeria a pena ser escravo da coerência, o mesmo Lima Barreto bem-humorado em "Esta minha letra..." começa reclamando da ruindade de sua caligrafia, capaz de produzir erros não só gramaticais. Olha então para a moça a seu lado no bonde, nem bela nem feia, dona, porém, de letra invejável, no caderno que tem aberto no colo. "E se eu me casasse com ela?", devaneia Afonso Henriques de Lima Barreto, sonhando com o que, mesmo num bonde, até que poderia não ser tão passageiro assim.

Joias do Rio

Se ainda estivesse entre nós, e é uma pena que há muito não esteja, o mineiro Otto Lara Resende não deixaria passar em branco, num 1º de março, o aniversário do Rio de Janeiro, a cidade que adotou aos 23 anos, nos primeiros dias de 1946. Foi o que fez em 12 de outubro de 1991, quando registrou em "O papa e a gente" os sessenta anos da presença do Cristo Redentor no topo de uma das esplêndidas corcovas da paisagem carioca.

Não lhe escapou tampouco, em 1992, o que de certo modo poderia ser considerado o centenário de Copacabana: "Mudamos e não mudamos" fala da inauguração do primeiro túnel (que na boca do povo acabaria virando Túnel Velho) a ligar a cidade àquela então desértica vastidão de areia. Já em "Entre lobo e cão", o cronista não precisou de efeméride alguma para deslumbrar-se ante o que via: "Com o tempo feio, puxa vida, como o Rio é lindo!".

Paulo Mendes Campos, também ele um caso de mineiro e carioca praticante, foi outro forasteiro a cair de amores pelas inumeráveis joias do Rio de Janeiro. Entre elas, o Maracanã. "Se há coisa que me emociona...", escreveu ele, "é um sujeito jogar bem futebol." Embora botafoguense, numa tarde de janeiro de 1953 Paulo deixou cair o queixo na contemplação das artes de um craque de outro clube, o grande Zizinho, com "a malemolência de suas fintas, seus passes perfeitos, sua plasticidade". Só faltou contar que o legendário meia, veterano da

Seleção de 1950, contribuiu então com dois gols para a vitória do Bangu por 3 a 2, liquidando as esperanças do Fluminense de levar o título de 1952, que seria do Flamengo.

A felicidade no pós-jogo estimulou o cronista a espichar a tarde — e lá foi ele, de carro, com os amigos Millôr Fernandes e Hélio Pellegrino, subúrbio adentro, num mergulho em que a poesia, aos poucos, deu lugar à tristeza da miséria urbana. Asperezas de que Paulo falará também em "E a cidade que se chamava...", relato apocalíptico em dezenove parágrafos numerados, dos quais ao menos um dá ao leitor de hoje a impressão de ter sido escrito não em 1951, mas em dias recentes: "Como o látego no lombo do burro, Rio de Janeiro foi castigada duramente; e os vícios dos homens públicos é que foram causa dessas aflições".

Lima Barreto não se cansou de denunciar o que considerava agressões a sua cidade. Em 1911, reagiu mal à notícia de que "O convento", erguido em meados do século XVIII, seria limado da paisagem. Não que morresse de amores pelo casarão; o que o revoltava era o silêncio unânime ante a demolição anunciada. Não se tratava de um imóvel qualquer, lembrou: um convento de freiras está carregado de memórias, ainda que tristes, pois era ali que autoritários chefes de família enfurnavam filhas e parentas fora do padrão, como forma de apartá-las das tentações do mundo.

Três anos mais tarde, em "A derrubada", Lima Barreto preferiu não entrar no debate sobre se deveriam ou não ser retiradas as grades do Passeio Público — o primeiro parque ajardinado do Brasil, inaugurado em 1783. Mas voltou a condenar o silêncio dos cariocas em face do sacrifício, em vários pontos da cidade, de "árvores velhas, vetustas fruteiras, plantadas há meio século". Em "O Jardim Botânico e suas palmeiras", investiu contra o "espírito frívolo" da "mais inepta das burguesias", uma gente que "não tem gosto, não tem arte, não possui o mais elementar sentimento da natureza". As "construções ultramodernas e ultrachiques são hediondas", fulmina ele, ao mesmo tempo que deplora a adoção do tijolo onde antes imperava o tradicional granito do Rio. Não era só. "Com as suas palmeiras hieráticas" e "seus bambus em ogiva", o Jardim Botânico, mandado fazer por d. João VI em 1808, "está abandonado". E "as crônicas elegantes das praias", naquele ano de 1919, "não têm uma palavra de saudade para aquele canto do Rio".

Coisa pior está por vir em 1922, quando o prefeito Carlos Sampaio começará a demolir o morro do Castelo — e, com ele, protestou o Lima em "Relíquias, ossos e colchões", a Igreja de São Sebastião dos Frades Capuchinhos, construção de 1567 na qual se achavam conservados, além do marco zero da cidade, os ossos de seu fundador, Estácio de Sá. O cronista, a quem não restava então um ano de vida, não chegará a conhecer o novo endereço daquelas relíquias, a nova igreja dos capuchinhos, inaugurada na Tijuca em 1937.

Ao contrário de Lima Barreto, Rachel de Queiroz não se opunha a intervenções humanas na paisagem carioca — no caso, pelo menos, da construção de aterros em franjas da Zona Sul, com terra e pedras do morro de Santo Antônio, no centro da cidade, roído pelas máquinas em meados da década de 1950. "Se alguma coisa temos demais neste país", disse Rachel em "Esplanada da Glória", "é paisagem."

Instalada no Rio desde 1933, quinze anos depois a escritora traçou em "Cidade Maravilhosa" uma espécie de enredo padrão vivido por brasileiros que lá chegavam, transplantados de outros cantos do país. Trajeto que vai do "choque e a decepção" iniciais a uma progressiva rendição aos encantos do Rio, até que o migrado "vira carioca". Mas o que vem a ser isso? "O carioca puro-sangue", acredita Rachel, "só é puro zootecnicamente, pois na verdade ele é dois oitavos baiano, cearense e pernambucano, um oitavo mineiro, outro oitavo sírio-libanês, dois oitavos fluminense e os dois restantes de origem indiscriminada...".

Boa ilustração do que diz Rachel de Queiroz seria o capixaba Rubem Braga, que em "Lembranças" rememora sua juventude no Rio, quando tinha os bolsos cronicamente desabastecidos. Nem por isso era infeliz: "Se o pobre tem aqui uma vida muito dura, e cada vez mais dura, ele sempre encontra um momento de carinho e de prazer na alma desta cidade, que é nobre e grande sobretudo pelo que tem de leviana e gratuita, inconsequente e sentimental". Ano e pouco mais tarde, numa tarde de sábado, o Braga dá por si numa confeitaria na "Cinelândia" e, sem haver premeditado, pede ao garçom exatamente aquele luxo — waffles com mel — que na juventude punha a perder suas finanças, e que no seu caso dá a impressão de funcionar como a *madeleine* de Marcel Proust, bolinho capaz de escancarar os mais recônditos baús da memória.

E há o pernambucano Antônio Maria, que num belo (literalmente) dia percorre com certa moça os "redondos, inacabáveis" caminhos da Floresta da Tijuca, os quais, na sua avaliação, nem são caminhos, "são pretextos". A felicidade é tanta que "Alto da Boa Vista & Floresta" deixa ver o cronista invadido por uma "vontade de morar uns anos por aqui, sem sair daqui, e, com o tempo, ficar um pouco vegetal". E nem se trata, para ele, do lugar "mais bonito em toda esta cidade", culminância que em seu coração é ocupada pela lagoa Rodrigo de Freitas, capaz de fazer bem tanto aos pobres como aos ricos que vivem ao seu redor. "Só a beleza nivela os homens economicamente desnivelados", filosofa o cronista em "A lagoa". Pena que o objeto de sua admiração carregue a praga eterna de volta e meia cheirar mal — "como uma bela mulher que sofre de mau hálito", compara. Fazer o quê? "Se Deus fosse menos rancoroso, receitaria um remédio de bochechar para o hálito da lagoa."

Quem conta um sonho

"O psicanalista é uma comadre bem paga", cravou certa vez Otto Lara Resende, quem sabe para bulir com aquele que foi o seu maior amigo, o psicanalista (e bom poeta) Hélio Pellegrino. E não é impossível que Hélio estivesse na roda de conversa de que Otto fala em "Solução onírica", na qual o assunto são os sonhos. E haja assunto! "Hoje todo mundo sabe o seu lance de psicologia", escreve o cronista. "Freud e Jung dão pé para qualquer palpiteiro." Em dado momento, alguém sugere que cada qual conte um sonho. O de Otto foi sobre um camarada de suas relações, que dera de lhe pedir, com implacável insistência, que encaminhasse um pedido dele ao presidente da Câmara dos Deputados — o Rio era ainda a capital federal, e Otto tinha acesso fácil a todos os poderes da República. Constrangido, já não sabia o que fazer para pôr fim ao peditório — e eis que a solução lhe caiu do céu, sob a forma de um sonho em que o presidente da Câmara partia em viagem para o estrangeiro, deixando-lhe um excelente pretexto para neutralizar o chato.

O assunto fascinava Otto Lara Resende, que a ele voltou em outra crônica, "A chave do sonho". Ali não tem comadre bem paga, não tem Freud nem Jung — e sim, para nosso pasmo e encanto, um gato que, segundo a família do cronista, era dado a sonhar, só não se sabe se com apetitosos camundongos. O bichano sonhador, de nome Zano, talvez sonhasse com aventuras, pois fugiu de casa — o que, aliás, levou Otto a escrever duas crônicas memoráveis: "Volte, Zano" e "Fuga do borralho". Mas há mais do que felinos em "A chave do sonho"; capaz de se interessar por tudo, o cronista se ocupa ali, também, do que lhe ensinou um oftalmologista estudioso da matéria: que também os cegos sonham, de diferentes maneiras, com ou sem imagens, dependendo de ser sua cegueira de nascença ou não.

Já Rubem Braga, quando sonhava com gatas, tratava-se exclusivamente de gatas bípedes, digamos assim — entre elas, a bela mulher que, em "Madrugada", se insinuou em seu sono e cuja presença, já desperto, o picaria "como um inseto venenoso". Ao acordar, o Braga está sozinho, e contempla uma poltrona que "abria os braços esperando recolher outra vez o corpo da mulher jovem".

Num texto que se chama simplesmente "Sonho", ambientado na Belo Horizonte onde o Velho Braga foi jovem (ali viveu dos dezenove aos vinte e poucos), a seu lado caminha uma garota "singela e muito alta", enquanto ele, fardado, segue rumo ao serviço militar. "Marcha, soldado, cabeça de papel", canta a linda criatura, dando a ele a ilusão de que haveriam de marchar "eternamente pelas ruas do mundo". Bem mais real é a namoradinha cuja aparição, em sonho, em "A longamente amada", lhe devolve a lembrança de um dia em que o presenteou com uma fotografia que trazia guardada no seio. Mas há também pesadelos nas noites do cronista, e um deles desenrola imagens de uma tragédia ocorrida dias antes, quando um incêndio destruiu o Hotel Vogue, em Copacabana. "Vejo os homens que se atiram e se esborracham", registra Rubem em "Madrugada II".

Rachel de Queiroz, como o Braga, dedicou copiosas crônicas aos filmes que o inconsciente passa para nós quando dormimos.

Num deles, contado em "História de sonho", ela está em Portugal. Foi bonito, avalia Rachel, que no entanto teme "os amigos interpretadores, capazes de tirar uma história-de-sete-cabeças dos sonhos mais inofensivos", pois "hoje em dia não há quem não tenha as suas tinturas de psicanálise e não entenda de sonhos". Resultado: "Ninguém mais sonha, com receio dos freudistas".

"A gente não regula os seus sonhos", dirá a escritora cearense em "Maria Antonieta"; "o mais que pode fazer é confessá-los, arrostando o perigo das interpretações dos psicanalistas." No caso, nem seria preciso tanto: sob os traços da desditosa rainha da França, que reencarnou como homem e foi nascer em Diamantina, transparece, sem que se lhe diga o nome, a figura de Juscelino Kubitschek, nativo dessa cidade mineira, e que àquela altura (o ano é 1957), presidente da República, se empenha na construção de Brasília. Para Rachel de Queiroz, que não ocultava antipatia por JK, aquela Maria Antonieta rediviva "ergue seu novo Trianon no planalto goiano".

Ela mesma vai se desmentir numa crônica a que deu o mesmo título, "História de sonho". Intrigante história, por sinal, transcorrida na Provença, onde cruza no caminho com um padre e uma velhinha de preto. Ao cabo de uma tentativa de diálogo, o sacerdote cai de joelhos, "segurando a saia preta da velha" inflexível — ao mesmo tempo que surge na paisagem "um menino de blusa larga, a descer lentamente a ladeira suave, e a tocar uma flauta de bambu". "Por que sonhei aquilo?", pergunta-se Rachel, "aflita e sem fôlego", e constata que está deitada na rede sob a mangueira, em sua casa na ilha do Governador. Em vez de flauta, cantoria de cigarra.

Mais amigável é o Paulo Mendes Campos, que, em "No domingo de manhã...", passeia em companhia de certa "moça estrangeira" recém-chegada ao Rio, na qual é difícil não ver a modelo inglesa Joan Abercrombie, com quem o poeta e cronista mineiro se casou no início dos anos 1950. Naquele domingo, Paulo vai com a moça a General Severiano, o estádio de seu Botafogo, de onde se pode contemplar, mais que um jogo de futebol, o espetáculo do Pão de Açúcar — um dos adereços da paisagem carioca que haverão de povoar seu sonho quando, à noite, depois de "uma ceia e de um beberico modestos", o cronista se estende ao lado da moça, protagonista, é claro, daquele tour onírico.

A mulher, sempre

No momento em que o calendário traz de volta — 8 de março — o Dia Internacional da Mulher, fique aqui a sugestão de peneirar um pouco do muito que sobre ela escreveram nossos cronistas, para descobrir, entre outros achados, que poucos o fizeram com a assiduidade de Rubem Braga, o maior de todos. E descobrir também que, curiosamente, em seus enredos ele quase nunca nos parece estar vivendo um amor correspondido.

No caso extremo de "Sizenando, a vida é triste", por exemplo, ei-lo deitado, em manhã chuvosa, a imaginar sua inalcançável Joana, "meio tonta de uísque", aconchegada àquele "palhaço". A frustração do Braga não chega a tanto ao se ocupar de misteriosa dama, "A primeira mulher do Nunes", de quem amigos lhe falam como alguém que era preciso conhecer, e que certa vez teria perguntado por ele. Um dia até julgou vê-la, sentada num banco de praça. Mas disso não passará sua fantasia com aquela "estrela perdida para sempre em remotos horizontes".

O radar do Braga terá um pouquinho mais de sorte ao captar, em "O verão e as mulheres", no ensolarado período transcorrido entre a "véspera do solstício, em 20 de dezembro", e "as imediações do Carnaval", uma criatura especialmente merecedora de sua atenção — sem que, no entanto, tenha havido entre os dois, nesse tempo todo, algum contato além do visual, e assim mesmo unilateral, pois provavelmente o alvo de seu olhar não lhe dignou retribuir-lhe a atenção. (Caiba aqui um parêntese-sugestão: ler esse texto na publicação original, quando o título era "Outono". O velho recorte de jornal, encontrável no Portal da Crônica Brasileira, traz anotações à mão de Rubem Braga, qual benfazejas cicatrizes.)

Mais próxima do cronista, e quem sabe até abordável, a jovem protagonista de "Viúva na praia", que ele conhecia de vista e que agora, em manhã de sol, na óbvia ausência de marido, é possível observar de modo mais desinibido: "Eu estou vivo, e isso me dá uma grande superioridade sobre ele". Ali está ela, ao alcance de seus olhos, a brincar na areia com o filhinho. Estará ao alcance também das mãos do embevecido cronista? Mais fácil seria dizer se Capitu traiu ou não Bentinho em *Dom Casmurro*. O adultério, por falar nisso, é um tema que aparece insinuado em "Mulher de nariz arrebitado", de Antônio Maria, história na qual um marido que pulou a cerca se dá conta de que pode ter recebido da esposa um troco tão afrontoso quanto inesperado.

Todo cronista, sabemos, tem um componente voyeur, bem próprio do gênero, e que por isso está longe de ser exclusividade de Rubem Braga. Ivan Lessa, em "Manequim, osso e pele", é um olhador implacável ao esmiuçar o que considera "desarmoniosa elegância" das beldades num desfile de moda — perfeitas demais, avalia, pois a elas faltariam "um salto quebrado", um "erro", uma "imprecisão", algum "excesso de proteínas".

Já Paulo Mendes Campos dispara comparações, por vezes desconcertantes, em "A garota de Ipanema" — não necessariamente aquela moça que na vida real, em 1962, inspirou o clássico de Tom e Vinicius. Num tempo em que o politicamente correto não despontara ainda no horizonte, o cronista enumera o que lhe sugere a figura da moça: um faisão real, por exemplo, a primavera, a melhor poesia, uma gaivota, um gol de Pelé e até mesmo o colesterol, "porque aumenta a pressão arterial" do homem que a vê passar.

Por outros motivos, é claro, Rachel de Queiroz também se entusiasma quando fala, em "Dona Noca", da maranhense Joana Rocha dos Santos, de quem o acaso fez prefeita de uma cidade em seu estado e que, entre outros atributos, possui uma "altivez encoberta pela doçura firme", de quem "aprendeu desde menina a mandar, a tomar decisões e a fazer escolhas".

Clarice Lispector, em "A antiga dama", também pinta um retrato de mulher vivida — bem diferente, contudo, da vitoriosa dona Noca. "Havia uma majestade e soberania naquele grande volume sustentado por pés minúsculos, na potência dos cinco dentes, nos cabelos ralos que, escapando do coque magro, esvoaçavam à menor brisa", descreve Clarice com duro realismo. E nos emociona ao narrar um breve "clarão de inútil felicidade" vivido pela personagem na pensão qualquer onde vai acabando seus dias.

Tamanha tristeza encontrará compensação na prosa tantas vezes jovial de Fernando Sabino, o autor de "O homem nu", que nos deu também "A mulher vestida", sobre o fuzuê provocado, em frente a um shopping center de Copacabana, por fantasias masculinas tão desvairadas quanto equivocadas. Ou o caso de "Dona Custódia", sobre as surpresas à espreita de quem um dia contratou uma velha e recatada senhora para trabalhar em sua casa. Ou, ainda, "A condessa descalça", comédia digna de filme, inspirada numa história verídica que Otto Lara Resende contou a Sabino — numa carta que se recomenda ler nas páginas 52 a 59 de *O Rio é tão longe*, o livro que reúne a saborosíssima correspondência de Otto a Sabino.

Leia-se também, por fim, um pouco como documento de um tempo em que o machismo e a homofobia reinavam desabridos,

"Cristo ou Crista?", em que um cronista das antigas, Antônio Torres, registra "uma coisa estranha" na programação da Semana Santa de 1916: a escolha de uma mulher, a atriz Itália Fausta, para viver na peça *O mártir do Calvário* o papel de Jesus Cristo. Sarcástico, ele imagina que, se assim é, a Maria Madalena da montagem poderia ser um "macho", "para não perturbar o equilíbrio do mundo". E não perde a oportunidade de dar lambada em sua vítima predileta: propõe que o papel da pecadora arrependida seja confiado a Paulo Barreto, nome de pia do escritor João do Rio, cuja homossexualidade Antônio Torres não se cansava de expor e ridicularizar.

O imenso Menino Grande

Entre os expoentes do ciclo de ouro da crônica brasileira, o pernambucano Antônio Maria é o único que se foi sem publicar livro. Não por escolha, mas por ter morrido cedo. Coletâneas com crônicas dele, só alguns anos depois, organizadas e editadas por iniciativa de amigos e, mais adiante ainda, do cronista e jornalista Joaquim Ferreira dos Santos, que viria a ser também o seu biógrafo, em *Um homem chamado Maria*.

Embora várias coletâneas tenham sido publicadas a partir de 1968, quatro anos após a sua morte, a maior parte de sua produção ficou por muito tempo na poeira dos jornais e revistas onde o cronista, na ganhação da vida, foi deixando a sua marca.

Mais conhecidos, claro, eram seus dotes musicais, e faz muito sentido a ótima ideia de Joaquim de harmonizar canções e crônicas do Maria num refinado drinque sonoro, do qual aqui vai o cardápio: "A noite em 1954", com "Carioca mil novecentos e cinquenta e quatro", na voz de Dolores Duran; "Carnaval antigo… Recife", com "Recife", interpretada pelo Trio de Ouro; e "Notas sobre Dolores Duran", com a própria Dolores cantando "Canção da volta".

Em "Afinal, o que é que eu sou?", o sol do sábado carioca está pedindo praia, mas eis que chegam ao Maria duas cartas — uma eriçada de acusações, como a de estar copiando ideias de Carlos Drummond de Andrade, outra gotejante de babosos elogios. Não se reconhece em nenhuma delas e, acossado agora pela dúvida que dará título à crônica, vê naufragar seu projeto de praia ao sol.

"Engenhos", "Notas para um livro de memórias", "Infância, Adolescência, Maturidade e Morte" são Antônio Maria na posse plena de um de seus maiores talentos de escriba, o de memorialista, capaz de recompor tempos e lugares com poucas e fortes palavras. E também com a graça e o humor meio moleque que são muito seus. Numa passagem de "Engenhos", por exemplo, em que um nativo do campo que jamais foi ao litoral quer saber como é "esse mar que passa no Recife": "É só de água ou tem plantação dentro? Pertence à usina ou é do governo?". Não é absurdo pensar que poderia ter vindo daí, pela picada memorialística, um dos livros que Antônio Maria não escreveu, ou não chegou a formatar.

Quanto a "Alegria", focada num estado de espírito que em nossas vidas deveria vir primeiro, e nunca se afastar, fique aqui como arremate. Sonhava o Menino Grande com uma alegria que jamais se confundisse com o "prazer formal" — uma alegria "intacta, de corpo e alma", que fizesse as pessoas se sentirem "leves, intemeratas e bonitas", que substituísse "o almoço, o jantar e o banho", que dispensasse "dúzias de rosas, cestas de flores e caixas de orquídeas", que permitisse "esquecer o Passado, todos os passados, a ponto de o paciente perguntar: 'Quanto tempo faz que teve ontem?'".

Recados do mar

Não me leve a mal, me leve a bem, se insisto numa recomendação para que se leia, não importa qual seja a estação do ano, "Entreato chuvoso", crônica de Otto Lara Resende sobre o verão. Não aquele, escaldante, que convoca à praia, mas o verão em que, subitamente, o mundo ameaça acabar, como tantas vezes acontece entre novembro e março. A tempestade, então, descreve Otto, "desfolha a rosa dos ventos", enquanto "o sol se retira, agastado, para não ver esse rude espetáculo".

Tudo somado, não faz mal que seja assim: "Friozinho bom pra ficar no borralho", se acomoda o cronista, para "ler, pensar na bezerra que morreu, ou reler o que nunca li". Antônio Maria saca outra benesse do tempo subitamente enfarruscado, e pede, em "Considerações sobre o sono": "Que ao menos chova, a noite inteira, sobre o telhado dos amantes". Já Paulo Mendes Campos, em "Rio de fevereiro", acredita que na cidade "o ano efetivo tem a duração de nove meses", "o máximo de tempo-responsável que a nossa tribo suporta".

Como assim?

Para esclarecer, o cronista e poeta se põe a dissecar o verão carioca: se dezembro "é o mais adolescente dos meses", pois "sem juízo, turbulento, transpirando pansexualismo", e janeiro, "o descanso do descanso", em fevereiro "pode acontecer de tudo" — do "calor de estrumbicar passarinho" ao "aguaceiro desatado", das "calmarias de um amor divino" aos "emboléus de um amor infernal". Fevereiro, diz Paulo Mendes Campos, invocando sua condição e experiência de nativo de um mês "torto e adoidado", "é um resumo da existência carioca: curto, sacudido, sensual, encalorado, colorido, dourado, irreal".

Frutos da chuva

Nascida numa região do Brasil em que tantos vivem de olho nas alturas, na esperança de salvadoras gotas d'água, Rachel de Queiroz um dia se pegou a reclamar justamente daquilo que os céus despejavam então sobre o Rio de Janeiro. Não era para menos: naquele verão de 1947, conta ela em "Chuva", a impressão que se tinha era de que nunca mais teria fim o aguaceiro que encharcava a cidade.

A ilha do Governador, onde Rachel morava, lhe parecia prestes a se dissolver no mar, como torrão de açúcar. Não lhe bastasse o dilúvio incessante, numa daquelas noites veio assombrá-la um pesadelo em que se via presa num submarino, embarcação que desde sempre lhe causava "um grande terror mórbido". Razão a mais para choramingar: "A gente pede a Deus misericórdia, implorando que a chuva pare" — e em seguida se dá conta da ironia da situação em que se vê metida: "Quem havia de dizer, cearense sem querer mais chuva".

Rubem Braga, em outro verão, também reclamou — não de aguaceiro, como Rachel, mas de uma chuva que caía "sem convicção", num literal chove não molha "que nem sequer refresca, apenas aborrece", daí resultando aquilo que daria título à crônica: "Mormaço". Rendido, o cronista entrega: "Já não amo ninguém, é impossível amar com mormaço" — e, desalentado, propõe: "Vamos todos deixar a vida para amanhã".

Não é muito diferente o ânimo de Otto Lara Resende quando, na serra fluminense, tendo fugido do calorão do Rio, percebe que foi cair num quase extremo térmico e meteorológico. Estava crente de que o verão viera para ficar — e eis que agora está imerso num "inverno molhado", o que o faz sentir-se "traído". Entre espirros, conta Otto, ele se vê de "nariz colado na janela" e de "lareira acesa", a contemplar, lá fora, nada menos que "um postal suíço". Se para tal tristeza não há remédio à vista, algum consolo talvez haja — na palavra, quem sabe, com que se fecha o título da crônica: "Chuva, chave, pastel".

Mas nem tudo são sombras quando nossos craques se ocupam daquilo que para tantos é "mau tempo". O Rubem Braga que vimos irritado em "Mormaço", por exemplo, nos aparece quase jubiloso em "Cordilheira", uma das crônicas que escreveu no Chile, no período em que chefiou em Santiago o escritório de Propaganda e Expansão Comercial do Brasil, nos anos 1950. A bendita chuva, que por meses não dera as caras, teve o condão de deixar "o ar mais fino", e de tornar ainda mais bela a cordilheira que emoldura a capital chilena, "essa imensa muralha azul toucada de neve que brilha ao sol".

Um ano antes, quando uma tempestade causou pesados danos no Rio de Janeiro, o Braga pudera ver, em meio à devastação, uma contrapartida de felicidade. "A infância pobre do Rio, sempre esquecida, teve ontem um lindo dia de folga e festa", registrou o cronista em "Chuva"; uma "desculpa para não ir à escola e divertimentos animados na grande alegria das enxurradas". Só lamentou que ele próprio tivesse saído de casa calçado e "com trinta anos de idade mais do que o conveniente". Não fosse assim, "faria o que os meninos descalços eu vi fazendo: entraria na enchente, patinaria na lama, soltaria na esquina meus barcos de papel, e me divertiria imenso com a aflição da gente grande a empilhar trastes e móveis no andar térreo".

Em outra ocasião, tomado pela preguiça de escrever, foi à chuva que Rubem recorreu para encher seu espaço no jornal. Chuva alheia, na verdade, pois, sem maior cerimônia, ele assumidamente "roubou" do amigo Pablo Neruda um texto a seu ver "capaz de comover a qualquer um que já morou em casa antiga". Não se fica sabendo se o título da crônica, "Goteiras", é criação sua ou também foi surripiado. Nele, o poeta chileno relembra sua mãe a espalhar "bacias, vasos, jarros, latas" pela precária residência da família, tão logo começava a chover. "As goteiras", comparou Neruda, "são o piano da minha infância", a música que o acompanharia pela vida inteira, aonde quer que fosse.

Quanto a Antônio Maria, este recolheu água a cair do céu e dela fez pretexto e moldura para delicadas "Notas da chuva" — às quais não faltam pérolas como esta: "A água é bela e jovem. Ninguém a envelhecerá. Ninguém a prenderá para sempre". Ou esta outra, um tanto fora da moldura, mas da qual ninguém vai reclamar: "A carne não mente. Apesar da má companhia em que vive, ainda não chegou à perfeição desse erro".

O mesmo Antônio Maria, por fim, requisitou pingos de chuva para, em "O último encontro", dar retoques de cenógrafo perfeccionista à melancólica cena final de uma história de amor — de "um amor de dentro para fora que, além de sentimentos, tinha mãos e dentes". Faltava uma "chuva morna que caiu de repente", na qual a moça "se teria deixado molhar". Pois a personagem, justifica o cronista, "desde que os cabelos lhe escorram molhados pelo rosto, pode ser triste, trôpega, hesitante, como fica bem a todos os personagens, depois do último encontro".

Encantos e caprichos do mar

Dos 77 anos que viveu, Rubem Braga passou uma boa terça parte, a derradeira, de frente para o mar, no apartamento de cobertura onde se encastelou em meados da década de 1960, em Ipanema. Nem assim fartou-se ele da maravilha a que fora apresentado na infância, no inesquecível dia em que, num bando de meninos, deixou sua cidade, Cachoeiro de Itapemirim, no Espírito Santo, para conhecer o mar.

"Era qualquer coisa de largo, de inesperado", registrará nosso maior cronista, três décadas mais tarde, em "Visão do mar". "Ficamos parados", descreveu, "respirando depressa, perante as grandes ondas que arrebentavam." Lembrança tão forte quanto fecunda: até a morte, em 1990, o Braga volta e meia ambientaria crônicas — "Duas meninas e o mar", "Um homem", "O Rio", "O afogado", tantas mais — em cenários como aquele, inaugural, indelével.

Também Paulo Mendes Campos viveu, aos treze anos, epifania semelhante, exclusiva de quem não tenha crescido rente à praia. "Fiquei besta", relembrou o cronista mineiro em "A primeira vez...", sobre o dia em que o carro que o levava a Botafogo desaguou na avenida Beira-Mar. A impressão que teve então foi de que "aquilo" era "um engano da natureza", "uma coisa bela e boa demais, um excesso de perfeições e grandezas". Impressão tão forte que durante um tempo lhe doeu o fato de que "o mar ocupasse tão pouco tempo na conversa dos outros".

Dado a mergulhos e a pescarias, Paulo Mendes Campos, quanto a isso, era antípoda do coestaduano e amigo Otto Lara Resende, raras vezes visto numa praia do Rio, cidade que adotou aos 23 anos. Otto guardava, dessas águas, uma respeitosa e prudente distância. Chegou, em "O que diz o mar", a puxar as orelhas dos surfistas, que, "soberbos, já nem pedem licença para cavalgá-lo", e das moças, que "vão lá exibir sua nudez". A uns e outros alertava, em meio a um nevoeiro que embaçava o Rio em pleno verão: "Gente, o mar não é um cãozinho doméstico que se põe no colo. Ele está aí, vigilante". Era preciso não tomar liberdades com aquele mundo de movente água salgada que, nos diz Rachel de Queiroz em "O mar", sobre nós exerce "atração invencível" ao agitar "de cobiça e curiosidade o insensato coração dos homens".

Criados no litoral pernambucano nos anos 1920, Antônio Maria e Clarice Lispector guardariam lembranças fortes de um tempo em que só se entrava no mar por ordem médica, em jejum e antes do nascer do sol. "Na praia", recorda Maria em "O mar", "a pessoa mais velha mandava que todos fizessem o 'pelo-sinal' e tirava uma ave-maria, a que todos respondiam, encomendando a alma a Deus, no caso de afogamento ou congestão". Fazia-se "cerimônia com o mar, tinha-se medo dele".

Não longe dali, também ela em jejum, a menina Clarice se "embriagava" com o cheiro que subia das águas traiçoeiras de Olinda, naquilo que para ela ficaria sendo, vida afora, uma aventura irrepetível. "Como sentir com a frescura da inocência o sol vermelho se levantar?", haverá de perguntar em "Banhos de mar" — para em seguida admitir: "Nunca mais. Nunca".

Um tanto dessa nostalgia da juventude praieira se respira em "Maresia", de um paulistano cedo acariocado, Ivan Lessa. Nessa crônica, escrita aos trinta anos, é difícil não ver o brilhante redator do *Pasquim* e comentarista da BBC nos traços de "um menino de bar que fora um menino de praia", ou seja, alguém que a vida tornou íntimo das duas acepções, ambas malvindas, do substantivo "ressaca".

Neste país com nome de árvore

Nascido em 1905, o cronista e romancista Jurandir Ferreira chegou ao fim da vida, quase um século depois, sem jamais vestir o figurino do velho ranzinza. Ao contrário, era conhecido também por sua bonomia. Mas nem por isso deu trégua a quem lhe parecesse ameaçar o sossego e as belezas naturais de sua cidade, a graciosa Poços de Caldas, no sul de Minas Gerais.

Nos anos 1950, por exemplo, quando palavras como "ecologia" e "ambientalismo" ainda não eram de uso corrente, Jurandir Ferreira se insurgiu, em "Cabritos na horta", contra o que qualificou como "furibundo projeto" — a construção de uma estrada rumo ao cume da serra de São Domingos, que domina a paisagem de Poços. "Penso na inocência colossal e indefesa da montanha, na sua enorme tranquilidade", escreveu, receoso de que a estrada viesse a "inocular em doses mortais o pior e o mais destruidor dos vírus, que é para ela o trânsito das gentes". Não é impossível que o alerta do cronista tenha imposto aos construtores uma dose de moderação. A estradinha, estreita e simpática, culmina numa estátua de Cristo, menor apenas que a do Corcovado, ali plantada em 1958, mas que no essencial não comprometeu a serra de São Domingos.

Vigilante incansável, Jurandir Ferreira saiu em defesa, também, na crônica "A árvore do doutor Perrone", de uma solitária tapuia-caiena, ao vislumbrar "sociedades secretas maquinando contra a eliminação dessa última sobrevivente".

Em outra ocasião, com "Dos macacos e da quieta substância dos dias", posicionou-se contra os ruídos urbanos que começavam a comprometer o sossego de uma cidade onde, na infância, o cronista se habituara a ver um elegante fiscal aplicando multa em "carreiro cujo carro de bois viesse rechinando pelas ruas do povoado".

Rubem Braga não era menos sintonizado nas belezas e mistérios da fauna e da flora. Não espanta que tenha plantado horta, pomar e jardim na sua cobertura, em Ipanema. Bem antes disso, nos anos 1950, manifestou em "Parque" o desejo de conhecer o naturalista Augusto Ruschi, a quem muito admirava — e que viria a homenageá-lo ao dar a uma variedade de orquídea o nome *Physosiphon bragæ Ruschi*. Em "Seringueiro", o cronista se interessa pelas agruras de quem, no Acre, vivia da extração do látex. Em "Floresta", rememora o dia já remoto em que se aventurou, sozinho, por entre a massa de árvores, experimentando então o "sentimento de estar no seio de um organismo grande, imenso, feito de muitos outros, como um grande monstro de vida".

Urbano a mais não poder, Otto Lara Resende deixa entrever uma insuspeitada paixão pela natureza. Numa série de crônicas escritas por ocasião da conferência mundial Eco-92, realizada no Rio de Janeiro, ele fala, em "Perigo do símbolo", da curiosa circunstância de vivermos no que talvez seja o único país com nome de árvore; da defesa da Amazônia, na hoje atualíssima "O eco de uma voz"; e nos faz rir com o aperto que passou quando uma jovem americana quis ser apresentada a um legítimo indígena brasileiro, em "O índio, nosso irmão".

Num time de cronistas preocupados com a preservação da natureza, Rachel de Queiroz pode dar a impressão de desafinar quando, em "Esplanada da Glória", defende a ideia de que “precisa haver marca de mão de homem, pé de homem, coração de homem para dar interesse à natureza bruta”. Naquele ano de 1954, ela queria que se permitisse “aterrar mais um pouco a orla lamacenta” da baía de Guanabara. E antevia o aterro da Glória, “onde mais tarde haverá jardim, museu e teatro”. Quem, hoje, diante dessas maravilhas, não entenderia o entusiasmo por vezes agressivo com que Rachel defendeu o aterramento de uma faixa do litoral carioca?

Sabiás & urubus

Em sua cobertura em Ipanema, Rubem teve em gaiola variadas espécies de pássaros. Em meados dos anos 1960, sua fauna avícola doméstica consistia num coleirinha, um curió e um melro (macho, e ainda assim batizado Brigitte, pelo tanto que se desgrenhava ao tomar banho). Braga tratava amorosamente as aves, residentes ou de passagem pela cobertura, onde havia horta e pomar, carinho que retribuíam com cantoria, e mais, com inspiração para crônicas. Numa delas, "Negócio de menino", o Sabiá resiste às cantadas de um garoto de dez anos disposto a tudo para que ele lhe venda o melro, o coleirinha ou o curió.

Numa crônica desdobrada em três — "Borboleta", "Borboleta II" e "Borboleta III" —, o Braga é surpreendido, em pleno Centro do Rio de Janeiro, pelo voo bamboleante, hipnótico, de um delicado ser que lhe proporcionaria, além de fino espetáculo, título para uma de suas melhores coletâneas: *A borboleta amarela*, de 1955.

O sabiá que não há nas suas crônicas foi pousar, um dia, no corpo de uma amiga com quem Clarice Lispector falava ao telefone e, forçando o fim da ligação, provocou, em si mesmo e em seu improvável poleiro, uma "Taquicardia a dois", título da crônica que ali nasceu: ficaram, um e outra, "tremendo por dentro — a amiga sentindo o próprio coração palpitar depressa e na mão sentindo o bater apressadinho e desordenado do sabiá".

Batimentos cardíacos acelerados experimentou também Antônio Maria, a pouco mais de um mês do infarto que o fulminou numa calçada de Copacabana. No caso unilateral, a taquicardia foi motivada — está contado em "Tentativa de suicídio" — por seu corrupião, o Godofredo, com quem dividia "as delícias e glórias de um apartamento" de "quarto, sala e piscina", e que, com enérgicas bicadas, fez desabar sua gaiola. "Ele cuidava mais de mim do que eu dele", diz o cronista, e revela: "Projetávamos, no futuro, arranjar mulher. Uma para os dois".

Menos apegada aos bichos, domésticos ou não, Rachel de Queiroz soltou nos ares, em 1949, a ideia de tomar como símbolo nacional o urubu-rei. Outras nações, argumentou (e poderia ter citado o Paquistão), não elevaram a tais culminâncias até mesmo um jacaré? Pensando bem, não estamos livres de que um presidente, siderado pelos Estados Unidos, leia o "Urubu-rei" da Rachel, se lembre então da águia pousada nas insígnias norte-americanas e, na falta de algo à altura, sucumba à tentação de entronizar aqui, como símbolo nacional, o modesto sucedâneo que temos daquela ave de rapina.

Um espanto no Planalto Central

Brasília foi assunto de cronistas muito antes de começar a sair do papel — mais que isso, muito antes de se saber em que ponto do Planalto Central, exatamente, ela seria construída. Para não descer fundo demais no tempo, fiquemos em 1948, ano em que chegou ao Congresso Nacional o relatório de um grupo de estudos encarregado de opinar sobre o melhor ponto daquela vastidão desértica para se erguer a nova capital do Brasil — questão que os deputados e senadores só iriam decidir em 1953, quando, ao cabo de arrastada ruminação, a escolha recaiu na região goiana conhecida como Sítio Castanho.

Mais quatro anos se passariam antes que as primeiras máquinas levantassem poeira num ermo de Goiás, tornando irreversível uma realidade que já em 1948 levava Rachel de Queiroz a franzir a testa. O que a preocupava então, escreveu em "A nova capital", era "a ideia de ver o planalto central violado na sua pureza e na sua inacessibilidade" — em outras palavras, ser "'civilizado', contaminado, vencido". Em julho de 1961, ano e pouco depois de inaugurada a nova sede do poder, a mesma Rachel viria a reclamar exatamente da "dificuldade de acesso" a ela. Estradas já começavam a riscar o mapa do Brasil, mas em "Capital (II)" a cronista quer mais, reivindica a construção de ferrovias (além do restabelecimento do tráfego marítimo, praticamente desativado desde a Segunda Guerra Mundial). "Não acredito em progresso de país onde não haja navio e trem", argumenta a escritora cearense, que não viveu para ver o atraso em que ainda hoje nos encontramos nessas duas frentes.

Um ano antes dessa crônica, em julho de 1960, Rachel de Queiroz registrava, em "Falta de quórum", sua impressão de que Brasília, inaugurada em abril, ainda não saíra do "período de mudança" — e mais: "Pelo que contam os que lá vão, não sairá tão cedo". Implicava, uma vez mais, com os deslocamentos aéreos do presidente Juscelino Kubitschek. Nesse particular, Rachel já jogava farpas pelo menos desde "Cartões de Ano-Novo", de fevereiro de 1958, crônica na qual, en passant, ela se refere ao hábito de JK de "despachar no Viscount", o avião presidencial, "enquanto se ocupa de plantar botijas de ouro nas campinas de Brasília". A cidade começava então a brotar no planalto goiano, e, para lá chegar, homens, máquinas e materiais praticamente não dispunham de via que não fosse a aérea.

Na época, aliás, havia generalizada má vontade com as viagens de JK. Para surpresa geral, Rubem Braga, em geral implacável com políticos no poder, foi a certa altura uma voz destoante. "Olha, para falar a verdade, eu acho bom essa coisa de viver o nosso presidente a esvoaçar de um lado para outro do Brasil", opinou ele em "O presidente voador", publicada em janeiro de 1957 e reprisada em julho de 1960. Com umas gotas de sua saborosa ironia, o Braga justificou sua inesperada simpatia pelo chefe do governo: "Eu prefiro um presidente voando a dois na mão". E lhe deu corda: "Voai, presidente, voai!".

O pé atrás de Rachel com a nova capital sobreviveu ao governo JK, ao de Jânio Quadros, que não chegou a sete meses, e se estendeu pela administração João Goulart, o vice que as Forças Armadas relutaram em engolir após a renúncia do titular. "Brasília, mais do que nunca, parece um vácuo", avaliou a cronista em "Tempo parado", de novembro de 1961. "Contam os que de lá vêm que Brasília atualmente é um belo cenário abandonado" onde "o filme acabou" e "o diretor foi embora".

O "diretor" em questão, Jânio Quadros, bem que tentou, no começo de sua breve administração, atrair para perto de si o talento polivalente de Otto Lara Resende — que trinta anos depois, na crônica "Nuvem de perplexidade", revelará detalhes da corte presidencial de que foi objeto, durante uma conversa reservada no Palácio do Planalto. "Insistia para que eu ficasse em Brasília", relembra Otto, e "foi dificílimo dizer não e fugir de volta ao Rio". Detalhe: "Mãos espalmadas, o presidente me garantia que me queria lá apenas por seis meses". Foi no princípio de 1961 — quem sabe exatos seis meses antes daquele 25 de agosto em que Jânio, alegando a existência de "forças terríveis" contra si, pediu de volta o seu boné — ou o quepe de motorista de ônibus com o qual, populista que era, se exibira em campanhas eleitorais.

Difícil saber por que Otto não ficou em Brasília, sendo ela a cidade "traçada para ser feliz" de que ele fala em "Verão, capital Rio". Provavelmente esteve na inauguração, quando menos porque o sogro, Israel Pinheiro, futuro governador de Minas, foi o comandante das obras de construção. Seu confrade, coestaduano e amigo vitalício Paulo Mendes Campos com certeza lá pousou, pois disso dá notícia em "Carta para depois". Conta ali que passou a noite de 20 de abril de 1960 meio acampado num "apartamento nu", em companhia de amigos, e com eles viveu uma experiência irrepetível: "Quando acordamos na manhã seguinte, já éramos Capital". Por escrito, em pelo menos duas ocasiões Paulo se mostrou encantado com a cidade de prancheta materializada no Planalto Central. Na crônica "Brasília", afirmou não conhecer outra no mundo que o comovesse "em sua integridade, só pela compreensão estética de suas linhas, independente de sua história ou de minhas motivações subjetivas". Em "Seis sentidos", à beira de um poema em prosa, o cronista fala de Brasília como uma criação dotada de múltiplos recursos para seduzir quem a visite.

Também Clarice Lispector, por fim, se deixou tocar pelos encantos da cidade. Ela é artificial? Tanto faz, dá de ombros a escritora em "Nos primeiros começos de Brasília": é "tão artificial como devia ter sido o mundo quando foi criado". Os arquitetos que a conceberam, Lúcio Costa e Oscar Niemeyer, "não pensaram em construir beleza", diz Clarice: limitaram-se a erguer "o espanto deles", e a deixar "o espanto inexplicado".

A escrita entre as quatro linhas

Paulo Mendes Campos tinha pelo Botafogo uma fidelidade acima de qualquer suspeita. Houve um dia, porém, em que ele traiu o objeto de sua paixão futebolística — e logo com que outro clube, o Flamengo! Mas não vale julgar por aquele episódio — solitário como a estrela que adorna o escudo de seu time — a solidez de seu amor ao clube da rua General Severiano. Na história, "Salvo pelo Flamengo", passada num lobby de hotel em Estocolmo, em 1956, a traição se justifica como legítima defesa. Não venha alguém dizer que não faria o mesmo, se à sua frente se plantasse, embriagado, ameaçador, um sueco dos grandes.

No mais, o cronista mineiro — ele próprio um craque também entre as quatro linhas — sempre foi irrepreensivelmente fiel a seu clube, e disso é prova a deliciosa "O Botafogo e eu", na qual, com elã de enamorado, enumera o tanto que há em comum entre a agremiação amada e o torcedor apaixonado.

Nesse particular, Paulo estava a léguas do amigo Otto Lara Resende, conhecido por sua inapetência esportiva, fosse como espectador, fosse, mais ainda, como atleta. "Em matéria de futebol", avisa este já na primeira linha de "Bola murcha", "costumo dizer que sou Botafogo desativado." Até onde a vista alcança, Otto nunca terá ido além de umas peladas de basquete na adolescência, em sua São João del-Rei natal, ele pelo Instituto Padre Machado, Paulo Mendes Campos pelo

Colégio Santo Antônio. Quando Armando Nogueira, sempre em forma, lhe receitava ginástica, Otto retrucava dizendo que o amigo, de tanto se exercitar, daria um defunto magnífico. E invocava o exemplo do leão, que, com toda aquela fortaleza, jamais fora visto a malhar na academia.

Não surpreende, assim, que Otto Lara Resende não tenha sido escalado na seleção de escribas que em dezembro de 1945 disputaram nas areias do Rio um animado Copacabana versus Ipanema-Leblon — rara partida, aliás, em que todo gol seria necessariamente um gol de letras… Entre outros, lá estiveram Vinicius de Moraes, Fernando Sabino, Aníbal Machado, Paulo Mendes Campos, Augusto Frederico Schmidt — e, como zagueiro do Copa, Rubem Braga, a quem devemos saboroso registro do "match" (como queria a fala florida dos locutores esportivos de então), em "Ultimamente têm passado muitos anos", crônica cuja primeira versão publicada se intitula "A companhia dos amigos".

Honesto o bastante para confessar que deu "uma traulitada" num adversário, o mesmo Braga, em outra crônica, "A equipe", volta ainda mais fundo no tempo e na geografia, vai à adolescência em Cachoeiro de Itapemirim, ao dia em que um jornal local, reportando uma partida, qualificou de "valoroso" o meia-direita do Esperança do Sul Futebol Clube. O cronista revisita aquele jogo e, diante de uma velha foto, reconhece com ternura, sem dizer-lhe o nome, "um rapazinho feio, de ar doce e violento".

Os ritos da amizade

Disse alguém que o teste decisivo de uma amizade genuína é a capacidade de calar-se na companhia de quem se gosta, sem a precisão de a todo custo preencher espaços que no convívio poderiam sugerir vazio, falta, defeito a tisnar a relação. Sabia disso Rubem Braga — e aí está "Os amigos na praia", vinheta irretocável em que três velhos camaradas, "três animais já bem maduros", não se sentem obrigados a administrar conversação; para manter-se aceso, o fogo da amizade não carece de papo, bastando o fato "de estarem juntos respirando o vento limpo do mar".

Quem sabe um dos companheiros do Braga naquela manhã de sol não teria sido Antônio Maria? Acaso não seria: na abertura de seu "Diário", o cronista pernambucano fala do confrade como sendo "a amizade que mais prezo". A tal ponto se sente Maria ligado àquele "homem seco e difícil", capaz no entanto de tratá-lo com "carinho comovente", que "numa declaração de bens citaria, entre as primeiras coisas: 'Conto com a amizade de Rubem Braga'". Está disposto a tudo para cuidar do laço precioso, até por não ter ilusões: "amizade, quando quebra, é como perna de cavalo: não conserta mais".

Menos derramada, Rachel de Queiroz vai no mesmo tom quando observa, nas linhas de "Amigos": "Pode haver nada mais confortável neste mundo do que um amigo velho?" — e não deixa dúvida de que está falando de "velho amigo":

"Não tem surpresas conosco, mas também não espera de nós o que não podemos dar".

Durona, Rachel talvez não tivesse a capacidade de amealhar amizades, sem distinção de faixa etária, que teve como poucos Otto Lara Resende. Seja em *Bom dia para nascer*, seja nos perfis reunidos em *O príncipe e o sabiá*, ele encanta pela fartura e diversidade de afetos em seu coração — a começar por amizades cinquentenárias como as que o ligaram a Fernando Sabino ("Um escritor, uma paixão"), a Murilo Rubião ("Seus amigos e seus bichos") e a Paulo Mendes Campos ("Chegamos juntos ao mundo").

Do próprio Paulo, fiquemos aqui com "Pequenas ternuras", tocante enumeração daquilo que o cronista chamou de "presidiários da ternura". Quem, por exemplo, "coleciona selos para o filho do amigo"; aquele que "se lembra todos os dias do amigo morto"; toda criatura, em suma, que "jamais negligencia os ritos da amizade".

Camaradas das letras

"Uma amizade", escreveu Drummond, "pode ser considerada perfeita se resiste ao fato de ambos os amigos serem escritores do mesmo gênero — e bons", conforme se lê em *Poesia completa e prosa*. A dele mesmo com João Cabral, outro imenso poeta, não resistiu; sem ruptura explícita entre o antigo mestre e o ex-discípulo, mas com enviesada e, não raro, divertida troca de farpas.

Drummond talvez tivesse razão ao dizer também que "de ordinário, o convívio das letras não cria amigos, mas cúmplices". Na cena literária, de fato, atulhada de vaidades mendicantes — para incrustar essa pérola de Nelson Rodrigues —, não chegam a fazer maioria os escribas de bom quilate que sejam também nobres o bastante para reconhecer os méritos e acarinhar confrades de estatura comparável. Mas eles existem, e aqui está, para começar, Otto Lara Resende — dos nossos bons cronistas, quem sabe o que mais fartamente escreveu sobre seus companheiros de ofício.

A Paulo Mendes Campos, por exemplo, de quem esteve próximo desde a adolescência, Otto dedicou, entre outros, dois textos escritos na morte do cronista e poeta: a já citada "Chegamos juntos ao mundo" e "Ao menino e ao destino o poeta permaneceu fiel". Sim, chegaram juntos ao mundo, no mesmo ano de 1922, Paulo em 28 de fevereiro, Otto em 1º de maio — aquele "Bom dia para nascer" que daria título à sua coletânea póstuma de crônicas.

Da geração mineira que precedeu a sua, Otto dedicou a Murilo Mendes as graças e delicadezas de "Mozart está tristíssimo", crônica em que relembra extravagâncias saborosas do grande poeta, entre elas a iniciativa de telegrafar a Hitler, em 1939, em protesto contra a invasão de Salzburgo, a cidade austríaca onde nasceu o compositor. Ou de se deitar no asfalto da avenida Rio Branco, na então capital do país, para melhor admirar o azul do céu. Ou, ainda, na entrada da igreja da Candelária, em 1934, recém-convertido ao catolicismo, para dar sua bênção ao atônito cardeal Eugenio Pacelli, a poucos anos de tornar-se o papa Pio XII.

Otto Lara Resende escreveu também sobre Rubem Braga, no primeiro aniversário da morte de nosso maior cronista. Em "Um ano de ausência", ele revisita a cobertura de Braga em Ipanema, que frequentou com assiduidade rara entre os mais próximos do antigo morador. Rubem, por sua vez, em setembro de 1980, mandou a Vinicius de Moraes um "Recado de primavera", para anunciar ao poeta, falecido meses antes, que a mais radiosa das estações, agora sem ele, estava de volta ao Rio de Janeiro.

Se Rachel de Queiroz, em "Manuel", saudou os oitenta anos do poeta Bandeira, ainda vivo e atuante em 1966, dois outros cronistas falaram de Mário de Andrade após seu brusco e prematuro desaparecimento, em 25 de fevereiro de 1945, aos 51 anos de idade. O jovem Paulo Mendes Campos, a meses de trocar Belo Horizonte pelo Rio, relembrou o amigo, quase trinta anos mais velho, com quem estivera pouco tempo antes e de quem guardara a impressão de "um cansaço oculto em delicadeza e vontade de ajudar".

O mesmo não poderia dizer Rubem Braga, que nos dez anos da morte do escritor paulista rememorou na crônica

"Mário" a aridez, quando não a aspereza de suas relações com ele. O autor de *Amar, verbo intransitivo* talvez não tenha vivido o bastante para se acertar com o jovem capixaba, só na aparência merecedor do rótulo de intratável "urso" que alguém lhe pespegou. Não tendo existido entre os dois o mais remoto laço de amizade — para lembrar a frase de Drummond, não foram sequer cúmplices —, Rubem Braga não viu sentido em ir participar, em São Paulo, de uma cerimônia em memória de Mário de Andrade. Teve, porém, a grandeza de render "limpa e fervorosa homenagem", se não ao homem, ao escritor que jamais deixou de admirar.

Até cronista dá crônica

Certamente não é por falta de assunto que um cronista toma às vezes como tema algum colega de ofício. Muitos o fizeram, não raro ainda em vida do personagem — Otto Lara Resende, por exemplo, ao escrever sobre Fernando Sabino, como adiante se verá. Também não é raro que o objeto da crônica seja alguém já falecido. Houve um momento, em 1950, em que Rachel de Queiroz, na sua famosa última página da revista *O Cruzeiro*, se ocupou de dois cronistas mortos, Lima Barreto e Machado de Assis, por ela reunidos em "Dois negros". Não é difícil que tenha, com essa crônica, ateado discussões ao compará-los pelo ângulo da raça. Na opinião de Rachel, brandindo há setenta anos argumentos hoje mais que nunca em pauta, Machado "jamais tratou de criar o seu lugar ao sol como o homem de cor que era" — ao contrário de Lima Barreto, que "se queria impor como negro, como mulato".

O cronista que mais escreveu sobre seus pares, vale insistir, foi talvez Otto Lara Resende. E com que delicadeza e graça! Fernando Sabino atravessava um momento tormentoso quando dele mereceu "Um escritor, uma paixão". Levava então bordoadas de todos os lados, provocadas talvez menos pelos defeitos de *Zélia, uma paixão*, do que pela escolha da personagem do livro, Zélia Cardoso de Melo, controversa ministra do governo Collor. Otto, que sofreu ao ver o calvário de seu camarada, passou ao largo desse assunto — foi outro o "gancho" de sua crônica: o cinquentenário da estreia de Sabino em livro, aos dezoito anos, com os contos de *Os grilos não cantam mais*. "Ninguém o supera na consciência literária", fez-lhe justiça o colega, "ninguém foi mais fiel à sua vocação do que Fernando Sabino".

Por aquela época houve uma madrugada de insônia em que Otto, tendo se lembrado de um poema de Paulo Mendes Campos, foi caçá-lo entre seus livros. E na esteira dos versos lhe vieram mais lembranças — uma delas, muito antiga, do tempo em que, adolescentes, alunos de colégios diferentes, os dois se conheceram em São João del-Rei, Minas Gerais. Tinham quinze anos no primeiro encontro, e encontrados atravessaram a vida. Inoxidável, sua amizade só seria interrompida ao cabo daquela madrugada maldormida em que veio pelo telefone a notícia de que Paulo acabara de morrer.

Otto sentia ainda o primeiro impacto da perda quando voltou a escrever sobre o amigo, dessa vez dispondo de espaço menos acanhado, sob um título que resume o essencial: "Ao menino e ao destino o poeta permaneceu fiel". Oito meses mais tarde, Paulo Mendes Campos será novamente inspiração para crônica, pois Otto não deixaria passar em branco o dia em que "O jovem poeta setentão" teria chegado a essa idade. Sobre ele, não tinha dúvida: "Em prosa e verso, só foi poeta".

Além de Sabino e Paulo Mendes Campos, Otto cronicou sobre Clarice Lispector. Em "Começo de uma fortuna", evocou a dificuldade que ela teve em se fazer lida e conhecida, pois, casada com diplomata, viveu no exterior, longe da cena literária brasileira, até o final dos anos 1950. O reconhecimento só começaria a vir em 1952, com a publicação de *Alguns contos*, livrinho que, curiosamente, circulou à margem do comércio.

Em “Claricevidência”, o assunto de Otto Lara Resende é o interesse que a escritora suscitava entre finos leitores estrangeiros, como o romancista americano John Updike. Do mesmo cronista há também um texto em carne viva, “Mãe, filha, amiga”, escrito e publicado no dia mesmo da morte de Clarice, amiga desde o tempo em que tinham vinte e poucos anos.

Sobre Otto, que tão copiosamente o homenageará depois de morto, Paulo Mendes Campos escreveu uma crônica em que narra aquilo que por pouco não foi a morte dele: jovens repórteres, voltavam os dois de Bocaiuva, em Minas Gerais, aonde tinham ido cobrir um eclipse do sol, em 1947, quando o veterano avião militar americano em que viajavam despencou bruscamente, para desviar-se de outro aparelho, manobra que arremessou no teto quem não usava cinto de segurança — caso de Otto, que teve a cabeça quebrada. Na mesma crônica, “Medo de avião”, Paulo fala do susto que o dono da cabeça passou num político mineiro, durante um voo mais tranquilo, ao lhe mostrar no jornal do dia um poema de Drummond, “Morte no avião”.

Nenhum de nossos cronistas inspirou mais crônicas do que o mais encaramujado e lacônico deles, o incomparável Rubem Braga — que, no dizer de Otto em “Um ano de ausência”, até poderia corresponder à fama de urso que tinha, mas não urso qualquer: era um que “fabricava o seu próprio mel”. “A força do contraste”, também dele, mostra Rubem impressionado com o que presenciara num velório: “Nunca vi tanta mulher bonita”, admitira. (Por algum motivo, Otto permitiu-se aqui uma licença, não poética, mas cronística: na vida real, quem o Rubem foi velar não era uma “querida amiga”, e sim Hélio Pellegrino, tanto que o título de um pequeno texto que escreveu para a revista *IstoÉ* na morte do psicanalista e poeta se chamou “Nunca vi tanta mulher bonita”.)

“[Braga, inaugurador-mor]”, de Paulo Mendes Campos, é um gordo e suculento parágrafo contendo uma quantidade de inaugurações a que Rubem compareceu, nem sempre como repórter; entre elas, a de um leprosário em Guaporé e, sic, “um ditador do Uruguai” em Poços de Caldas, Minas Gerais, aí por 1934.

Rachel de Queiroz, em “Rubem Braga explicava Portugal...”, recompõe um episódio saboroso acontecido num bistrô parisiense, em que o cronista, subitamente loquaz, se pôs a discorrer sobre o que teria sido uma lamentável deterioração do português falado na Terrinha — ainda que a provocação fosse lhe custar a súbita partida de uma beldade lusitana para a qual, naquela mesa, vinha arrastando a asa. Outra teria sido, com certeza, a reação de José Carlos Oliveira, que em “O indiscutível Rubem Braga” busca pagar débitos literários com o experiente coestaduano: foi graças a ele, credita, que veio a descobrir o quanto “o nosso idioma é dócil”.

Prendas de maio

Otto Lara Resende gostava de dizer — e até deixou gravado, em 1981, num texto autobiográfico para o disco *Os quatro mineiros* — que nasceu num 1º de maio "não por ser Dia do Trabalho, mas por ser feriado". Só gente mal informada poderia concluir daí que se tratava de alguém avesso ao batente — e para esses haveria um desmentido em 1º de maio de 1991, data em que, chegando com ótimo pique a nada juvenis 69 anos de idade, Otto iniciou na *Folha de S.Paulo* uma colaboração quase diária, só interrompida às vésperas da morte. Como já se disse, escreveu ali quase seiscentos textos, cujo sumo seria peneirado, postumamente, para o livro *Bom dia para nascer,* título também de sua crônica de estreia — um texto cheio de diabruras bem suas, no qual, lá pelas tantas, se lê sobre outro 1º de maio, o de 1500, no qual Pero Vaz de Caminha tomou da pena para comunicar ao rei de Portugal o achamento de um país no Hemisfério Sul. Otto não haveria de perder a deixa para registrar os solavancos cívicos que esse país vivia sob Collor de Mello: "Como o Brasil também é Touro, está difícil de pegá-lo à unha".

Visto — hoje, nem tanto — como o "mês das noivas", também esse particular maio foi especial para o cronista mineiro, pois nele se casou, em 1950. Com um detalhe saboroso, lê-se em "A moda de casar": ao entrar na capela do Mosteiro de São Bento, no Rio, para desposar Helena, Otto Lara

Resende vestia terno alheio, cedido por Millôr Fernandes. A fatiota em questão devia ter encantos especiais, pois nela se acondicionaram outros amigos do humorista em trâmites matrimoniais. Quanto a Rachel de Queiroz, as lembranças de maio a remetem às profundezas da infância, à minúscula Guaramiranga, no Ceará, onde, na Matriz da Conceição, havia então coroações e novenas, com "moças vestidas de branco, o rosto corado do ar frio da serra". Ali como em toda parte, conta a cronista em "Mês de maio", esse mês era farto em casamentos — tantos que era preciso fazê-los "por atacado: quinze, vinte pares alinhados em semicírculo em redor do altar". Para Rachel, porém, cessam aí as recordações doces dessa quadra do ano cujo nome homenageia Maia, mulher do deus Apolo. Na mesma crônica, observa com amargura que o 1º de Maio já não era o mesmo, pois "comunistas e fascistas estragaram a data dos trabalhadores". O ano era 1954, e o mundo, mal saído do grande conflito de 1939-45, vivia então os temores e as angústias da Guerra Fria.

Sem o pretexto do Dia do Trabalho, vários outros cronistas também se ocuparam do sofrimento das classes socialmente desfavorecidas que assombrava a colega cearense. No ardor de seus 22 anos, Rubem Braga se emocionou com a morte de um tuberculoso em plena rua, no Recife. "No fundo, somos os Silva", concluiu ele. "Não temos a mínima importância." Publicada pela primeira vez em 1935 como "Luto na família Silva", a crônica saiu novamente em 1949 como "A família Silva", e sem referência a luzidios clãs situados no outro extremo do espectro social — os Crespi, Matarazzo, Guinle, Rocha Miranda e Pereira Carneiro —, sobrenomes que, como o título original da crônica, reaparecem nos livros *O conde e o passarinho* e *200 crônicas escolhidas*.

Rubem Braga voltaria a tratar dos desfavorecidos em diversas crônicas, como "Sewel", "Bonde", "O pomar" e "Êxodo" — esta última sobre os espinhos do êxodo rural: "Quem se impressiona com a miséria das grandes cidades", avalia, "é porque não conhece essa miséria muito mais funda, mas silenciosa, obscura, dos milhões de criaturas disseminadas, perdidas na lonjura das léguas sem fim do nosso mato". Em "Manifesto", dirige-se aos operários que vê construindo um prédio em frente ao seu, e a eles faz, nas últimas linhas, um desconcertante convite. Rubem acredita que, de certa forma, está com eles na mesma canoa: "Nossos ofícios são bem diversos. Há homens que são escritores e fazem livros que são como verdadeiras casas, e ficam. Mas o cronista de jornal é como o cigano que toda noite arma sua tenda e pela manhã a desmancha, e vai".

Como Rubem Braga naquela rua do Recife, em "A tarde era de maio...", Paulo Mendes Campos vê numa esquina de Ipanema, caída no chão, entre moscas e trapos imundos, uma gestante prestes a parir, sob as vistas de passantes enojados. E vê isso justo depois de ter lido nos jornais, no ônibus, anúncios de presentes para o Dia das Mães, que também se comemora em maio. Em "A penosa urgência...", imerso na leitura dos classificados, pois está se mudando de pouso, Paulo vê seu domingo estragar-se "nesse encontro das pequenas misérias dos desempregados com a mesquinhez dos que oferecem alguma coisa". Em "O gerente deste jornal não...", fala de um trabalhador que, embora cego, vive de fazer chaves e consertar fechaduras. O personagem de tal forma o impressionou que, anos depois, a ele voltará em "O cego" — crônica que, com título ampliado, "O cego de Ipanema", daria nome a seu primeiro livro de crônicas.

Sem lhe dedicar texto específico, Antônio Maria fez de maio o fundo sobre o qual se tece uma de suas crônicas mais delicadas e sutis, datada do último dia desse mês, "Despedida", na qual o que lhe vai na alma é apenas sugerido. "Através dessa janela vejo coisas que, antigamente, eram poderosas e fecundas", registra ele. "O céu repete o azul de tantas tardes acontecidas em maio." O que mais deseja, naquele instante, é estar num lugar do mundo "onde as coisas do amor aconteçam sem testemunhas".

Alegria, ma non troppo

Homem sofrido, Lima Barreto teria ainda mais motivos para se lamentar, pois nasceu numa sexta-feira, 13, só lhe faltando ser agosto. Mas não achava que a circunstância lhe trouxera azar. Se trouxe, a má sorte terá sido contrabalançada pela fortuna de haver nascido num mês, diz ele em "Maio", no qual "as ambições desabrocham de novo" e se produzem "revoadas de sonhos". Poderia acrescentar que se beneficiou também do fato de ter vindo ao mundo num ano, 1881, assinalado, como raríssimos outros, por algarismos que formam capicua, aquele número que se pode ler também de trás para diante. Descendente de africanos, o melhor presente do menino Afonso Henriques, no dia dos seus sete anos, um domingo, foi um convite do pai para caminhar com ele até o largo do Paço, onde se comemorava a assinatura de uma lei, dita "áurea", que abolia a escravatura.

Embora nascido numa sexta-feira, Lima Barreto não chegou a tomar esse dia como título de algum escrito. Tampouco o fizeram seus confrades cronistas de que se fala neste livro. Nem sexta nem quinta, por mais santas que ambas sejam, uma vez por ano. Menos inspiradoras ainda foram para esse pessoal a segunda, a terça e a quarta-feira. Já o domingo... bem, só de Rubem Braga há cinco crônicas assim batizadas, e mais uma com o substantivo no plural. Na obra dele, o dia dc dcscanso do Criador dá de goleada no sábado, que comparece três vezes.

Fiquemos com um dos cinco, com aquele "Domingo" em que o dia é apresentado como sendo "excelente para a alegria". Com a palavra o autor: nele, "os homens gordos ficam mais felizes, porque não há pressa; e os magros, depois do almoço, sonham que estão engordando discretamente". Já "o marido e a mulher se enganam muito suavemente no domingo — pois, como não podem inventar negócio nem hora de dentista, eles se enganam fazendo-se crer mutuamente que estão felizes em passar o dia inteiro juntos: quando vem a tarde, eles parecem irmãos, e têm paz no peito".

Há momentos, porém, em que a vida arrasta o Velho Braga para o lado oposto e o leva a concluir, como em "Aconteceu", que "ser feliz dá muito trabalho e muito aborrecimento" — e em troca de quê? "Do suspiro sonolento numa tarde de domingo; de um sentimento de segurança afetiva; a amizade velha, em meio à inflação de sentimentos, se valoriza sempre, como um bem imóvel", vai ele enumerando, para concluir com deliciosa, irresistível ranzinzice: "Não tenho a menor dúvida, meus queridos senhores, de que a vida é triste; do alto de meus 44 anos esta melancolia vos contempla".

Antônio Maria, como Rubem Braga, também tem o seu "Domingo", e nele saúda um resgate tão inesperado quanto precioso: fazia anos que esse dia era o mais "sem graça" da semana — e não é que um deles, assim do nada, veio lhe mostrar de novo o "bom ar" e a "alegria" que suas 24 horas continham na remota meninice do cronista? "Que bom ser domingo outra vez, depois de trinta anos!", festeja o Maria. O mesmo sentimento vai impregnar outro texto seu, cujo título só podia ser "Alegria", palavra que nele se repete uma dezena de vezes. Mas não qualquer alegria, adverte ele, e sim aquela "que dispensa dúzias de rosas, cestas de flores e caixas de orquídeas", alegria "sem álcool antes e sem a menor razão para álcool depois", uma "alegria que, tirante Deus, desliga de todas as coisas".

Voltemos ao Braga (o que nunca deixa de ser gratificante), e, com ele, a "Sábado", crônica na qual está feliz como se domingo fosse, ou até mais. Não que lhe aconteça algo a requerer trombetas. Bem ao contrário, o que se passa são miudezas do cotidiano: "Chupo uma laranja e isso me dá prazer", descreve. "Estou contente. Estou contente da maneira mais simples — porque tomei banho e me sinto limpo, porque meus braços e pernas funcionam bem; porque estou começando a ficar com fome e tenho comida quente para comer, água fresca para beber. Nenhuma tristeza do mundo, nem do meu passado, me pega neste momento".

Entre o sábado e o domingo, Paulo Mendes Campos fica com os dois. E num paradisíaco "Fim de semana em Cabo Frio" o seu contentamento vai ao ponto de passar da conta: "Deus me abandonou à minha felicidade", dramatiza ele, hiperbólico. "O sol, o azul, o à toa, essas coisas estraçalharam meus fantasmas." E clama, depois de reclamar: "Tudo, Senhor, menos ser feliz". Não menos deleitoso para ele é certo dia em que "O sol funciona esplêndido...", dessa vez sobre a praia de Ipanema. "Custa supor", devaneia o cronista e poeta mineiro, que naquele mesmo instante saturado de prazer a existência se distribua também, "cotidiana, em guichês, em escritórios, repartições, filas, cemitérios da vida". Apenas a presença de "pequenos vermes na areia" impede que seja "alarmante" a paz que Paulo está sentindo.

Seu camarada Otto Lara Resende não carece de sol para aquecer o coração e entrar na posse de um naco de felicidade. Recolhido em sua toca, na Gávea, a ele basta ver cair uma “chuvinha manhosa”, que num canto da memória desenterra uns versos: “Chove chuva choverando”. “Quem escreveu essa bobagem?”, pergunta-se. Delicado, talvez tenha preferido não nomear o autor, seu amigo Oswald de Andrade. Naquele momento, diz o Otto em “Entreato chuvoso”, o que conta é desfrutar “o friozinho bom pra ficar no borralho”, para “reler o que nunca li”, imerso “na doce e inquieta paz” que, em pleno fogaréu do verão, a meteorologia teve a gentileza de lhe proporcionar.

Também Clarice Lispector não pedia muito para que um parêntese de alegria se abrisse em seu coração anuviado. Quando, já madura, lhe perguntaram pelo primeiro livro que leu, lá no fundo da infância no Recife, ela inundou-se de entusiasmo retrospectivo e fatiou a resposta, de modo a que nela coubesse, não uma, mas um punhado de epifanias literárias, distribuídas no tempo e reunidas em feixe na crônica “O primeiro livro de cada uma das minhas vidas”, na qual a mesma paixão de leitora faz conviverem descobertas fundadoras como *O patinho feio*, de Hans Christian Andersen, e *O lobo da estepe*, de Hermann Hesse.

Carlinhos Oliveira, um amoroso crônico

Se você nunca leu José Carlos Oliveira, prepare-se para um doce problema: no mar de coisas boas que o cronista (além de romancista) nos deixou, e que por mais de vinte anos encantaram os leitores no *Jornal do Brasil*, por onde começar?

Qualquer que seja o ponto de largada, não haverá de escapar a você o cuidado literário que o cronista punha em seus escritos, produzidos, tantos deles, em circunstâncias e ambientes bem pouco convencionais no mundo da escrita — como a varanda do restaurante Antonio's, no Leblon, onde dava expediente com sua máquina de escrever. Aquele foi para ele um ponto de observação, não apenas da vida que corria em torno, como de outra, desentranhada da memória às vezes bem remota. É o caso do prisma cromático que maravilhou Carlinhos quando, com poucos anos de idade, no ambiente miserável em que vivia, no centro de Vitória, uma das irmãs disparou o jato da mangueira em direção ao céu ensolarado. "E eu comprovava que mesmo na mais completa miséria este mundo pode ser deslumbrante", irá ele registrar em "O arco-íris", crônica que será mais tarde o começo de seu primeiro romance, *O pavão desiludido*. Igualmente indelével ficou sendo o flamboyant descrito em "A árvore de ouro", a abrir "num leque de fogos de artifício os seus galhos inclinados ao peso de inumeráveis folhas amarelo-ouro".

No radar de José Carlos Oliveira estará sempre a mulher, tratada aqui com amoroso encantamento, ali com laivos de um machismo que, décadas atrás, começava a receber um troco cada vez mais decidido. "Pouco a pouco, com dificuldade e susto, me habituo a essa ideia de que as mulheres são independentes", escreveu ele numa crônica de 1965, "A garota de Ipanema", na qual se dá conta de mudanças nos costumes capazes de criar enredo novo para um clássico de Shakespeare. "O amor ganha uma nova fisionomia", constata Carlinhos: "Começa pela amizade e se prolonga além da separação", com o que Romeu e Julieta agora "são vistos juntos, no Castelinho, depois que o tédio, e não suas respectivas famílias, os separou".

Mesmo nestes novos tempos, porém, esse homenzinho, tão feioso quanto sedutor, se sente à vontade para, com muito bom humor, abastecer marmanjos em geral com uma série de estratégias em "A bossa da conquista" — aí incluídas recomendações do que jamais fazer na empreitada amorosa. Exemplo? "Considera-se falta de tato a declaração brutal de suas intenções, ainda que ótimas." Mas Carlinhos já não parece ter dúvidas nas poucas linhas de "Paris", nas quais a capital francesa entra como referência de raspão: "O amor, que é o mais difícil dos trabalhos, exige tempo integral". Galante, ele encaixa na deliciosa "Carta à rainha da Inglaterra" um elogio à sabedoria de Sua Majestade por haver designado, para representá-la aqui nos trópicos, "não propriamente um embaixador, mas um embaixador que é pai de uma filha cujo sorriso e gentileza bastariam para neutralizar qualquer dificuldade surgida, no terreno diplomático, entre os dois países".

Como tantas vezes numa crônica, território por excelência do pronome "eu", Carlinhos Oliveira não economiza no uso da primeira pessoa do singular — sem com isso, curiosamente, incorrer nas demasias de um ego exacerbado. "Não sou eu o tema daquilo que escrevo, e sim determinadas angústias passageiras, ou alegrias igualmente condenadas, que descubro no coração ou no próprio vento", trata ele de esclarecer em "O búzio" — e recorre a imagem acústico-poética: "Quando consulto o meu coração como as crianças consultam o búzio, o que ouço é a vibração do mar, e não do búzio".

Mesmo quando o personagem é José Carlos Oliveira, como anuncia o título de "Autobiografia", relato divertido que macaqueia jeitos de verbete em enciclopédia, você não está livre, a certa altura, de topar com cabriolas de um autor que não hesita — perdoe o spoiler — em informar sobre o seu próprio falecimento. Ninguém, hoje, está em condições de dizer até que ponto é verídica a história que Carlinhos Oliveira conta nas primeiras linhas dessa crônica, a partir de um acidente, este sim, de fato acontecido com o autor, que ainda bebê escorregou escada abaixo, daí resultando irreparável afundamento da parte posterior do crânio. Um dia, acrescenta ele, seu confrade e amigo Otto Lara Resende, "passando casualmente a mão naquele pedaço amassado de cabeça", teria sacado: "Ah, é aqui que está o seu talento".

De outro escritor, mais exatamente um poeta, personagem de "Farsantes no cemitério", a identidade não é revelada — mas é possível reconhecê-lo, sem chance de equívoco, nas digitais poéticas de um moço maranhense que nos começos da década de 1950 dividia quarto de pensão com o capixaba José Carlos Oliveira, ambos recém-instalados no Rio de Janeiro. Quem se lembrar de "Roçzeiral", poema de 1953 contido em *A luta corporal*, em que a linguagem é corroída até tornar-se ininteligível, ao topar na crônica de Carlinhos com esquisitices como "sôflu" terá se lembrado também de um poeta, então obscuro, que não tardará a brilhar sob o pseudônimo Ferreira Gullar.

Amores de maio

Moça pobre de subúrbio carioca, a Thereza fez um pedido original à redação da *Claudia*, que naquele tempo — 1964 — se dispunha a realizar sonhos das leitoras: ao se casar, ela queria ter como padrinho seu cronista predileto, Paulo Mendes Campos, e que ele, ao pé do bolo, dissesse umas palavras. Pois bem, a noiva teve muito mais do que pediu: em vez de discurso, o padrinho leu na festa uma "Crônica para Thereza", em seguida publicada na revista, da qual ele era colaborador.

Resgatada em 2014 nas páginas do jornal *O Estado de S. Paulo*, pôde então uma repórter do Instituto Moreira Salles entrevistar Thereza, tocante personagem falecida pouco tempo depois.

E já que viemos com ela ao departamento amoroso-matrimonial (especialmente ativo, sabemos, quando o mês é maio), torna-se impossível não recomendar também "Lua de mel", do mesmo Paulo Mendes Campos. Crônica ou poema em prosa? Qualquer que seja o rótulo escolhido, você terá acertado.

Ainda que o mês não fosse maio, em 1991 o faro jornalístico de Otto Lara Resende apanhou no ar uma tendência e a destilou em crônica: "A moda de casar". Depois de amargar longo declínio, a instituição casório lhe pareceu recobrar o antigo vigor. Numa curva da conversa, uma revelação a respeito do traje matrimonial masculino inescapável no tempo — comecinho dos anos 1950 — que Otto vestiu para casar-se: o semifraque, bem mais caro que um mero terno. No caso, foi um viajado semifraque, veterano de incontáveis noivos, pois volta e meia era pescado no guarda-roupa de Millôr Fernandes para enfatiotar amigos dele (Otto não foi o único a vesti-lo para a hora de dizer o "sim". Se o traje existir ainda, mereceria lugar de honra num museu do casamento).

Mais elaborado que o semifraque do Millôr era por certo o traje matrimonial ao tempo de Francisco José de Matos, tataravô de Rachel de Queiroz. Na crônica "Amor e casamento", a escritora não desce — infelizmente — a tais pormenores; em compensação, transcreve a carta em que o pretendente solicita à amada, Florinda, que lhe passe o nome "por extenso" da futura sogra, à qual, também por carta, vai pedir a mão da filha. "Acolhei em vosso coração", arremata (e arrebata-se) o moço, "os ternos respeitos da pura amizade que sinceramente vos prosterna o vosso fiel Amante." Amante?! Que ninguém se escandalize com a palavra, designativa, ali, de "aquele que ama", sem conotações carnais.

O largo espectro matrimonial não estaria completo sem menção às relações que, pelos mais variados motivos, vão a pique — entre elas, aquelas de que trata Antônio Maria em "Adultério e considerações". Aos maridos, quando "passados para trás ou para a frente", o cronista aconselha "ficar quietinho", sem jamais armar flagrante, para não "fazer o São Tomé, que sempre se deu mal na base do 'ver para crer'".

Impossível esquecer, por fim, "A primeira mulher do Nunes", de Rubem Braga, a propósito de uma relação amorosa em que nada acontece, rigorosamente nada, e que é ainda assim capaz de seduzir o leitor e de acelerar o ritmo de ao menos um dos corações envolvidos. Decepcionante? Não mais que muita história de amor sacramentada nos conformes, com marcha nupcial e chuva de arroz, e que, apesar disso...

A insciência do amor

"Onde andará agora aquele grandessíssimo...", rosna a personagem feminina de "A moça e o Gaballum", de Antônio Maria — e nem carece concluir a frase, pois o cronista intervém: "O homem ausente é chamado pela mesma palavra, desde que Adão saía para buscar a maçã do regime de Eva".

Pois bem, é esse o estado de espírito de uma criatura que, em "O pombo enigmático", de Paulo Mendes Campos, aguarda o amado, com quem marcou encontro num beiral de igreja e que, já passada a hora, ainda não deu as caras, ou melhor, as asas. Finalmente chega ele, com um sorriso que desarma o pito à sua espera: numa "tarde tão bonita", explica o pombinho à sua amada, "era um crime voar", e por isso "vim andando"...

Nada indica que fosse Dia dos Namorados — mas que importância tem o calendário para quem vive o ano inteiro como se nele todo dia fosse um incandescente 12 de Junho? "O grande milagre que ainda acontece é o amor", constata de novo Rubem Braga, numa crônica tão breve quanto certeira, "Amor, etc.": "No meio da vida cheia de tanta encrenca, tanta coisa triste, e sofrimento e lutas mesquinhas, ele aparece de repente, não se sabe como".

Mas assim como veio, sem aviso, sem aviso ele pode terminar, nos lembra Paulo Mendes Campos no esplêndido poema em prosa que é "O amor acaba". "Onde? Quando? Como?", indaga ele na primeira linha, para lá no fecho se dar conta de que "em todos os lugares o amor acaba; a qualquer hora o amor acaba; para recomeçar em todos os lugares e a qualquer hora o amor acaba".

Para Clarice Lispector, antes do amor, houve aos treze anos um começo inesquecível: a revelação, conta ela em "A descoberta do mundo", do "mistério da vida" — em sua inescapável crueza, os trâmites do amor carnal, a ela apresentados por uma amiga, na improvável paisagem de uma esquina do Recife. O baque, "misturando perplexidade, terror, indignação, inocência mortalmente ferida", foi tão duro que a meninota, sentindo-se precipitada para perto do coração selvagem da vida, jurou jamais casar-se.

Diluído o hematoma da revelação, Clarice terá aprendido também aquilo que Rachel de Queiroz ensinou a certa moça, que a ela recorreu para saber se era amor o que sentia. "Claro que não", afirmou a escritora, tão mais vivida em seus 36 anos de então, e foi ao ponto: "Amor é jogo forte, só vale no tudo ou nada: amar é uma aventura heroica e insuperável". Fora disso, delimitou Rachel em "Meditações sobre o amor", "tudo é perfumaria, amor suposto, talvez querer bem ou gostar — amar, nunca".

Há que honrar o amor, escreve Rubem Braga, "o grande milagre verdadeiro da vida, o grande mistério e o grande consolo". Mas que não se ame jamais à distância, pede ele numa crônica que se chama, exatamente, "Distância", escrita em Santiago do Chile, onde então vivia, num tempo em que a chama de um amor muitas vezes dependia de haver ou não uma carta sob a porta. "Mas uma carta leva dias para chegar" — "e, ainda que venha vibrando, cálida, cheia de sentimento [...], não diz o que a outra pessoa está sentindo, diz o que sentia na semana passada". Exasperado, o cronista já não pede, implora: "Não ameis à distância, não ameis, não ameis!".

Mas, em se tratando de amor — essa "insciência", disse o poeta Affonso Ávila —, seja ele passado, presente ou mesmo futuro, também a proximidade pode por vezes ser espinhosa, quando não dolorosa — e de algo assim nos fala Antônio Maria numa de suas crônicas mais belas e sutis, "O coração dos homens", relato de seu encontro casual, no burburinho da rua, com alguém que um dia amou, e com quem se emaranha agora num diálogo feito mais de silêncio que de palavras. "Eu olhei a sua boca, porque era sempre em sua boca que as coisas aconteciam", revisita Maria. Mas dizer o quê?, angustia-se ele, inerme no território esvaziado de um amor extinto; desajeitado, "sem querer" pergunta a ela como vai de saúde, para imediatamente naufragar na tristeza: "Como é melancólico", descobre, "chegar-se à paz tão perfeita de se perguntar pela saúde da pessoa que se amou".

Amor, a quanto nos obrigas

Amor realizado é com certeza o que há de bom, mas — desculpe se desafino o coro dos felizes — nem sempre dá literatura boa. Ou você acha que Shakespeare teria perdido o tempo dele contando uma história de Romeu e Julieta com *happy end*? Teria, quem sabe, se limitado a registrar o fogaréu inicial de uma paixão — como fez, mais perto de nós no tempo e no espaço, Paulo Mendes Campos, ao falar do casal que em plena tarde, numa cidadezinha, torna crescente a sua "Lua de mel", enquanto o mundo lá fora gira prosaico em outra direção.

Levemos adiante a provocação. José Carlos Oliveira não teria escrito "Entre aspas" se tivesse juntado os panos com aquela que julgava ser a mulher de sua vida, "extremamente sofrida, viajada, culta e de certo modo sinistra". Como assim, sinistra? Sim: ei-la de repente, anos depois, a encará-lo de dentro de um carro parado num sinal, olhando-o "como só a mulher que ama sabe olhar", até que o trânsito se ponha novamente em marcha, selando um adeus para nunca mais.

O mesmo Carlinhos Oliveira, em "A bossa da conquista", até nos dá a impressão de ser um mestre na galanteria, ao recomendar a outros machos que bombardeiem "sua vítima, ou futuro troféu, com toneladas de rosas e uma infinidade de ultimatos". O tom professoral, porém, se evapora poucas linhas adiante, quando chama o conquistador, que talvez seja ele mesmo, de "bobo", por haver imaginado "ser um caçador" quando na verdade "não passava de uma atraente caça". Conselho realista ele tem apenas um, este: "Case-se o mais depressa possível, pois duas coisas são aborrecidas quando demoram: o noivado e o ônibus". Numa "Canção do noivo", já que estamos no assunto, Carlinhos se reconhecerá culpado por haver traído a mulher desconhecida que espera por ele em algum lugar igualmente não sabido. O objeto do adultério? A sua própria liberdade, confessa, essa "fêmea angustiada" que "nunca dorme com o homem que a ama".

Antônio Maria é outro que julga ter recomendações e curativos de amor para distribuir. O marido abandona a mulher que se enrabichou por um rapaz que mora em frente, e, ao saber disso, o moço, temeroso de represálias, cai fora também. Consultado, o Maria receita à desolada adúltera um mês de "hibernoterapia". E não é que dá certo? Marido e amante retornam aos antigos postos e funções, numa comprovação de que temos ali uma "História que não acaba". Em "Coração opresso, coração leve", o cronista tem remédio para males de amor em geral, esses "cuja sintomatologia está contida em obras de Lupicínio Rodrigues, Charles Aznavour, Herivelto Martins, Marguerite Monnot e Maísa". Num primeiro momento, deve o enfermo de amor ser levado à presença de uma cartomante, "sempre que possível egípcia". Em seguida a uma sessão de "cartomancioterapia", corpo e alma serão conduzidos — mas atenção: jamais na mesma ambulância — ao Serviço Nacional de Mal de Amor, após o que, restabelecidos e reintegrados, poderão os dois dividir um táxi.

Quanto a Rachel de Queiroz, se tinha conselhos a dar num hipotético consultório sentimental, teve a prudência de silenciar em seus escritos. Em vez disso, contou que certa vez, ao ligar o rádio, topou com um concurso cujo desafio era definir o “Amor”. Rachel decide fazer pesquisa própria, e nisso recolhe pareceres bastantes para rechear uma crônica. Entre eles, o de um padre, sim, de um sacerdote, o qual, perguntado por que não se casa, já que tanto louva e abençoa o amor entre filhos e filhas do Senhor, se sai com esta: na condição de religioso, devotado à santa Igreja em regime de exclusividade, se subisse ao altar pelo lado dos fiéis ele estaria incorrendo em bigamia.

A prudência de Rachel não impediu que, ao contar uma história, por sinal bonita, ela repicasse três vezes a palavra: “Amor, amor, amor”. Mais contido, como se sabe, seu confrade Rubem Braga se bastou com dose dupla em “Amor, amor” — ainda que, abrasado pelo sentimento que lhe provocava Joana, amada sem retribuição, ele se confesse capaz de tudo, como de resto deixa claro o verso de Drummond (não creditado) já na primeira linha: “Amor, a quanto me obrigas”.

Numa comprovação, quem sabe, da polêmica tese (da provocação, vamos assumir de vez) de que amor feliz não rende boa literatura, bem raras vezes Rubem Braga terá contado histórias de Romeus e Julietas vivendo juntos para sempre, se é que o fez um dia. O amor realizado, em seus escritos, está distante como aquele “Casal” que ele vê ternamente engalfinhado numa calçada, impermeável à chuva que não cessa de cair sobre os dois. Numa mesa de bar, em outra crônica, o Braga não abre o bico para palpitar enquanto ouve o relato torrencial de um amigo que está “apaixonado”, com direito a todas as benesses e agonias, emboladas, que um incêndio de amor pode atear — e do qual faíscas vão sobrar também para o silencioso e paciente ouvinte. Algo como a inesperada recaída amorosa que ele haverá de experimentar em “A praça”, quando, à maneira do vulcão ressuscitado de Jacques Brel em “Ne me quitte pas”, acender-se nele novamente um amor que dava por extinto. Se a coisa dessa vez andou, deve ter sido nos limites temporais do verso de Vinicius, infinita enquanto durou, pois não há notícia de que o Velho Braga e mais alguém, fosse quem fosse, tenham vivido felizes para sempre.

Quando se pula a cerca

Na boca do povo, trata-se de uma atitude da qual um dos efeitos colaterais é o implante, na testa do cônjuge, de um par de pontiagudos e abaulados cones feitos de substância córnea. Cabe numa só e áspera palavra — adultério —, e até tempos recentes (2005) era crime previsto no Código Penal. Sua comprovação demandava um "flagrante de adultério", procedimento não apenas de mau gosto como, não raro, de consequências mais devastadoras que a traição em si. O consolo é ter servido de inspiração para alguns de nossos melhores cronistas.

"A lei exige uma prova que em si mesma é mais escandalosa e quase sempre mais maléfica do que o crime", protestou Rubem Braga seis décadas atrás. Sarcástico, propôs que o próprio adultério fosse suprimido, mediante a transformação de homens e mulheres em anjos, entidades que, assexuadas, não teriam por que pular a cerca. Na falta disso, sugeriu que pelo menos se aprovasse o divórcio — o que só aconteceria em 1977 —, como forma de evitar boa quantidade de sanguinolentas tragédias conjugais favorecidas pela rigidez da lei. O cronista reivindicou, ainda, o direito de requerer anulação do flagrante quando o cônjuge que o solicitou presenciasse a cena. Em "A voz", despejou sua justa ira sobre uma criatura que, com um telefonema anônimo, levara uma esposa a flagrar e matar o marido, que se enredara com outra. "Sua voz ao telefone era firme e tranquila, precisa e clara, até ligeiramente alegre", rugiu ele contra quem dedurou. "Sua voz de anjo — e de hiena."

Também Antônio Maria criticou a armação de flagrante, ao comentar, em "Adultério e considerações", uma ação policial que envolvera um almirante supostamente ancorado aos pés de dama alheia. Nem traição teria havido, sustenta o cronista, pois quem abriu a porta para a polícia foi a mulher acusada de infidelidade. Maria pediu que se respeite o adultério, nem que seja por antiguidade, já que ele existe desde que o mundo é mundo. De resto, ponderou, não é impossível que um homem saia ganhando ao ser traído: há maridos que, depois de enganados, "melhoram de vida", passados que são, não para trás, mas para a frente...

O mesmo tom galhofeiro está em "A fidelidade e o queijo", em que o Maria reproduz confidências de um conhecido seu. Chegando em casa em horário não habitual, o camarada deu de cara com a mulher e um vizinho. Não na cama — à mesa, tomando café com queijo. Consultado, o cronista disse não ver problema, embora lhe parecesse que o queijo é mais comprometedor do que o café, quando tenha sido ofertado pelo visitante.

Rolou ou não rolou? No pantanoso terreno das relações mais ou menos amorosas, a interrogação tem cabimento. E não são raras as histórias em que paranoia, desconfiança e ciúme levam um dos dois a adornar a própria testa com chifres brotados da pura imaginação. Há casos em que jamais se saberá se houve mesmo traição — indefinição da qual o *Dom Casmurro* de Machado de Assis segue sendo exemplo clássico. Mais de 120 anos depois da publicação do romance, ainda há quem discuta se a bela Capitu traiu ou não o marido, Bentinho, com o melhor amigo dele, o Escobar. Não tem fim a lista dos que vêm desde então metendo a mão nessa cumbuca, sem que se chegue a uma conclusão unânime.

Um deles, Otto Lara Resende, dedicou três crônicas ao intrigante mistério — e como troco recebeu puxões de orelha de quem não admite a ideia de que Capitu tenha sido infiel. "Não traiam o Machado", pediu a esses o cronista — e, com a intimidade de quem leu e releu o livro a vida inteira, enumerou capítulos (99, 106, 113) nos quais a infidelidade da moça lhe pareceu insofismável. Invocou o testemunho do amigo Dalton Trevisan, outro que considera inaceitável a versão segundo a qual tudo não passou de ciúmes infundados da parte de Bentinho.

Pra quê! A crônica provocou tais reações que dias depois Otto precisou voltar ao assunto, agora com "Inocente ou culpada". Sem mudar de opinião, deixou ainda mais clara a sua disposição para o diálogo. "Trocar uma gravata vermelha por uma gravata vermelha não tem a menor graça", argumentou. Otto se vê mais maleável que na mocidade, quando dizia que "da discussão nascem os perdigotos", não a luz. "Sem *fair play*, é uma chatice", facilita ele. Está disposto a conversar — mas deixa claro: não aceitará jamais "o cinto de castidade que impuseram à Capitu".

Fim de papo? Que nada. Apenas dois dias se passaram e Otto Lara Resende retoma a polêmica, dessa vez com "Capitu e o meu ônfalo", em que registra críticas de dois professores. Um deles o considerou "algo desatualizado". O outro denunciou o que seria "a contemplação do próprio umbigo" — substantivo do qual é sinônimo o tal "ônfalo" engastado no título. Com irônica leveza, Otto admite que em São João del-Rei, a cidade mineira onde nasceu, deveriam ter enterrado, além do umbigo, o seu "ímpeto polêmico".

Nada como o bom humor — e é dele que se serve Rubem Braga em mais de uma crônica sobre adultério. "Diário de um subversivo — ano 1936" tem como pano de fundo a repressão que se seguiu à Intentona Comunista de 1935, e como personagem um jovem jornalista (o próprio Braga?) que, procurado pela polícia política, vive com nome falso numa pensão carioca. Quando a barra pesa, busca refúgio sob o teto de um companheiro de militância, o Edgar, marido de Alice — pessoa esta "muito esclarecida" cujos encantos farão o hóspede mudar de problema. Com "os nervos arrebentados", escreve em seu diário: "Se eu tivesse qualquer coisa com essa mulher, seria o último dos cachorros". O próximo registro, no dia seguinte: "Sou".

Em mais de uma ocasião o tema do adultério recebeu de Rubem Braga um tratamento impregnado de lirismo e banhado em melancolia. É o tom de "A praça", na qual a revisita a um local público lhe traz a "impressão estranha, forte e absurda, de estar repetindo um momento vivido". A vista de um casal de amantes faz reprisar em seu coração "o instante de outros anos, com uma verdade lancinante", naquela praça em que "fui pária, namorei roda de bonde para suicídio", "imperador feliz do reino mais belo".

Igualmente delicada é "Um homem", em que alguém "triste, magro e maduro", vestido de preto, suspende o passo na calçada para contemplar a moça de maiô azul — sua "amada", sua "namorada", fantasia ele. Na areia, ela conversa com outra moça; na certa, rumina o pobre-diabo, está "caçoando de seu amor de homem casado por moça solteira", de "seus galanteios antiquados, de sua tristeza, de sua angústia". É uma história bem contada, tanto quanto "Um diplomata exemplar", de Paulo Mendes Campos, sobre a paciência e sabedoria com que um cavalheiro vivido tenta amenizar a dor moral de um parente mais jovem, juiz de direito, "cidadão probo e bom pai de família" que, na contramão dessas virtudes, vê seu casamento soçobrar desde que foi flagrado na cama com a cozinheira.

Em outro pequeno conto, o protagonista é um espertinho que, habituado a uma rotina entre o bar e o lar, com escapulidas para desfrutar dos encantos de uma loura, decide passar duas semanas em sua companhia, sem interrupções conjugais. Engambela a mulher com uma fictícia viagem de trabalho a Buenos Aires. Planeja a traição em todos os detalhes — sem saber que de um deles resultará a sua perdição.

Numa terceira história, por fim, ambientada nas profundas de Minas Gerais, um coronel viúvo e cinquentão, mas também concupiscente, resolve um dia buscar lã — e, como no velho dito, volta tosquiado. A lã, no caso, era a Mariazinha, mulher de um amigo e vizinho, "cabrocha bonita e limpa". Será tarde quando o coronel perceber que se meteu num negócio de burro, em mais de um sentido...

João, do Rio mas não só

Paulo Barreto, o João do Rio, é merecedor não de um, mas de dois tapetes vermelhos, um para cada enorme contribuição que nos deixou, na dupla condição de cronista e de repórter. Numa atividade como na outra, assinando-se bem pouco com seu nome de pia, e sim com um punhado de pseudônimos, dos quais o mais conhecido é João do Rio, o escritor carioca, fulminado por um infarto dentro de um táxi, no centro do Rio, aos 39 anos, em 23 de junho de 1921, foi não somente um craque como um notável inovador.

Não há exagero em considerá-lo, na história da imprensa brasileira, o primeiro repórter genuíno, diferenciado de seus pares num tempo em que os jornalistas, enfurnados no bem-bom de suas redações, não se davam ao trabalho de gastar sola de sapato em busca de notícia. Paulo Barreto, ao contrário, ia buscar lá fora as histórias, os personagens, a vida em primeira mão. Não causa espanto, assim, o fato de que o autor de *A alma encantadora das ruas* tenha morrido de um ataque cardíaco, dentro de um táxi, no burburinho da rua do Catete, próximo ao centro da cidade. A vocação de flâneur apaixonado — "Flanar é a distinção de perambular com inteligência", definiu certa vez — lhe permitiu inovar também a crônica, conferindo a esse gênero uma leveza e graça capazes de ainda hoje seduzir o leitor com aquilo que em princípio escrevia para o dia, no máximo para a semana seguinte. E, por mais carioca que fosse, sua prosa tinha — e segue tendo — o que dizer a leitores de todo canto do Brasil.

Diante de um escrito de João do Rio, chega a ser difícil decidir se é crônica ou reportagem — mas pouco importa: o que conta é o prazer que nos acompanha da primeira à última linha, ainda mais alimentado por temas que são sempre interessantes. Assuntos cuja escolha, às vezes, pode nos surpreender: quem imaginaria Paulo Barreto, um dândi, a misturar-se decididamente, por iniciativa própria, a homens rústicos e suarentos, numa canoa, para que pudesse descrever, em "Os trabalhadores da estiva", o áspero ofício de quem depende dos músculos para ganhar a vida? Com igual disposição, dessa vez em terra firme, ele percorre livrarias e sebos do Rio de Janeiro para constatar, em "O Brasil lê", que seus compatriotas, tantas vezes descritos como bugres de "tacape e flecha", andaram mais que nunca atracados a livros. Naquele novembro de 1903, constata João do Rio, os livreiros "examinam as contas e veem que as suas edições são muito maiores e muito mais contínuas que há dez anos". Poucos meses antes, outro giro pela cidade lhe permitira concluir que, graças a obras portuárias, campanhas de saúde pública e abertura de ruas, o Rio, "convalescente" de crises brabas, vivia algo como uma "estreia".

Pela mesma época, o cronista e repórter comemorou também, com "Iluminação no Passeio Público", o fato de que esse recanto da cidade, "com os melhoramentos que lhe deu a Prefeitura", voltava a ser "um ponto de reunião amável" — para pasmo de gansos e marrecos que ali viviam, até então sossegados. Agora, "andam espantados...", verificou João do Rio: "Há conciliábulos animados à beira d'água, expressivos arrepios de asas, significativas bicadas, confidenciais grasnidos...". De fato, prossegue ele, "a tribo dos palmípedes vive assombrada, depois que há iluminação farta e música alegre no terraço, fonte luminosa no jardim, grande massa de povo pelas alamedas perfumadas". Mais festivo, talvez, só o carnaval do Rio, que Joe, um dos pseudônimos de Paulo Barreto, celebrará em "Poean" — "cântico de vitória" em grego, palavra que na publicação original, em 1916, um erro tipográfico converteu em "Poeau". Nesse texto, o cronista cravejou de rótulos e pontos de exclamação a maior festa popular de sua cidade: "fúria aplacadora", "momento supremo de loucura!", "paixão de todos nós!", "frenesi tumultuário", "vendaval dos sentidos!", "espasmo da fera na civilização!".

Paulo Barreto é também humorista dos melhores, e era com ironia que detectava e retratava as modas e os modismos da então capital do país. Chegado que era numa novidade, não espanta que tenha sido ele o primeiro imortal da Academia Brasileira de Letras a vestir fardão. Em 1905, interessou-se por uma novidade farta em letras dobradas, "o *foot-ball*". "Teremos nós um novo sport em moda?", indagou depois de visitar, num domingo, a cancha gramada do Fluminense (que no ano seguinte, isto não poderia saber, seria o vencedor do primeiro campeonato da Liga Metropolitana de Foot-ball). Indagou e ele mesmo respondeu: "Não há dúvida". Tinha ficado para trás, avaliou João do Rio, o tempo em que, vinte anos antes, "a mocidade carioca não sentia a necessidade urgente de desenvolver os músculos". Os meninos daquele fim de século XIX, debochou ele, "dedicavam-se ao sport de fazer versos maus. Eram todos poetas aos quinze anos e usavam lunetas de míope. De um único exercício se cuidava então: da capoeiragem".

Em "Clic-clac! O fotógrafo!", seu alter ego José Antonio José flagrou "mais um exagero, mais uma doença nervosa: a da informação fotográfica, a da reportagem fotográfica, a do diletantismo fotográfico, a da exibição fotográfica — a loucura da fotografia". Naquele ano, 1916, concluiu ele com divertida exasperação, "toda a cidade é fotógrafa". Ia mais longe a mania de "kodakizar", neologismo trazido pela novidade das câmeras Kodak: "O mundo não tem a obsessão do espelho, tem a obsessão da fotografia!". O fotógrafo, um "tirano", era "o agente da vaidade".

O mesmo senso de humor, agora mais cáustico, lhe permitiu dar forma a dois personagens caricatos que, embora antípodas no temperamento, e tendo sido criados com anos de intervalo, um em 1909, outro em 1916, poderiam constituir uma bela e divertida dupla, tanto quanto o Gordo e o Magro com seus corpos de volumes tão diversos. O primeiro a nascer foi Justino Antônio, "Um mendigo original" — original porque, entre outras bizarrices, não pedia, e sim cobrava esmola, seguríssimo de seus direitos de credor social. "Devo notar que há já dois sábados nada me dás", chegou a dizer a uma de suas vítimas. Perguntado por que não trabalhava, respondeu sem hesitar: "Porque é inútil". A tranquilidade dessa figuraça contrasta com a agonia permanente do Clodomiro Gomes de "O homem que não tem o que fazer", tão endinheirado quanto atormentado. O pobre moço rico vive reclamando exatamente de possuir fortuna, e reage mal se as queixas resultam em puxão de orelha: "Todo o meu mal é não ser como vocês", choraminga ele, "é não ter que trabalhar a sério para ganhar o meu sustento". Resultado: "Ando cheio de preocupações, sem tempo, sem fé, sem alegria. Sabes lá o que é um homem não ter o que fazer? A minha vida é uma tortura!".

Sabino, testemunha e personagem

Tenho inveja de quem vai pela primeira vez mergulhar na copiosa e bem peneirada produção cronística de Fernando Sabino, com um prazer comparável ao de quem, a partir da década de 1940, "descobriu" Sabino em jornais do Rio, com frequência às vezes diária — ou, mais afinado ainda, na revista *Manchete*, revista que se dava ao luxo, hoje inimaginável, de trazer também, toda semana, Rubem Braga e Paulo Mendes Campos.

A página de Sabino, ali, chamou-se primeiro "Sala de Espera". Mais adiante, passou a ser "Aventura do Cotidiano" — e era bem isto o que o escritor mineiro buscava servir ao leitor: uma boa história garimpada no dia a dia, e tratada, não raro, com recursos do fino ficcionista que em 1956 nos deu a sua obra-prima, o romance *O encontro marcado*. Não surpreende que o próprio autor considerasse como pequenos contos algumas de suas crônicas.

Ninguém como Sabino, entre nossos cronistas, para extrair literatura de trapalhadas do cotidiano. Mas repare: não estamos diante de meros "causos" divertidos. Faça a prova quem duvida disso: tente, com suas palavras, extrair o mesmo efeito obtido por ele num palmo de crônica. Impossível. Ninguém se iluda com a aparente facilidade de algo que no mais das vezes custou trabalho extenuante. Trata-se daquilo que o poeta e psicanalista Hélio Pellegrino chamou de "a difícil arte de escrever fácil".

Não faltam, nas crônicas de Sabino, outras bem-sucedidas ilustrações de seu talento para minerar trapalhadas, bizarrices e mal-entendidos, por ele processados e convertidos no metal da boa prosa. É o caso de "Notícia de jornal", sobre um homem que jamais viu, de quem não sabe sequer o nome, e que no entanto tem o poder de tirá-lo do prumo. Ou de um "Assassinato sem cadáver", cujo título, intrigante até onde possa, já nos obriga a ler sem mais tardança. E o que dizer, então, de "O fio invisível", a que não falta uma navalha subitamente aberta enquanto o elevador se arrasta em direção ao último andar? Ou, ainda, menos arrepiante, "Olho por olho", na qual Sabino dribla aquilo que poderia resultar grotesco, e, em vez disso, nos garante gargalhada. Mais: "Bolo de aniversário", capaz de nos manter cativos, salivantes, até que o autor nos sirva a última fatia da história.

"O afinador de pianos" narra o reencontro acidental, muitos anos depois, do personagem-título, agora bem-vestido, com a moça que o reconheceu por detrás da gravata. Acidental e acidentado, pois o afinador, numa atitude até então impensável, a certa altura vai desafinar irremediavelmente aos olhos dela. Na vida real, essa moça... não, não vou estragar aqui sua leitura. Nada a ver, essa história, com a de outro profissional do teclado, deliciosamente contada por Sabino em "Pó sustenido". Também não se vai antecipar aqui o desfecho de "A volta", cujo enredo bem que mereceria versão cinematográfica. Como, aliás, "Conversa de homem", crônica da qual se poderia tirar um divertido episódio em curta-metragem.

Observador atento de seu semelhante, Fernando Sabino volta e meia é igualmente personagem de si mesmo. Nunca, porém, no afã patético de ficar bem na foto. Ao contrário, ele não hesita em expor fragilidades suas — como o pavor que experimenta em "A morte vista de perto", quando, voltando para casa, à noite, numa rua deserta de Londres, percebe que no táxi emparelhado a seu carro uma velha horrenda não tira os olhos dele. Nem precisava de tanto para inundar-se de insegurança e medo: enquanto caminha por uma rua deserta de Ipanema, numa noite de "Sexta-feira" da Paixão, quem o segue é apenas "um cão humilde e manso", porém "terrível na sua pertinácia de tentar-me, medonho na sua insistência em incorporar-se ao meu destino". E será pior sem ele, descobre o cronista no momento em que o cão o abandona.

Há pelo menos um caso em que o personagem Sabino se dá bem numa solitária andança noturna: aquela historinha hilariante vivida nos anos 1960 na Eslovênia, então parte da hoje retalhada e extinta Iugoslávia. A caminho de um jantar de escritores, ei-lo numa estrada escura que deveria levá-lo ao restaurante, num ermo à beira de um lago. De repente, parece impossível chegar lá: conseguirá o escritor brasileiro fazer-se entender pela abrutalhada motorista do táxi, se a criatura não fala inglês, francês, italiano ou espanhol, nem ele uma só palavra de esloveno? Simples: "Basta saber latim". Mas será que isso é suficiente para garantir um *happy end*?

Menos bem-sucedido será ele em "O buraco negro" — entidade maligna que, mancomunada com o "Caboclo Ficador" e o "Caboclo Escondedor", invariavelmente lhe impõe derrotas no front doméstico. No mesmo cenário está também o Fernando Sabino que, confrontado com pilhas de louça e de roupa suja, parece arrependido de ter dado férias à empregada — ele, que até há pouco se sentia tão autossuficiente para os embates do lar e que agora humildemente entrega os pontos: "A falta que ela me faz"...

Sombras e luzes de agosto

Falar em obsessão seria um exagero, mas não dá para negar que Otto Lara Resende tinha algo de especial com o mês de agosto. Fosse o que fosse, o fato é que fez dele tema de um punhado de crônicas na *Folha de S.Paulo* — para não falar nos artigos que assinou no jornal *O Globo*, peças finas nas quais o mês em questão já está no título, como "Punhais de agosto", ou "13 de agosto: Tudo bem". Quando, em 1992, lhe pedi algo para a revista *Elle*, o que foi que o Otto desovou? "Agosto, apenas uma rima para desgosto?"

Para ficar nos escritos de Otto reunidos no livro póstumo *Bom dia para nascer*, pode-se citar, por exemplo, "Abusão e palpite", em que o cronista, em pleno mês de agosto, respira aliviado ao se dar conta de que passou, ufa, o dia 13, sempre farto em maus presságios, sem que tivesse, naquele ano de 1991, promovido os estragos que tanto atormentam quem padece de triscaidecafobia.

Que esquisitice polissilábica é essa? Assim se chama, ensina Otto, o pavor que o número treze é capaz de suscitar. Uma superstição, escreve ele em "Agosto recomposto", que pelo menos um episódio veio alimentar: aquele 13 de agosto de 1965 em que o apresentador Gláucio Gil, ao abrir seu programa, ironizou a data aziaga: "até agora, tudo bem" — para em seguida morrer ao vivo, quer dizer, diante das atônitas câmeras da TV Globo.

"Impossível não pensar na rima", diz Otto em "Sombras de agosto". Desgosto de que não faltariam ilustrações, enumera ele, a começar pela sanguinolenta Noite de São Bartolomeu, na qual, entre os dias 23 e 24 de agosto de 1572, se contaram aos milhares os protestantes mortos na França a mando do rei católico.

Por estas bandas, agosto foi o mês em que dois presidentes da República apearam ruidosamente do poder: Getúlio Vargas, ao disparar um tiro no peito, em 1954 ("Saio da vida para entrar na História"), e Jânio Quadros, demissionário em 1961 ao cabo de uns poucos meses de mandato, tangido, segundo alegou, por enigmáticas "forças terríveis". Varreu-se a si mesmo quem tivera como arma eleitoral a imagem da vassoura.

No caso de Jânio, aliás, de quem Otto chegou a estar muito próximo (o presidente bem que tentou tê-lo a seu lado no Palácio do Planalto), as evocações do escritor mineiro empaparam artigos e crônicas — entre estas, "Outro dia, há trinta anos", "Ao cair da tarde", "Jânio" e "Ontem, hoje, amanhã", boa prosa literária salpicada de informação histórica.

Valha estender o parêntese, já que se falou no "homem da vassoura": se na presidência ele não chegou a dizer a que veio — e viera na crista de um vagalhão de votos —, o mercurial político paulista (na verdade, nascido em Campo Grande, MS) ao menos proveu de assunto uns tantos cronistas à míngua de inspiração. Um deles, Rubem Braga, escreveu nos anos 1950 duas crônicas intituladas "Jânio" — numa das quais, em 1954, cravou premonitório pé atrás: "Vamos ver se ele se dispõe mesmo a governar a rica província [de São Paulo], ou fazer dela apenas um trampolim para sua vertiginosa ambição".

Quando, em 1959, Otto Lara Resende se preparava para voltar ao Brasil, ao cabo de três anos como adido ("adido e mal pago", completava ele, impagável) à nossa embaixada na Bélgica, seu cupincha Paulo Mendes Campos pôs em crônica uma "Carta a um amigo", com a qual buscou preparar o espírito do brasileiro talvez já esquecido das mazelas do país natal. Pode-se imaginar a testa franzida com que o destinatário, ainda em Bruxelas, leu a carta, portadora de motivos de apreensão e, ainda por cima, datada de agosto.

Ao contrário de seu camarada de vida e letras, Paulo não chegou a cronicar sobre esse mês do ano — mas não deixou de registrá-lo numa página cujo teor, de certa forma, reforçaria a má fama dessa quadra: "Em agosto morreu García Lorca".

Também Antônio Maria, outro bamba do gênero, passou ao largo do mês agourento; mas foi num agosto, o de 1959, que lhe veio inspiração para compor um belo par de crônicas — "O encontro melancólico" e "Coração opresso, coração leve" —, ambas sobre o amor, naquilo que o amor possa ter de sombras, mas também, benza Deus, de luzes.

O fiscal da primavera

Já apelidado o Sabiá da Crônica (um achado de Sérgio Porto, o Stanislaw Ponte Preta), não seria excessivo, e muito menos descabido, chamar Rubem Braga também de "O Fiscal da Primavera". Credenciais por certo não lhe faltam, espalhadas numa obra tão rica quanto vasta, iniciada aos dezenove anos no *Diário da Tarde*, de Belo Horizonte, em 1932, e só encerrada com a morte, em dezembro de 1990.

Pense, por exemplo, na crônica "Manhã", publicada em maio de 1952, e que, sete décadas depois, ainda não está em livro, como bem mereceria. Não estranhe que um dos assuntos seja ali a primavera, quando maio, neste canto do mundo, é outono — ou deveria ser, mas sabemos como andam bagunçadas as fronteiras entre as estações. Para o Braga, pouco importa, pois nessa curva da crônica ele está pensando no amigo Vinicius de Moraes, que dias antes tomara o rumo a Paris, onde acabava de instalar-se mais uma primavera, dessas de que só Paris é capaz. Tanto faz que aqui seja outono: "Mês de maio", saúda o cronista, "tu és belo em toda a volta ao mundo".

Já em "Descoberta", de outubro de 1955, o Braga quase se penitencia pelo que julga ter sido um cochilo de sua parte. Ele vivia, àquela altura, em Santiago do Chile, nomeado pelo presidente Café Filho para um posto junto à nossa embaixada, na qual lhe cabia a obrigação nada poética de incrementar as relações comerciais do Brasil com o país andino.

"Passei dias no escritório lendo coisas, escrevendo coisas, telefonando, providenciando, funcionando", escusa-se ele. "E, enquanto isso, ela invadia a bela República do Chile e dançava e sorria por todos os campos, entre a cordilheira e o mar. Ela havia chegado, e eu não a vira, a primavera."

Um ano depois, de volta ao Brasil, já desobrigado de transações comerciais, Rubem Braga não se distraiu — e fez saber, já no título de uma crônica: "A primavera chegou". Ali, ele acaba de lembrar-se de fragmentos de um conto lido muito antigamente, ambientado na Escandinávia, "em um daqueles países louros e frios", com suas estações não apenas pontuais como nitidamente demarcadas. Já no Rio... bem, "no Rio será que existe primavera?", indaga-se o Braga, um olho no calendário e outro nos jardins e parques, dos quais, em princípio, seria legítimo esperar uma explosão de cores. "Proponho que ela exista", sugere o cronista, e observa que "apenas o homem distraído não a vê chegar, nem a sente", uma vez que "nossa primavera é sutil e para entrar na cidade não pede licença ao Prefeito".

Ele repetirá o festivo anúncio em setembro de 1980, quando lhe pareceu imperioso manter informado um amigo igualmente sensível a belezas sazonais: o poeta Vinicius de Moraes, que em julho lhe pregara má peça ao partir sem prévio aviso, e dessa vez em definitivo. Julgou-se o Braga no dever de dar a ele a "notícia grave" de que chegara a Ipanema uma nova primavera, a primeira da qual o poeta não iria participar desde 1913, o ano em que os dois nasceram.

Aquele "Recado de primavera" (que daria título a uma de suas últimas coletâneas de crônicas, em 1984) trouxe também outras notícias. Entre elas, a de que a rua Montenegro era agora a Vinicius de Moraes, e que ali testemunhara, na véspera, a radiosa passagem de três garotas de Ipanema, todas elas embaladas em algo que parecia ter voltado à moda, a minissaia. Diante do espetáculo, nosso atento Fiscal da Primavera sentiu-se em condições de apostar: "Acho que você aprovaria".

Tudo em família

Uns mais, outros menos, não há cronista que não deixe vazar em prosa um tanto, ou muito, de seu baú familiar, presente ou passado. O que, aliás, está na natureza de um gênero cujos momentos mais felizes nos dão a impressão de estar sentados ao lado de alguém que parece falar a cada leitor em particular.

Basta ver, numa fartura de exemplos, a "Receita de domingo" que a sensibilidade de Paulo Mendes Campos com certeza copiou do imaginário caderno de seu convívio com a mulher e os filhos. Aonde mais teria ele ido catar, num começo de manhã, certa "dissonância festiva de instrumentos e percussão — caçarolas, panelas, frigideiras, cristais — anunciando que a química e a ternura do almoço mais farto e saboroso não foram esquecidas"?

Mais fundo no tempo, o cronista vai recuperar, em "As horas antigas", delicados fragmentos de sua meninice e adolescência na Belo Horizonte dos anos 1920 e 1930, quando ainda não se usava engaiolar-se em apartamentos, e sim esparramar-se em residências com quintal e jardim; casas aonde iam bater o leiteiro, o vendedor de frutas e verduras, o entregador do armazém, e o homem da barra de gelo, pois geladeira, um luxo, não era para todo mundo. Um tempo, nos conta o cronista, em que "as famílias se recolhiam cedo, os próprios boêmios iam dormir antes de clarear a madrugada", ficando apenas "os literatos e as meretrizes" na espera do sol, cujo nascer desataria, ruidosa, "a denúncia dos galos".

Naquele mesmo instante matinal, em Pernambuco, pouco mais velho que o futuro colega e amigo Paulo Mendes Campos, o meninote Antônio Maria poderia estar a pique de morrer levado pelo mar, pois, tendo dado cabo de uma garrafa de cachaça, apagara na praia, e ali permanecera, sozinho. Resgatado quando as ondas já o carregavam, ele terminará o dia em casa, abraçado a um buquê de irmãs, todos em prantos. O pileque ficaria sendo um dos flashes recolhidos em "Lembranças do Recife". Ali entraram, ainda, historinhas como o quase desastre num velório na família, durante o qual, de madrugada, não havendo adulto nas imediações, uma das primas ia derrubando o caixão do velho Augusto. Não espanta que Maria, em outra crônica autobiográfica, "O atrabiliário", tenha cravado este diagnóstico: "O que atrapalhou minha vida foi ter visto e feito muita coisa, desde pequenininho".

Sem arrependimento, Rubem Braga também pôs em crônica alguns inocentes desmandos de seus tempos de moleque em Cachoeiro de Itapemirim, a cidade capixaba onde nasceu. Inocentes? Bem, nem tanto. Numa série de três crônicas — "Teixeiras I", "Teixeira II" e "Teixeira III" —, que chegariam a livro com títulos menos burocráticos ("Os Teixeiras moravam em frente", "As Teixeiras e o futebol" e "A vingança de uma Teixeira", respectivamente, todas em *A traição das elegantes*), ele rememora a encrenca em que se envolveu sua turminha na insistência em jogar futebol diante da casa de uma família desse sobrenome. Talvez por humildade, Rubem Braga não nos deixa saber se jogava bem — mas revela o papel surpreendente que teve nas escaramuças com as moças (seriam oito ou vinte?, se pergunta ele) do clã Teixeira.

Também Otto Lara Resende se ocupou de família que não a sua, mas não no mesmo tom — o contrário disso, na verdade: em agosto de 1991, na crônica "Réquiem para dois rapazes", deixa ver o quanto se emocionou com a tragédia de dois adolescentes dispostos a sequestrar ninguém menos do que a Xuxa, na porta do teatro onde ela gravava seu programa. Viajaram de São Paulo ao Rio, armados — e acabaram mortos pelos seguranças.

Outra que escreveu sobre família alheia foi Rachel de Queiroz, mas aí foi só maciez, anunciada já no título: "Um corte de linho". Publicada há mais de setenta anos, a crônica acende no leitor, neste aqui, pelo menos, uma vontade de saber o que o tempo terá feito daqueles húngaros, dois homens e quatro mulheres, que aqui vieram viver no pós-guerra. Instalados na ilha do Governador, tornaram-se amigos da vizinha Rachel, a quem um dia deram de presente um corte de linho — e não qualquer: por eles mesmos tecido nos teares que providenciaram para o seu sustento. Curiosa história de uma família de intelectuais que, por necessidade, transitou, se você me permite, do texto ao têxtil...

Viagens à infância

A nostalgia não é mais o que ela era, escreveu o americano Peter De Vries no romance *The Tents of Wickedness*, de 1959, pondo em circulação uma pérola que a atriz francesa Simone Signoret, vinte anos depois, vai incrustar como título em seu livro de memórias.

Sobrecarregado de saudosismo, o achado resiste, com jeito de coisa sem dono, capaz de resumir o sentimento que se apossa de tantos de nós quando a memória regurgita lembranças da infância. Uns mais, outros menos, vários cronistas destilaram recordações de meninice em suas crônicas.

O mineiro Jurandir Ferreira nos leva, em "A viagem", num passeio de trem que fez aos quatro anos, entre Poços de Caldas, sua cidade natal, e a Estação Cascata, na paulista Águas da Prata, ali por 1910. A nostalgia em que o cronista está embarcado não impede que lhe venha uma comparação galhofeira: "Bufava, ardia e fumegava o trem como uma pesada e distinta senhora com rodas e fornalha".

Já Ivan Lessa nos traz, em "São Paulo: 1945", fragmentos de lembranças da cidade onde nasceu e que, naquele ano, aos dez, trocou pelo Rio de Janeiro. "Cavalo e carroça na esquina carregados de uva", recorda ele, "o homem das cabras na porta vendendo leite", "a garoa, a chuva de tarde", o "cimento quente" do qual emana "um respirar úmido de corpo".

Antônio Maria, pernambucano de nascimento, e Clarice Lispector, pernambucana postiça mas apaixonada (lá viveu anos cruciais de sua formação, entre os quatro e os quinze), desenterram lembranças de um tempo que compartilharam, a década de 1920. O cronista e compositor nos carrega com ele, em "O exercício de piano", para remoto mês de junho em que tomava aulas de música, extraindo sons que se somavam a outros numa inesquecível trilha sonora: durante o dia, "a voz do sorveteiro, lá longe, triste, mendiga, musical"; à noite, o estrépito dos bondes amarelos da Pernambuco Tramway. Os mesmos bondes que a menina Clarice tomava, madrugada ainda, rumo à praia em Olinda ou Recife. "Atravessar a cidade escura me dava algo que jamais tive de novo", revela em "Banhos de mar", e resume: "Eu não sei da infância alheia, mas essas viagens diárias me tornavam uma criança completa de alegria".

Rachel de Queiroz, mãe de filha que perdeu bem cedo, vive em "Amor à primeira vista" o consolo de tomar no colo um bebê que "cheira a flor e talco", e mais ainda "a fruta madura, talvez a maçãs no momento em que são colhidas, talvez àquelas uvas que dão vinho rosado, doces e queimadas de sol".

Incitado, quem sabe, por palavras trazidas à moda, como "ciclovia" ou "bicicletário", Otto Lara Resende, em "Bicicletai, meninada!", sobe na bike imaginária que o devolverá a uma época há muito passada, na qual "quem não sabia andar de bicicleta estava atirado às trevas exteriores", "excluído do mundo encantado". Reconstitui um "surto de infância" que o apanhou já adulto, no Rio de Janeiro — uma febre na verdade coletiva que o punha a pedalar, madrugada adentro, do Posto 5 ao Leblon, irmanado com Vinicius de Moraes, Rubem Braga, Paulo Mendes Campos e Moacir Werneck de Castro. Foi naquelas farras sobre duas rodas, acredita Otto, que Vinicius se inspirou para um poema célebre, "Balada das meninas de bicicleta".

Em “A vitória da infância”, dois homens-feitos se deparam com dois moleques num jogo de gude, e ali se deixam ficar — tão envolvidos que acabam desafiados por um deles para um jogo de duplas. De um dos marmanjos não se sabe o nome. O outro, chegado ao mundo num Dia da Criança, não por acaso é aquele que bolou seu próprio epitáfio: “Aqui jaz Fernando Sabino. Nasceu homem, morreu menino”.

Boletim de lembranças

Já marmanjo, na casa dos trinta anos, Paulo Mendes Campos caiu em cima de um tesouro que o acaso devolvera a suas mãos: seu diário de garoto, escrito em 1935, ao tempo em que, aluno do que seriam hoje os últimos anos do ensino fundamental, ele vivia os rigores de um colégio interno — o temível Dom Bosco, dos padres salesianos, em Cachoeira do Campo, Minas Gerais. Era um pouco por castigo que estava ali, desde o ano anterior, por ter sido reprovado. Na áspera solidão do internato, lhe parecia haver — dirá ele na crônica "Quando voltei ao colégio…" — o absurdo de expiar "crime futuro".

Ao transcrever suas anotações de adolescente, o cronista fala em "ternura diante dessa criança já desconhecida". Conta ter sido o autor do solitário gol — ou melhor, "goal" — numa partida entre os internos do colégio. Sobretudo conta os dias que faltam para "sair da gaiola", onde esteve confinado por três anos, e da qual saiu ferido para sempre. "A saudade à hora do crepúsculo estragou-me todos os outros crepúsculos", lamentará ele no poema autobiográfico "Fragmentos em prosa". Chegou, revela nesse poema, a levar de um professor um tapa na cara. Ainda assim, esteve longe de poder dizer, como Ivan Lessa em "Ao professor, com pêsames", "Todos os professores que eu tive desejavam a minha morte".

Bem mais distendido era o panorama que esperava Paulo Mendes Campos no Ginásio Santo Antônio, de São João del-Rei, para onde os pais o transferiram em 1937. Entre outros ganhos, ali veio a entabular uma de suas amizades de vida inteira, com Otto Lara Resende, nativo da cidade e aluno de outro colégio.

Antônio Maria é outro que poderia ter guardado más lembranças de seu tempo de estudante, no Recife. "Menino só sabe que é feio, no colégio, quando o padre escolhe os que vão ajudar à missa", ensina ele em "A mesa do café". A cruel revelação lhe veio aos sete anos, no Colégio Marista, mas o rejeitado deu de ombros: quais seriam, afinal, os limites entre a beleza e a feiura? Além do mais, a avaliação estética o livrou "dos tributos que teria de pagar, se fosse bonito, ajudando missa e saindo de anjo à frente das procissões".

Quanto a Rachel de Queiroz, terá levado do Colégio Imaculada Conceição, no Ceará, poucas lembranças mais doces do que aquelas desfiadas na crônica "Ma Sœur", dedicada a certa Irmã Maria. "Nunca a igreja militante contou com soldado mais entusiástico", escreveu a ex-aluna. "Fez-se religiosa não por estático amor de Deus, mas por amor ativo; não por renúncia, mas por heroísmo."

Já Rubem Braga, em "A minha glória literária", não se sentiu motivado a nos contar quem foi o professor de português que, no Colégio Pedro Palácios, de Cachoeiro de Itapemirim, por duas vezes o cobriu de louros, na condição de autor da melhor composição (ainda não se dizia redação) da classe, sobre "A lágrima" e "A bandeira nacional" — e que na terceira, sobre "O amanhecer na fazenda", o fez despencar do Olimpo aos infernos da literatura, sob gargalhadas da turma, por ter fechado o texto com "Um burro zurrando escandalosamente", talvez contaminado por ousadias do recente Modernismo.

Ao mestre, com carinho ou raiva

Numa das notas que compõem a pequena crônica "O rapaz entrou no bar...", de 1951, Paulo Mendes Campos conta a história de duas vizinhas que, tendo saído no tapa, acabaram na delegacia. Ao saber que uma delas era professora, o delegado, lembrando-se de alguma que tivera, viu chegada a hora de livrar-se de mágoas escolares encravadas na alma havia mais de trinta anos — e não teve dúvida: mandou a criatura escrever quinhentas vezes, e com "caligrafia muita boa", a frase "Não devo brigar com a minha vizinha!".

Não é descabido imaginar que também o cronista, ao relatar aquele ato de vingança, tenha lavado um pouco a própria alma, não houvesse ele acumulado mágoas nos anos em que foi aluno do Colégio Dom Bosco. Pensando bem, não estaria ali uma forma de destacar, por seu anverso, o bom professor, com redobrada ênfase quando é 15 de outubro, o dia dedicado aos mestres?

De fato, era de "alma escura, cansada, envelhecida" que o adolescente Paulo lá chegava para mais um ano letivo, conforme escreve em "Quando voltei ao colégio...". "Guardo a saudade de alguns professores", admite o cronista, mas também "a vaidade e o ridículo de outros", e "nenhum sentimento de gratidão" por uma "pedagogia terrorista".

O Velho Braga, quando Braga Novo, não devia ser um bom aluno — e não mudara muito quando, na segunda metade dos anos 1940, compartindo apartamento em Copacabana com Paulo Mendes Campos, dividiu com ele, também, um professor particular de inglês. "Às vezes o Rubem me pedia para eu dizer ao professor que ele tinha saído", relembra o escritor mineiro em "Assim canta o sabiá", e descreve uma cena rotineira, na qual o mestre "subia os degraus da escada e comandava, em seu manquitolante português: 'Desce, preguiçazinha, não acreditar em mentira de vagabundo'". É possível que dali tenha nascido uma das mais famosas crônicas de Rubem Braga, a hilariante "Aula de inglês".

Mais adiante, recém-saído de uma tentativa frustrada de ajudar o filho, Roberto, com a matemática do curso ginasial, Rubem vai reclamar, na crônica "Ensino", da quantidade de conhecimentos que os professores, desde sempre, tentavam empurrar nos alunos — os quais, a seu ver, resultariam menos ignorantes se não fossem obrigados a aprender tanta coisa. O mesmo Braga, no entanto, por aquela altura, início dos anos 1950, disparou três crônicas — "A professora Zilma", "Para as crianças" e "Hesitação" — na tentativa de ajudar uma educadora de Cachoeiro a conseguir recursos para tocar sua campanha de alfabetização. Algo semelhante, aliás, ao que fará também Rachel de Queiroz alguns anos mais tarde, em "Alfabetização".

O histórico escolar, por assim dizer, de Rubem Braga não estará completo sem menção à antológica "Sizenando, a vida é triste", na qual, melancólico, deitado ainda, em manhã de chuva, o cronista liga o rádio e sintoniza ao acaso uma aula de esperanto.

Quanto a Clarice Lispector, não poderia ficar de fora de seu currículo de aluna a fala crucial que ouviu, em torno de seus treze anos, de uma improvisada professora, colega sua mais sabida, conhecedora já da "relação profunda de amor entre um homem e uma mulher, da qual nascem os filhos". Cruamente comunicados, relembrou ela em "A descoberta do mundo", como já se contou aqui, os tais "fatos da vida" a deixaram "paralisada". Cheia de "perplexidade, terror, indignação e inocência mortalmente ferida", a futura mãe de Pedro e Paulo Gurgel Valente chegou a jurar, "ali mesmo na esquina" e em voz alta, que nunca iria se casar.

Dores da criação

Certas crônicas, de tão irretocáveis, podem dar a impressão de que simplesmente fluíram para o papel ou a tela, como se o autor, sem qualquer sofrimento, tivesse tido apenas o trabalho de transcrever o que lhe dava a ler um teleprompter da literatura. Desnecessário lembrar que só por milagre poderia ser assim. Não há escritor que não saiba que escrever costuma ser horrível, como disse a americana Dorothy Parker, e que bom mesmo é "ter escrito".

Paulo Mendes Campos sabia disso. "Assim como em um edifício não fica sinal do sofrimento dos que o levantaram, assim não vemos além das bibliotecas a raiva dos que as escreveram, os desânimos, os desesperos, o nojo de escrever", observou ele numa crônica inédita em livro, "Tenho pena da mulher...". Em outra, "Um conto em 26 anos", comemora o ponto finalmente final de "O convidado", do amigo Murilo Rubião, obra-prima da ficção curta que ele vira brotar quase três décadas antes.

Sabedor das dores da criação literária, até por isso o cronista cuidava de fazer um ninho para a sua arte. Nos muitos pousos que teve no Rio de Janeiro, Paulo, ao se instalar, tratava de pôr junto à janela a sua mesa de trabalho. Pois esse retângulo aberto sobre a paisagem, defende em "Minhas janelas", "também faz parte do equipamento profissional do escritor". Através dele viu coisas, muitas coisas — só não viu, lamenta, "a mulher nua que os outros homens já viram de suas janelas".

É também com bom humor que Paulo Mendes Campos, em "Escrever à noite...", se lembra do tanto que penou enquanto teve como vizinho de cima um camarada cuja ruidosa máquina de escrever, madrugada adentro, atrapalhava a sua própria criação. Além de barulhento, o barbicha era versátil: "Pelas diversas cadências de sua Remington", o cronista pôde concluir que o confrade, "um paladino, um cruzado da literatura", praticava todos os gêneros literários, ao contrário dele, "um mercenário, a soldo módico". Suas armas não eram menos diversas: "A máquina dele era uma metralhadora pesada; a minha apenas um pobre fuzil de repetição".

Rubem Braga, como tantos, também passou por momentos ruins na escrevinhação noturna, mas por motivos outros: ao contrário do vizinho de Paulo Mendes Campos, ele certa noite precisou recorrer à caneta, para não perturbar os hóspedes do hotel. "Escrevo mal à mão", queixou-se o Braga em "Madrugada", "sou um trabalhador afeito à máquina, como um tecelão". Nessa condição, arriscava-se a um puxão de orelha da colega Rachel de Queiroz, para quem "o homem moderno, mormente o escritor", escravizado à máquina, "está ficando analfabeto", pois "desaprendeu a escrever à mão". Vai além Rachel, em "Ao pegar da pena": "Quem só trabalha ajudado por equipamentos fabricados, acaba feito escravo deles".

Para ela, o ofício literário, fosse praticado à mão ou à máquina, não parecia atividade a se recomendar — sobretudo às moças, às quais se dirige numa crônica cujo título já dá o recado: "Não escrevam". Chega a falar em "ofício sórdido" e em profissão "miserável". E não parece ter dúvida quanto ao que as jovens aspirantes à literatura deveriam fazer: "A nós, mulheres, o que convém são as artes interpretativas". Rachel de Queiroz não deixa ilusões também a quem lhe escreve em busca de conselhos para encetar carreira nas letras: "Quase todos os que anseiam por escrever não têm, de maneira nenhuma, capacidade para escrever", fulmina ela em "Vocação literária". De resto, seria inútil lhe pedir conselhos, visto que "não há receita".

Sorte teve a jovem Clarice Lispector, em seus anos de formação, ao não bater na porta da veterana Rachel — que provavelmente não conseguiria converter às "artes interpretativas" alguém que já aos sete anos enviava "histórias e histórias" para a seção infantil de um jornal, e que, invariavelmente recusada, ainda assim, "teimosa", continuava escrevendo, conforme conta em "Vergonha de viver". Em "Temas que morrem", Clarice, adulta e consagrada, fala de seu "impulso" de escrever, "o impulso puro — mesmo sem tema". Em "As três experiências", confessa que nasceu para escrever, sendo a palavra o seu "domínio sobre o mundo". Vê para isso uma explicação: "É que não sei estudar, e, para escrever, o único estudo é mesmo escrever".

Também ele assediado por jovens autores à procura de luzes, em mais de uma ocasião Rubem Braga manifestou por escrito o desconforto que sentia se lhe davam o papel de conselheiro. Se por um lado achava que "o novato deve publicar", por outro estava certo de que não lhe faria mal — recomenda na crônica "Novos", de 1953 — "meter os originais de um romance num baú por dois ou três anos para só então relê-lo e ver se vale mesmo a pena publicar. [...] Seu dia virá — virá, é claro, se vier...". Otto Lara Resende, em "Como seria, se não fosse", iria mais longe, ao lembrar que "um escritor pode também não escrever". Alguns, poder-se-ia acrescentar, jamais deveriam fazê-lo...

Numa segunda crônica intitulada "Novos", em 1954, Rubem Braga considera que "o melhor é deixar que esses meninos se arrumem por si", pois "os que tiverem força aguentarão". E força, nesse ofício, é o que não poderá faltar, bem sabia o Braga, que numa crônica primorosa, "Escrever", permite que o leitor, por sobre seu ombro, acompanhe o penoso esforço de um artista que "precisaria dizer tantas coisas", mas se sente fracassar. Mais adiante, ele avalia implacavelmente o que pôs no papel, na verdade pepitas do mais puro talento bragueano — e, alegando estar perdido, recorre outra vez ao verso do poeta espanhol Ramón de Campoamor, com que abrira a crônica: "¡Quién supiera escribir!".

Só acreditará nessa fingida impotência quem não conhece um mestre que ainda muito verde, aos 21 anos, às voltas com a falta de assunto, mal inescapável do ofício de cronista, simulou hilariante hostilidade ao leitor em "Ao respeitável público", conseguindo, com postiço mau humor, e até insultos e ameaças, conduzi-lo, encantado, até o ponto-final.

Doce lar, ou nem tanto

Se a crônica, como disse alguém, é um gênero a pé, cuja substância é em boa medida alimentada ao longo de caminhadas mais ou menos vadias, tente imaginar o que terá sido, para os escribas desse ramo, a prisão domiciliar imposta por uma tragédia como a pandemia de Covid-19, no início dos anos 2020. Impedidos de garimpar inspiração lá fora, devem ter penado como poucas vezes diante da necessidade de povoar a folha de papel ou a tela do computador. Na falta de poderem sair à cata de munição literária, muitos deles precisaram se bastar com o que houvesse em casa — frequentemente, provisões congeladas: memórias, velhos temas, empoeirados personagens e acontecimentos.

A reclusão, sabemos, nem sempre ocorre à revelia do recluso. Pode ser uma livre escolha — e, nesses casos, longe de impedir, ela não raro favorece a inspiração.

Entre nossos cronistas, aquele que mais proveito literário tirou de circunstância assim pode ter sido Rubem Braga. Em "Adeus", por exemplo, não parece nem um pouco interessado no que se passa lá fora. Têm boas razões para isso, ele e sua companheira de uma deleitosa reclusão, a tal ponto que por muitos dias ignoram telefone e campainha. O Braga sente, dentro de si, "uma saturação boa" de felicidade, comparável a "um veneno que tonteia". Que destino terá a lua de mel daqueles dois amantes? Não, aqui não haverá spoiler. Digamos apenas que, à semelhança do que se passou em outro paraíso, o de Adão e Eva, no refúgio deles foi possível desfrutar, sem maquiavelismos de serpente, de delícias bem mais sumarentas que a insossa e fatal maçã.

Também em "A casa", o cronista deixa claro que para ele o mundo exterior pode às vezes não ter a menor importância. Pois casa, acredita, é um mundo à parte, "lugar de andar nu de corpo e alma", "sítio para falar sozinho", para "bradar, sem medo nem vergonha, o nome de sua amada". E tudo, ali, deve ser radicalmente vivido como "preparação para o segredo maior do túmulo".

Na vida real, Rubem Braga pode ter encontrado o que buscava ao se instalar, em meados dos anos 1960, naquele que seria seu derradeiro pouso, nas alturas de um prédio em Ipanema, uma acolhedora furna em cuja entrada, não por acaso, mandou afixar um jubiloso anúncio: "Aqui vive um solteiro feliz". Reforçaria em outra ocasião: "Vivo aqui sozinho. Eu e Deus. Comprei o apartamento, pago o condomínio e Deus não deixa o edifício cair".

A casa seria assunto do Braga para um punhado de outras crônicas, entre elas "Quarto de moça", na qual registra, entre lembranças doces, a imagem que lhe ficou de um corpo nu de jovem refletido num espelho. Reprisaria o título "Casa" para falar também de seis mulheres "suspensas na indolência de uma tarde de domingo". O "transe melancólico" que foi para ele alugar uma residência mobiliada em Santiago do Chile, nos anos 1950, rendeu, cheia de meios-tons, a crônica "O inventário". Em outra, "Receita de casa", é taxativo: para o seu gosto, uma residência não pode dispensar "um bom porão" que funcione como "cemitério das coisas", no qual "amontoar móveis antigos, quebrados, objetos desprezados e baús esquecidos".

Como Rubem Braga, Paulo Mendes Campos também acumulou extenso currículo imobiliário. A partir do momento em que se mudou para o Rio, em agosto de 1945, o poeta e cronista mineiro saltou de endereço em endereço até que as finanças lhe permitissem quietar o facho — trajetória que resumiria, ainda incompleta, em "Morei primeiro, desde que...".

Recém-chegado de Minas, Paulo começou numa pensão decadente no Leme, com pretensiosa denominação afrancesada, pardieiro onde por um breve tempo dividiu quarto com a mais bela das hóspedes, separados, porém, por um tabique. Essa coabitação será deliciosamente registrada em "Casa de pensão", crônica que chegaria a livro com o título "Palacete *mon rêve*". O mesmo texto conta em detalhes a noite em que Paulo, alertado por gritos vindos de um quarto próximo, subiu no parapeito da janela e presenciou uma briga de amantes, pontuada por gritos, tabefes e choro, e arrematada com desconcertante *happy end*.

Naqueles seus primeiros anos no Rio, ele assistiu contristado à demolição de uma bela casa antiga, numa ruazinha de Copacabana onde então morava, e, na crônica "Destruindo casas", se pôs a imaginar uns restos da mansão sendo reaproveitados em cantos vários da cidade. Imaginou também que do 12º andar do prédio a ser construído no lugar da casa haveria de despencar um dia "uma senhorita de rara beleza". De quebra, o espetáculo da demolição lhe devolveu lembrança de uma revisita que fez, já morador no Rio, à casa onde vivera por quinze anos, em Belo Horizonte, e que passava então por desfiguradora reforma. "Já estava em adiantado estado de decomposição", descreve ele. "Não era a minha casa. Era um fantasma."

Rachel de Queiroz viveu experiência semelhante quando, no seu Ceará, depois de largo tempo, voltou à casa onde morara até os oito anos, e que se foi na enxurrada econômica de uma grande seca, a de 1919. Residência modesta, porém ampla, descreve ela em "Minha casa, meu lar". E eis que agora já não é a mesma: "pintada, duplicada, triplicada", acha-se convertida "numa casa de saúde para doentes mentais".

Nada, porém, que derrube o ânimo da antiga moradora. Pouco antes dessa crônica, Rachel escrevera "Chegar em casa", na qual repassa as impressões de sua volta a outra antiga residência da família. "Depois de anos e anos de ausência intermitente, a sensação de recuperar o que era nosso e largamos — a casa, dantes casa nova, agora casa velha." A ela carecemos nos habituar, conforma-se Rachel, "como se se tratasse de chegada em casa nova e desconhecida".

Menos sentencioso é Antônio Maria, que em "Segredo do apartamento 912" tem algo de paternal para com a moça que o procura em casa, e que ele acolhe sob suas asas, a quem prepara uma sopa, faz carícias, e, por fim, solicitado, a ela se aconchega entre os lençóis. Maria mais sugere do que conta: "Naquele momento, nada na vida era verdade, além do abraço, além do cheiro dos cabelos, além da canção" que vem do toca-discos. "Há um grande segredo no apartamento 912", ele concede. Mas "não adianta contar depois daí, porque, mesmo sabendo, mesmo entendendo, ninguém dirá que é verdade".

Na pungente, enigmática "Do diário (sábado, 10-10-1964)", também mais sugestiva que explícita, escrita a menos de uma semana do infarto que deu cabo dele numa porta de boate, Antônio Maria vê a chuva que cai sobre o Rio, e que acende nele lembranças de uma casa que viu ser amorosamente construída a partir do zero. Lembrança que puxa outra, poeticamente descosturada, de uma viagem, em companhia do pintor Cícero Dias, a Auvers-sur-Oise, cidadezinha francesa onde morreu Van Gogh. De volta a Paris, espera por ele, na recepção do hotel, um telegrama de amor — amor, reconhece, em tudo semelhante àquele sob cujo signo, desde o nada, se fizera aquela casa.

Um perpétuo vaivém

Quando se sentou para escrever "Terra nova", Rachel de Queiroz gostaria de contar "uma história gentil" sobre "uma família pau de arara que deixou as asperezas da catinga nativa pelas grandezas de São Paulo". Logo, porém, precisou admitir que dali não sairiam "flores", só "miséria". Ainda assim, legou-nos uma história bonita, muito digna de ser lida.

Dos nossos cronistas, Rachel talvez seja, ao lado de Rubem Braga, quem mais escreveu sobre gente que trocou por outra a sua terra — não fosse ela mesma uma filha do Ceará que foi parar no Rio de Janeiro. Como acima ficou claro, era sensível ao drama dos desenraizados. A começar pelos africanos reduzidos no Brasil à condição de escravizados. Não espanta que Rachel, em "Devolvam a Rosa de Ouro", se tome de farpada ira para propor que se devolva ao Vaticano a Rosa de Ouro, condecoração que o papa Leão XIII concedeu à princesa Isabel por haver assinado a Lei Áurea. O motivo de sua indignação: em Minas Gerais e em Brasília, nos anos 1950 em que ela escreve, "campeia às soltas o tráfico de escravos — sertanejos nordestinos apanhados à força ou mediante engodos, durante a crise da seca, transportados em infames paus de arara que nada deixam a desejar aos navios negreiros, e vendidos a tanto por cabeça" em outros pontos do país. Tais mercados de carne humana, compara Rachel, pouco diferem daquele que, nos tempos do Brasil Colônia, "havia aqui no Valongo", o porto de chegada de africanos escravizados no Rio de Janeiro.

Em "Filhos adotivos", de 1948, a escritora relembra o que lhe parece ter sido, no século XIX, uma quase abolição de fronteiras nacionais, e lamenta o surgimento, em tempos mais recentes, de restrições emigratórias "decorrentes da primeira grande guerra, dos fascismos, do antissemitismo". Com isso, deplora Rachel, "fechou-se a porta ao emigrante", "burocratizou-se a emigração até ao delírio". O que jamais deveria ter acontecido, sustenta ela, uma vez que "receber emigrantes, receber cidadãos novos numa pátria, é como adotar filhos alheios e misturá-los com os nossos, cá dentro do nosso lar", e vem a ser uma "aventura generosa, arriscada, quase heroica". Já em "Árabes", de 1958, a cronista vê motivos de alento, por acreditar que a segunda metade do século XX seria marcada pela descolonização. "É grato aos nossos corações", ela aposta, "ver que árabes, negros, hindus, amarelos vão expulsando os intrusos das terras imemorialmente suas."

Em duas ocasiões Rachel escreve sobre imigrantes húngaros. Os finos tecelões de "Um corte de linho", que ao chegarem ao Brasil, "exaustos da guerra e do nazismo, em busca de trabalho e de paz", não eram ainda operários, mas intelectuais. Quanto àqueles de que trata em "Os húngaros da Ilha das Flores", esses "estão arrenegando o Brasil e preferem tudo, até um porão de navio como clandestinos, a terem que permanecer aqui". O que leva a cronista a concluir que é "até criminoso falar em emigração [de estrangeiros] financiada pelo governo", quando nosso trabalhador do campo "vive em miséria e esquecimento".

Também Rubem Braga era sensível à questão dos migrantes nordestinos, extrato da população urbana cuja dura vida lhe era impossível não ver. "Não preciso nem levantar da minha mesa de trabalho para sentir quanta gente da roça está vindo para a cidade", escreveu ele em "Êxodo", ao acompanhar através da janela a faina dos operários a erguer um prédio em frente. "É desses homens que nós todos vivemos", faz justiça Rubem Braga. "Cuidar deles é cuidar de nós mesmos."

Em "Colonos", depois de falar de imigrantes alemães estabelecidos em Guarapuava, no Paraná, graças a empréstimos de uma empresa suíça e a facilidades proporcionadas pelo governo brasileiro, o cronista capixaba indaga: por que não dar tratamento semelhante a famílias de brasileiros que vêm da roça e acabam nalguma "sórdida e negra favela" carioca? Em "Migrações", o Braga reage a quem faz alarme ante "trabalhadores que emigram tangidos pela fome". E dá um troco: "Por que não proibir também aos usineiros e industriais do Nordeste gastar o capital que deviam empregar lá em especulações imobiliárias no Sul ou em farras e tolices no Rio ou na Europa?". Usa igual veemência em "Imigração", rebatendo quem critica uma imigração que não traga exclusivamente agricultores e técnicos. "A humanidade não vive apenas de carne, alface e motores", adverte o cronista, certo de que em cada um que chega pode haver riquezas não previstas: "Dentro de alguns deles, como sorte grande da fantástica loteria humana, pode vir a nossa redenção e a nossa glória".

Quase sempre pessimista, Rubem Braga mostra-se esperançoso em "Corinto", de 1954, por se ver diante de "uma história comovente". Na cidade mineira que assim se chama, entroncamento de caminhos fluviais e rodoviários pelos quais passam centenas de milhares de nordestinos rumo ao sul do país, o governo federal tivera a excelente ideia de construir uma grande e moderna hospedaria na qual os viajantes em trânsito pudessem ter banho, comida e cama. Ele só estranha que, pronta havia um ano, a benfeitoria ainda não tivesse sido inaugurada, pela absurda razão de não terem os políticos encontrado uma denominação de consenso. Por que não Hospedaria de Corinto?, propõe o cronista. Ele não poderia saber que a finalmente batizada Hospedaria do Imigrante seria, poucos anos mais tarde, não só desativada como abandonada, à mercê de predadores que dela carregaram até os tijolos.

Paulo Mendes Campos é outro que escreveu, algumas vezes de raspão, mas sempre em textos interessantes, sobre emigração e imigrantes. Numa das notas de "Os trocadores de ônibus…", por exemplo, ele dá notícia de um italiano, "homem rude, ingênuo, silencioso", que veio tentar a vida no Brasil e cujo objetivo único é mandar dinheiro para a família, que lá permaneceu. Parece decidido a ficar por aqui, pois quer aprender logo o português — ao contrário do que se deu numa primeira tentativa de fixação em terra estrangeira: na Bélgica, ele conta, recusou-se a aprender o flamengo, "língua muito feia, que não dá gosto falar".

Na crônica "Encontramos nossa amiga…", o personagem de Paulo Mendes Campos é um imigrante alemão que, após dez anos trabalhando em Santa Catarina, decidiu "correr mundo" — para finalmente concluir que deveria "ficar quieto no Brasil", onde, justifica, "ninguém tem pressa, a gente pode ter galinha, porco, leite, uma horta…". O departamento zoológico garante a Paulo, em "Petrópolis", mais um alemão — cuja preferência, para variar, passa ao largo de galinhas e de porcos: as espécies que lhe interessam, e exclusivamente para venda, são leões, tigres, macacos, onças, serpentes, zebras e até hipopótamos.

O próprio Paulo Mendes Campos, sem chegar a tanto, teria o que contar de sua experiência de mineiro autotransplantado para o Rio. Por exemplo, na já mencionada "Morei primeiro, desde que...", na qual ele registrou sua errância de jovem desmonetizado por diversos endereços em seus tempos de recém-carioca. Tanto quanto ele, aliás, são migrantes todos os demais integrantes do nosso time de cronistas. Até mesmo o mais apegado a sua terra, Jurandir Ferreira, mineiro visceral cuja vida, transcorrida quase toda ela em Poços de Caldas, incluiu um parêntese de dois anos em São Paulo.

Também o pernambucano Antônio Maria serviu ao leitor suas memórias de migrante. Que ninguém desista da leitura ao topar com o sombrio adjetivo contido no título de "Três mudanças trágicas". Pois o que há ali é, ao contrário, pura delícia: peripécias, não raro alucinadas, que pontuaram sua primeira tentativa de trocar o Recife pelo Rio, aos vinte anos de idade. Ainda bem que o grande Maria não desistiu de se encaixar na cidade onde haveria de produzir o melhor de sua obra de cronista e compositor popular.

O cronista vai ao cinema

Por amor à arte ou pela necessidade de encher o espaço que lhe cabe no jornal ou na revista, ainda mais quando lhe falte assunto, volta e meia um cronista se põe a falar de cinema. Com maior ou menor conhecimento de causa, quase todos, no time dos melhores cultores desse gênero, viram chegar seu momento de crítico ou comentarista da arte cinematográfica. Houve mesmo quem fizesse — Antônio Maria, em "O último encontro" — da sala escura apenas cenário para o fecho de um caso de amor, The End não na tela, mas em duas poltronas na plateia.

Rubem Braga não se improvisava em crítico, mas certa vez, em 1953, recheou sua coluna com considerações sobre *O cangaceiro*, de Lima Barreto, diretor que ninguém haverá de confundir com o escritor de mesmo nome, falecido três décadas antes. "Quem fala aqui é apenas um espectador", vai avisando o cronista nas primeiras linhas de "Cangaceiro". Gostou do filme, mas antes de louvar-lhe as qualidades quis enumerar aquilo que lhe pareceu menos apetecível. O desempenho de Marisa Prado, por exemplo, "muito fria, muito parada". Ou certo indígena cuja fala lhe soou como texto de livro escolar de História do Brasil.

Sempre fino com as mulheres, o Braga provavelmente não se deu conta de que os diálogos de *O cangaceiro* — aí incluídas as frases declamadas pelo indígena — foram escritos... por sua amiga Rachel de Queiroz, a qual, aliás, ao contrário do colega, não se conformava em ser apenas espectadora. Em "Nas garras do vampiro", não escondeu a péssima impressão que lhe causou o filme homônimo, infestado de assustadoras raposas voadoras, como são conhecidos esses gigantescos morcegos que infestam algumas partes do mundo, como a Austrália — monstrengos que chegam a pesar 1,2 quilo e cujas asas, quando abertas, podem medir, de ponta a ponta, nada menos de 1,70 metro.

Rachel estranhou que o filme fosse ambientado no Ceilão, atual Sri Lanka, onde não haveria tal tipo de morcego. Mais grave ainda: raposas voadoras não mereceriam ser estigmatizadas como vampiros, uma vez que, alimentando-se de frutas, nunca bebem sangue, muito menos sangue humano. Como se não bastasse, no Ceilão tampouco havia, como há no filme, mulheres de sarongue com as tetas ao vento. Dá para perceber que Rachel de Queiroz não apreciava, no cinema ao menos, trajes e atitudes na contramão dos bons costumes. Na crônica "Mocinho", em que expressa sua admiração por esse tipo de personagem, ela destaca, entre as virtudes que vê nele, "uma lirial castidade", uma vez que mocinhos genuínos, mesmo quando apaixonados, jamais avançam nas prendas corporais da mocinha.

Vai por esse mesmo rumo o que Rachel descreve em "Cinema", sobre algo que ainda estava vivo em meados dos anos 1940, a "sessão colosso", composta de sete ou mais filmes — ou "fitas", como se usava dizer —, a serem vistos de enfiada. Conhecida sua desde a infância cearense, tal maratona cinematográfica era programa ainda na ilha do Governador, no Rio, quando Rachel, já adulta, fez ali sua morada. Se os garotos na plateia, em ruidoso uníssono, contabilizavam os beijos na tela, os namorados eram em geral "respeitosos", ou seja, "não se excediam em público", tratando de amar "devagar, com compostura".

A mesma Rachel dedicou toda uma crônica, "Cinema e alfabeto", ao jornal cinematográfico, complemento que durante décadas se exibia antes de um filme. Depois de profetizar que "a arte de ler e escrever" iria aos poucos desaparecer, "como obsoleta", a cronista sacou uma proposta: "Em vez de fazer escolas, fazer cinemas", pois não há "melhor veículo" do que um documentário "para a compreensão e entendimento entre os mais distantes povos do mundo".

Paulo Mendes Campos não chegava a tanto em matéria de cinema. Na verdade, suas crônicas não permitem ver alguém muito ligado na chamada Sétima Arte. Ou será que ele apenas se divertia, fingindo-se blasé? Aos treze anos, no internato do Colégio Dom Bosco, registrou em seu diário — do qual extrairá a crônica "O ano é de 1935..." — a chatice de um filme "muito pau" (leia-se: chato), ambientado em Bagdá e nos Pirineus, e, na sequência, um desenho do Mickey Mouse, que até teria graça, não fosse mudo.

Em 1946, já vivendo no Rio, o cronista vai ver *Devoção* (cujo título se esquece de informar em "As irmãs Brontë"), do alemão Curtis Bernhardt, e conclui que a obra não está à altura dos livros que as três personagens escreveram, clássicos como *Jane Eyre* e *O morro dos ventos uivantes*. Se o filme não chega a ser ridículo, fulmina, "cabe-lhe infelizmente a classificação de bisonho". E conclui: "O celuloide americano não satisfaz o menos exigente dos admiradores daquelas moças".

Seis anos mais tarde, em "O cineasta — Você gostou...", Paulo Mendes Campos pega pesado com ninguém menos que Alfred Hitchcock, cujo *Pacto sinistro* não lhe agradou nem um pouco. Poderia melhorar, se em dado momento "entrassem em cena os Irmãos Marx", debocha o cronista, para em seguida admitir que em matéria de cinema ele é, "com raras exceções, apenas uma vítima". Conta que sua opinião sobre *Pacto sinistro*, expressa em mesas de bar, lhe valeu puxão de orelhas do cinéfilo Vinicius de Moraes, para quem Hitchcock, com esse filme, conseguiu o mesmo que o grande poeta francês Stéphane Mallarmé em poesia.

Paulo levou cascudo, ainda, do crítico de cinema do jornal onde escrevia, o *Diário Carioca*: sem citar seu nome, Décio Vieira Ottoni o encaixou, depreciativamente, na categoria dos "eventuais cronistas cinematográficos". Três dias mais tarde, Paulo Mendes Campos treplicou com "Pergunta: Se o filme...", comentário no qual macaqueou impiedosamente o jargão afetado e tortuoso de certos críticos de cinema. Também não citou nomes, mas pelo menos um destinatário deve ter sentido o golpe.

Senhores & senhoras

Houve um tempo em que a velhice parecia vir mais cedo. Mal saídos da juventude, homens e mulheres (eles, em especial) se rendiam, quase sempre sem muita resistência, a costumes — em mais de um sentido da palavra — severos e engravatados. De "moço" e "moça", passavam, bruscamente, a irremediáveis "senhor" e "senhora". Desse processo, ninguém escapava. Mas Rubem Braga, convenhamos, exagerava, ao assumir-se como "o Velho Braga" antes que lhe viesse o primeiro fio de cabelo branco. Em 1957, aos 44, haverá de clamar na chave de ouro de "Ao espelho", um de seus raros sonetos: "Oh Braga envelhecido, envilecido".

Um dos encantos do velho e sempre novo Braga estava exatamente na reiteração de uma senectude precoce — da qual fala, com doce e sedutora melancolia, em "O retrato", sobre uma pintora dada a registrar, em autorretratos, a passagem do tempo. Ou em "O senhor", em que ensaia protesto ante alguém que lhe pespegou o sépia desse tratamento cruel: senhor não é, reage ele, "de nada nem de ninguém".

Menos conformada ainda é Rachel de Queiroz, que, aos 85 anos, esperneia contra piedosos eufemismos do tipo "terceira idade". Sem meias-palavras, ela diz tudo no título de uma crônica, "Não aconselho envelhecer". Em outra, "De armas na mão pela liberdade", não esconde sua solidariedade com a senhora gaúcha que, sentindo-se condenada por gente mais jovem à clausura de uma chatíssima vida de idosa, se mune de dois "trezoitões" para defender seu direito de ir e vir. "A primeira condição para o velho não se sentir tão velho é deixá-lo sentir-se livre", sustenta a octogenária Rachel com veemência de moça.

Já Paulo Mendes Campos não tem ainda trinta anos quando, no centro do Rio de Janeiro, captura em crônica — "Era um bonde cheio..." — o drama miúdo, porém tocante, de um idoso que, sem camisa e embriagado, se vê convertido em problema no veículo em que viaja.

É da mesma safra do jovem Paulo Mendes Campos uma delicada comparação entre cemitérios brasileiros e alguns que conheceu na Europa. "Pisando o cemitério de nossa terra", diz o cronista em "Cemitérios de Paris", "estremecemos um pouco", pois "ele nos pertence, nós pertencemos a ele." Diferente, descobre, de um cemitério estrangeiro, onde, por nossa condição de forasteiros, "esquecemos a morte". Nos de Paris, onde viveu durante um tempo na década de 1940, impressionou-o a quantidade de velhos sentados nos bancos. "Observei-os com a curiosidade meio maníaca que tenho pelos velhos", conta. "Nunca falam entre si, devem conversar apenas com a própria morte."

Ao contrário de Rachel de Queiroz, Otto Lara Resende não esperneia ante o processo de envelhecimento. "Se não é desejável, a velhice é fatal", rende-se ele em "Vigor e sabedoria" — e, com graça, lembra que "a única alternativa é sinistra". Para o cronista mineiro, "achar interesse e graça na vida ajuda", visto que "velhice azeda ou ressentida é de amargar".

Com igual leveza, volta ao assunto em "A velhice do bebê" e lança um olhar para o que nos espera a todos no extremo do percurso, seja ele longo ou breve. "Soou a hora, ninguém escapa", diz Otto. "Justiça se lhe faça, a Indesejada é democrática. Nenhuma exceção." A vida, registrou ele nessa crônica de 17 de outubro de 1992, "é uma sucessão de ciladas". No seu caso, a maior delas o espreitava pouco mais de dois meses depois, quando complicações de uma cirurgia da coluna levaram, aos setenta, quem irradiava pique para emplacar o dobro disso.

Gripes & gripezinhas

Assim como ninguém é ruim numa coisa só, um mal quase nunca vem sozinho. Basta ver um registro que fez Lima Barreto no ano de 1920, quando campeava ainda por aqui "uma impiedosa epidemia", fruto de vírus que ele não nomeia, inequivocamente o da gripe espanhola. E não era só. Grassava também outro flagelo, o da pirataria intelectual: um "médico modesto", conta o cronista em "O pai da ideia", publicou artigo receitando encher o Rio de hospitais, mas ninguém passou recibo da sábia recomendação. Ninguém, salvo dois médicos badalados, o doutor Cavalcanti e o deputado Azevedo, os quais, com linguagem obesa e retumbante, se puseram a repetir o mesmo, levando um jornal carioca a lhes atribuir a autoria da ideia, com o que se enterrou "para sempre o nome do simplório doutor Mendonça".

Se não fosse àquela altura um garoto de sete anos a traquinar na sua Cachoeiro de Itapemirim, e sim o cronista incomparável que veio a ser, Rubem Braga haveria então, quem sabe, de tomar a defesa do verdadeiro pai da ideia da multiplicação hospitalar. É o que nos autoriza a pensar "O médico", em que ele, conhecedor, "por profissão ou temperamento", de "alguma coisa do Brasil", tira seu chapéu para quem naquele momento lutava contra a malária — os sanitaristas e também um "pessoal humilde" igualmente engajado na batalha. Indignado, Rubem Braga faz uma avaliação sem prazo de validade: "Só um débil mental", escreveu, não estará "profundamente pessimista diante dos espetáculos diários de desonestidade, de tolice, de mentira e vaidade de nosso alto mundo político e social".

Paulo Mendes Campos é outro que saberia reconhecer o justo valor de alguém como o doutor Mendonça. Em "Gente boa e gente inútil", ele homenageia, entre os primeiros, cientistas abnegados — alguém como um conhecido seu, de Belo Horizonte, que, recém-formado em anatomia patológica, "desistiu do futuro, largou tudo", enfurnando-se para sempre num fim de mundo nos Estados Unidos, "claustro leigo" da ciência no qual, generoso e abnegado, optou por ser "anônimo e pobre".

Mas voltemos ao Braga, agora como paciente. Já de poucas palavras, o cronista um dia se vê rouco, capaz de emitir não mais que "uma voz de túnel, roufenha, intermitente e infame". Recomendações de médicos e palpites de meros curiosos não lhe faltam, mas decide não seguir nenhuma: "O remédio é falar menos e escrever mais", explica ele em "O homem rouco". Mesmo porque, se "a voz é feia e roufenha", o sentimento "é cristalino, puro".

Seu problema, de outra feita, foi uma dolorosa inflamação nos tendões do braço. "Doença de meia-idade", minimizou o médico. "Menos mal", resignou-se o dono do braço, que ia então nos seus 42 anos — e filosofou: "Afinal de contas, é confortável a gente ter suas doenças na época devida. Infeliz o que fica senil aos 20 ou tem caxumba aos 40". E paciência, se a inflamação lhe provoca, em sentido literal, uma dor de cotovelo. Remédio? "Proferir, de dez em dez minutos, um grosso palavrão de língua portuguesa." Ao Rubem Braga de "Bursite" bastava a certeza de que iria "morrer no fim da vida, e não no meio".

Momentos bem piores passou ele quando uma gripe o derrubou em território estrangeiro. "Minha morte em Nova

Iorque", dramatizou o Braga diante do termômetro que marcava 104 graus. Saber que esses graus são Fahrenheit, equivalentes a uns quarenta na escala Celsius, não o tranquilizou. O que faz seu corpo arder lhe parece mais que um prosaico vírus, pois a pronúncia dessa palavra, em inglês, lhe soa assustadora: "vairâs".

Antônio Maria não viveu situação tão aflitiva — e pode ter sido esse, exatamente, o seu maior problema num dia de febre moderada. Pouco demais para quem, em "A consolação da doença", sonha com internação numa casa de saúde onde esteja cercado de enfermeiras fartas em atenções e carinhos, com sua mulher a lhe correr a mão na testa enquanto diz doçuras. "Quando se está doente, mesmo que tudo não passe de uma pontinha de febre, é preciso proceder como doente", justifica o Maria, admitindo estar saudoso de um bom impaludismo.

Somos todos, lembrou ele em "Considerações sobre a morte", "passageiros para a morte e escalas". Com divertida melancolia, enumera ali "coisas de matar", como armas de fogo, e outras "de sobreviver", como fármacos em geral. Nessa contabilidade, "as invenções para matar são muito mais numerosas e quase sempre mais eficazes". E quando alguém se vai, a perda maior, para quem fica, não é a da presença de quem se foi, mas "os dons e as competências que se levam para o túmulo".

Rachel de Queiroz, em "Males do corpo", encontra algum consolo em pensar num tempo em que se vivia menos — porém, de certa forma, melhor, pois a ciência não havia ainda iluminado o inesgotável baú de nossos sofrimentos físicos. "O bem mais precioso não é a saúde propriamente dita, mas a sua presunção", acha Rachel. "Porque o melhor de ser sadio é não pensar em doenças" — "e pode-se lá ser sadio sabendo-se que o mal nos espreita a cada instante?"

De todos os cronistas de que temos nos ocupado neste livro, Otto Lara Resende talvez tenha sido aquele que mais frequentemente sucumbiu à gripe — a julgar, pelo menos, pela quantidade de vezes que fez de vírus e bacilos as musas de escritos seus. Numa delas, "Versão atual da peste", admitiu que, derreado, sentia-se incapaz de conviver com o semelhante. Nem mesmo de papear por telefone: "Não ligo para ninguém", avisa ele, chegado nas delícias de um duplo sentido.

Em outra crônica, "Bula do egoísmo gripal", Otto desempoeira uma frase do sanitarista Miguel Pereira em 1916: "O Brasil é um vasto hospital". Bem a propósito, sem dúvida: naquele final de 1991, muito se falava no vibrião colérico, integrante mais recente de uma galeria nacional de flagelos na qual figuravam, entre outros, o mal de Chagas, a esquistossomose, a leishmaniose e mesmo a lepra, então há muito eliminada em outras paragens. Paradoxalmente, o cronista não queria pensar nisso, consumido que estava por algo muito menos letal, uma gripe: "Doem-me todas as esquinas do meu ser", queixa-se ele.

Num dia de primavera, Otto Lara Resende outra vez se lembra de que a estação, sujeita a lufadas sazonais de pólen, costuma potencializar os problemas respiratórios de quem sofre de asma — e, em "Sufoco hipersensível", se põe a arrolar asmáticos ilustres de nossas letras, como Machado de Assis, Augusto dos Anjos e Graciliano Ramos. Humilde, o cronista mineiro não se inclui na lista, embora merecesse nela figurar, uma vez que da infância, nos anos 1920, à alta maturidade, na década de 1970, ele arfou com a asma. Mais que isso até, costumava brincar: penou sobretudo enquanto a doença se chamou "asthma", que esse *th* tornava ainda mais sufocante, tormento específico no qual, não a medicina, mas a reforma ortográfica de 1943, pôde dar um jeito.

O riso sem remorso

Talvez não haja cronista brasileiro, de grande ou modesto quilate, que não tenha um dia escrito sobre a morte — tema, há quem ache, incompatível com a leveza do gênero. E nem todos que escreveram o fizeram por imposição do calendário, apenas porque fosse Dia de Finados. Crônicas tocantes como "Vida" e "Enterro de anjo", por exemplo, de Rachel de Queiroz, não dependeram de ser 2 de novembro para descerem ao papel.

Alguns de nossos mestres, como Paulo Mendes Campos, escreveram com frequência sobre o tema, e nem sempre com a circunspecção de que ele em geral se reveste. Se "Primeiro exercício para a morte", "Encenação da morte" e "Tens em mim tua vitória" nos falam em tom grave, outras crônicas de Paulo, sem um grão de desrespeito, são francamente bem-humoradas. É o caso de "Diálogo no Caju" (que em livro irá chamar-se "Diálogo à beira da cova"), em que uma senhora ainda jovem escolhe sua sepultura com o rigor de quem escolhe apartamento. E também de "A morte de um homem grande", em que um doente, varapau com 1,90 metro de altura, vai conferir nas escadas do prédio, com a ajuda do porteiro, se há espaço para a descida de seu futuro caixão.

Bem-humorado é também outro mineiro, Jurandir Ferreira, que, possuído às vezes por "entusiástica vocação para morrer", vê seu "apetite morredor" se esvair ante o falatório nos velórios a que comparece, aos quais não faltará nem mesmo um "Negócio de vaca com defunto", em que dois sujeitos, por sobre o corpo do falecido, acertam compra e venda de uma rês.

Clarice Lispector, em "Morte de uma baleia", não esconde o horror que lhe inspira o fecho de uma vida, mesmo que seja a de um cetáceo que, extraviado, se acabava nas areias do Leme, no Rio de Janeiro, a pequena distância de onde vivia a escritora. "Morte, eu te odeio", crava ela. Em "As três experiências", Clarice antevê seu próprio fim, que lhe dá medo, e para o qual compõe enredo: "Quero morrer dando ênfase à vida e à morte".

Em "Considerações sobre a morte", Antônio Maria revela aquilo que mais o punge quando alguém se vai: perder, não exatamente a pessoa, mas os "dons e as competências que se levam para o túmulo" — e detalha: "São as habilidades intransmissíveis", no caso, por exemplo, do "pianista que morre e não deixa para o filho o poder dos seus dedos sobre o teclado".

Incomodado com a quantidade de gente que está morrendo, Rubem Braga revela o temor de acabar "falando sozinho" neste mundo. Nem por isso acha bom quando os finados voltam para visitá-lo. "O pior dos mortos é que nunca telefonam", reclama ele em "Desculpem tocar no assunto": "Aparecem sem avisar, sentam-se numa poltrona e começam a falar". Não é só: "Tocam em assuntos que já deviam estar esquecidos, e fazem perguntas demais".

A exemplo da amiga Clarice, o Braga tem planos para quando chegar a sua vez. Gostaria, escreve ele em "O morto", que o seu velório "fosse assim como uma festinha de despedida, onde mesmo as pessoas que ficassem com os olhos vermelhos pudessem rir sem remorsos".

Em "Morrer de mentirinha", Otto Lara Resende fala de um acontecimento que viera copiar na vida real um velho conto seu, sobre alguém que lê na imprensa a notícia de sua própria morte. No dia seguinte, em "A morte e a morte do poeta", o cronista retoma a história, e a partir dela chega a um episódio macabro e divertido das letras brasileiras, no qual o poeta Gonçalves Dias escreve a um jornal para desmentir a notícia de seu falecimento num naufrágio.

No mesmo ano de 1992, Otto volta no tempo e se vê, menino, na tentativa de driblar a "obsessiva presença" da morte, a qual, desconfiava, "virá como um ladrão, quando menos se espera". "Olá, iniludível", título bebido na boa fonte de Manuel Bandeira, saiu na *Folha de S.Paulo* no Dia de Finados, também em 1992, menos de dois meses antes que a morte, praticamente sem aviso prévio, levasse o grande escritor mineiro.

Cores do preconceito

Quando menino, lá na sua Cachoeiro de Itapemirim, no Espírito Santo, Rubem Braga não tinha grande apreço pela nossa Independência, por ter sido proclamada por um português. Nem pela instauração da República, porque lhe dava pena a figura do venerando imperador deposto. Digno de admiração, para ele, era o "conto de fadas" da Abolição da Escravatura, protagonizado por uma princesa, a Isabel, que na sua fantasia era "muito jovem, muito loura e muito linda". Caiu das nuvens ao saber que a heroína não era nada disso, e jamais se conformou "com aquele seu retrato de matrona gorda".

No final da adolescência, o Braga possivelmente se decepcionou, por mais de uma razão, quando, vitoriosa a Revolução de 1930, Getúlio Vargas acabou com o feriado de 13 de maio. Mais adiante, já entrado na idade adulta, solidarizou-se com sua empregada e com um ascensorista, ambos de origem africana, tristes por verem passar em branco, em mais de um sentido, o aniversário do fim da escravatura. "Todos", registrou Rubem em "Abolição", "principalmente os negros, em geral pobres, continuamos mais ou menos escravos."

Pela mesma época, visitando as ruínas do que foi no século XIX uma cintilante fazenda de café e cana-de-açúcar na região de Vassouras, ele topou com "velhos ferros de prender escravos", e, no interior de um casarão destroçado, por pouco não pôde ouvir o ruído das botas senhoriais que outrora ali ressoaram. Tudo aquilo, escreveu na crônica "Fazenda", eram restos de uma "nobreza fundada apenas no trabalho dos pretos", na "rotina torpe da escravatura".

Sua colega Rachel de Queiroz mais de uma vez tratou do tema da questão racial — tocada que foi, por exemplo, no comecinho dos anos 1960, pela tragédia da segregação dos negros num país distante ainda de ter em seu comando o líder Nelson Mandela. Diante da crueldade do apartheid, a escritora cearense criticou, em "O drama da África do Sul", os brasileiros que lamentavam (por certo há quem lamente ainda) não ter durado para sempre a invasão holandesa, que nos teria dado mais que a portuguesa. Falta de saber ver, sustentou Rachel, os horrores perpetrados, no extremo sul do continente africano, por invasores que, também vindos da Holanda, ali cravaram garras a partir de 1652.

Já em "Josephine e sua associação antirracista", a propósito da criação do braço brasileiro de uma entidade de luta contra o preconceito de raça, louvável iniciativa da cantora Josephine Baker, a cronista cearense julgou útil alertar para o risco de cair-se no extremo oposto, num movimento em que minorias revanchistas acabariam incorrendo "num racismo igualmente estreito". Em "A Lei Afonso Arinos", Rachel aplaude a prisão, no Rio de Janeiro, dos responsáveis por um jardim de infância de Copacabana, por ironia chamado Happy School, no qual um menino de três anos foi devolvido aos pais pela razão de não ser branco como seus colegas. Aplicou-se ali a Lei Afonso Arinos — denominação informal que, como se sabe, faz justiça ao deputado que propôs e obteve, em 1951, a punição de quem incorra em discriminação racial.

Veemente também quando vê razões para louvar, em 1947 Rachel de Queiroz saudou, com "O negro no futebol brasileiro", o lançamento do livro assim intitulado, do jornalista Mário Rodrigues. Tratava-se, avaliou, de nada menos que "uma espécie de 'Ilíada' do futebol brasileiro". Ao destacar a "linguagem plástica, suave, generosa" do autor (irmão, aliás, de Nelson Rodrigues), Rachel viu ocasião para esbordoar "o jargão escumoso e mirabolante, de anunciador de circo" de "cronistas e locutores esportivos", naquela era pré-televisão em que o futebol era narrado com exageros radiofônicos.

O mesmo livro, obra imediatamente clássica, será recomendado também, muitos anos depois, por Otto Lara Resende, em "Entrada de serviço" — não exatamente pela linguagem, mas como ilustração de um tempo em que "o 'violento esporte bretão' era esporte de gente fina, isto é, de branco". Falou do racismo à brasileira, "camuflado", no qual o uso da expressão "boa aparência" costuma significar pele branca. O assunto leva Otto a uma reportagem na qual se criticava a existência de entrada de serviço nos edifícios. "Errado e ilegal", diverge ele, não é a entrada de serviço, que tem razão de existir, mas "proibir as domésticas de tomar o elevador social."

Em "A forra dos forros", Otto investe contra "a balela da democracia racial" brasileira, e lembra que a Abolição não teve o dom de integrar os libertos. De fato, o que aconteceu a partir daquele dia em que Isabel empunhou sua pena de ouro? "Os 750 mil escravos de 1888, enfim libertos, iniciaram a favelização." Num 13 de maio, o de 1991, em "Convém discutir", Otto está certo de que "a Lei Áurea não foi assim tão áurea". E como fica a princesa? "Assim como os movimentos negros não aceitaram a mãe preta, de sabor romântico", aponta o cronista, "também não aceitaram a mãezinha branca que foi, ou teria sido, a redentora."

"Racismo é, de fato, uma praga", lembra Otto Lara Resende em "Palavras que ofendem". Nem por isso, acrescenta, se deve aceitar que em nome dele se chegue a excessos até cômicos — como um movimento que então (o ano é 1992) se armara em Washington, cidade onde os negros são maioria, com o objetivo de mudar o nome do time de futebol americano Redskins, para não passar a ideia de que os jogadores seriam indígenas "peles-vermelhas". Se a moda pega, brinca Otto, dali a pouco não se poderia chamar de "rubro-negro" um atleta do Flamengo, pois "a palavra composta pode ofender ao mesmo tempo índios e negros".

Num tempo em que ainda não se usava o rótulo de "politicamente correto", Otto viu o perigo de que, em nome do combate ao racismo, se promovesse "um expurgo de bom tamanho" no vocabulário. "Muitas palavras vão ser cassadas", profetiza ele, e, mesmo falando a sério, não resiste à tentação das peraltices verbais em que era mestre. "Parece humor negro", observa — para imediatamente pôr-se em guarda: "Se é que esta expressão já não entrou na lista negra, como racista. Lista negra? Ih, piorou!"

Cardápios da memória

Vários cronistas fizeram da boa mesa uma de suas mais apetitosas musas, e não deixa de ser curioso o fato de que, entre eles, quem mais tangeu essa lira específica tenha sido justamente um magro, o mineiro Paulo Mendes Campos. Nada indica que ele fosse parco em carnes porque jejuasse — ao contrário, basta ver o ardor de gourmet, eventualmente de *gourmand*, glutão em francês, com que Paulo proseou sobre comida (e, mais ainda, bebida). Se pilotava um fogão, não se sabe, mas dúvida não há de que no garfo & faca, além da escrita, ele era um craque. Quem mais, no afã de explicar a uma "gringa" — provavelmente Joan, a inglesa com quem se casará — o que vem a ser um bolinho de feijão, essa versão mineira do acarajé baiano, tomaria com ela um avião no Rio, imediatamente, para uma apresentação presencial em Belo Horizonte? A história, contada em "Bolinho de feijão", teve final inesperado.

Sempre nostálgico da terra que trocou pelo Rio, Paulo dela guardou memórias gustativas indeléveis. Uma em várias: a Confeitaria Suíça, merecedora da fatia mais gorda e suculenta de "Rua da Bahia", estabelecimento cujas portas ele transpunha "como o pecador entra no Paraíso", propriedade de duas senhoras estrangeiras "vestidas de uma carne que já nos fazia pensar na leveza da alma". De Minas lhe vinha também, destilada em "Aires da Mata Machado escreveu...", a lembrança de almoços dominicais protagonizados por tentações como o tutu com linguiça, o leitão assado, o frango ao molho pardo e o maneco sem jaleco, mingau de fubá bem cozido com couve rasgada. Numa localidade infelizmente não identificada, conta o cronista em "Na velha cidadezinha mineira...", havia quem preparasse "as melhores empadinhas de galinha do mundo inteiro".

No Rio, Paulo ligou-se de amizade a um arquiteto e pintor paraense, Raimundo Nogueira, que, dono de legendária incapacidade de resistir a qualquer pitéu, lhe serviu de inspiração para um punhado de escritos. Faz uma divertida ponta em "Carta a um amigo", em que causa espanto ao recusar um filé com fritas, alegando já ter almoçado, para em seguida mudar de ideia. É o Mundico da "Crônica para inapetentes", na qual seu "apetite universal" passeia gulosa e gostosamente por um extenso cardápio, sem enjeitar um só item. Com nome e sobrenome, e sempre de garfo em punho, o camarada é personagem, ainda, das deliciosas "Raimundo e a vida" e "Belém do Pará".

Farto em carnes, ao contrário do colega mineiro, o pernambucano Antônio Maria também tem o seu baú de recordações de infância bem servida. Dele salta, em "Lembranças do Recife", o lanche, afinal magro — café e meio pão com manteiga Sabiá, a que tinha direito após o sacrifício da missa no Colégio Marista, com a condição de ter comungado. Em casa, pela mesma época, o menino Maria, único feinho entre quatro irmãos bonitos, iria descobrir que era o preferido da mãe, pois a ele, sem palavras, cabia a fatia mais caprichada do bolo, a talhada maior do requeijão. "De pena, não era", decidirá ele quarenta anos mais tarde, em "A mesa do café", "porque pena é uma coisa e amor é outra."

Já Rachel de Queiroz, em vez de baú, tem estante, e, nela, um exemplar de um livro de Dante Costa, nutrólogo dos mais acatados de seu tempo (viveu de 1912 a 1968), sobre os hábitos alimentares da nossa gente. O título, com jeito de divisa em bandeira, é o mesmo da crônica, "Alimentação e progresso". O brasileiro, conclui Rachel, "come mal quando não tem recursos para comer bem e continua a comer mal depois que os recursos lhe sobram". O último (e gordo) parágrafo é dedicado ao substantivo "desjejum", cujo introdutor na língua portuguesa, afirma ela, teria sido Dante Costa. Talvez tenha sido mesmo: segundo o dicionário *Houaiss*, é de pouco antes, de 1942, o primeiro registro escrito de "desjejum". Palavrinha "muito feia", acha Rachel, mas "dessas feias úteis".

Se Paulo Mendes Campos foi de bolinho de feijão, seu coestaduano Otto Lara Resende destacou outro petisco das Gerais, a propósito daquilo que em crucial momento da política brasileira, nos anos 1990, ficou conhecido como a "República do Pão de Queijo": o grupo de auxiliares mineiros de que o vice Itamar Franco se cercou tão logo substituiu Fernando Collor na Presidência, em 2 de outubro de 1992. O salgado em questão, em "Difícil porque simples", lhe pareceu inspirador, composto que é da "suculenta e universal palavra pão" e "mineiramente de queijo".

Não menos gostoso, outro bocado na preferência nacional seria, já no título, assunto de Otto em "O pastel e a crise" — pretexto menos do estômago que do coração para relembrar um de seus mais indispensáveis amigos, Rubem Braga, falecido nove meses antes. Um homem que, "no pequeno mundo do cotidiano, sabia como ninguém identificar as boas coisas da vida". Otto lembrou então o dia em que, estando o Rio enfarruscado por um clima de greve geral, Rubem Braga desfranziu a testa do amigo com um convite para irem "ver a crise de perto", no Bar Luís, centro da cidade, o que fizeram enquanto saboreavam salsichão com mostarda entre goles de chope claro e escuro. Estivesse ele ainda vivo, e Otto, em outra "hora de atribulação nacional", o convocaria para um pastel de palmito na Zona Norte. Melhor companheiro não havia, achava ele, do que alguém que "tinha com a vida uma relação direta, sem intermediação intelectual".

Não duvidará disso quem leia a crônica desde sempre clássica que é "Almoço mineiro", publicada pela primeira vez em 1934, quando Rubem Braga andava pelos 21 anos de idade. Quase nada se fica sabendo das pessoas em torno de generosa mesa em Poços de Caldas, no sul de Minas — e faz sentido que assim seja, já que o inanimado personagem central, ali, é um "divino lombo de porco", "macio e tão suave que todos imaginavam que o seu primitivo dono devia ser um porco extremamente gentil". Nem por isso hesitam os convivas em retalhar tamanha maravilha, na qual a faca penetra "tão docemente como a alma de uma virgem pura entra no céu". Bem menos apoteótica é a mesa de que o Braga vai falar em "Sábado". Armada num dia "louro e azul", nada de especial acontece — e nem carece que aconteça, uma vez que "a felicidade é uma suave falta de assunto".

Essas bem traçadas linhas

Daqui para a frente, nesta era do e-mail e do WhatsApp, neste tempo de comunicações instantâneas também por escrito, não se sabe bem como será — mas entre os escribas de outras épocas, uns mais, outros menos, sempre teve raízes poderosas o hábito de escrever cartas, muitas das quais vieram a constituir parte relevante da obra de seus autores. Mário de Andrade é apenas o exemplo mais radical de missivista contumaz. Há vários outros.

Comparável a Mário em matéria de compulsão epistolar era Otto Lara Resende. De sua fartíssima correspondência ativa, uma primeira e suculenta amostra, na verdade uma ponta de iceberg, chegou às livrarias em 2011, nas mais de quatrocentas páginas de *O Rio é tão longe*, reunião de cartas a Fernando Sabino. Otto era frequentador tão assíduo de agências dos Correios que após a sua morte a instituição julgou quase obrigação homenageá-lo com a emissão de um selo que circulou em 1994-5.

O escritor mineiro não se limitou a ser carteador inveterado. Fez da correspondência também assunto de um punhado de crônicas — e em duas delas, "Cartinha de amor brasílico" e "De intenções e amor", quis sublinhar a circunstância de que o Brasil começou com uma carta, a de Pero Vaz de Caminha ao rei de Portugal, em 1500. Datada, aliás, de 1º de maio — dia e mês em que Otto Lara Resende viria a nascer,

422 anos depois. Ele gostava de insistir, também, como faz em "Confidência e indiscrição", na sua certeza de que "se há uma coisa boa de ler, é carta".

Em "Uma nação extraviada", na qual crava uma observação dolorida — "Paisinho duro de roer, o Brasil. Será que melhora quando ficar pronto?" —, ele abre, com indiscutível conhecimento de causa, uma exceção nas precariedades nacionais para a estatal dos Correios, que "tem se comportado bastante bem". Para quem acaso ache carta uma bobagem, Otto Lara Resende dedica uma crônica, "Timbrada, mas falsa", a uma correspondência fajuta, a célebre Carta Brandi, que, assunto-bomba visando às eleições de 1955, por pouco não melou a chegada de JK à presidência da República.

Já na esfera da intimidade, Antônio Maria, a menos de uma semana do infarto que o levou, relembra em "Do diário (sábado, 10-10-1964)" o bom que foi, certa noite de chuva, voltar ao hotel onde pousava, em Paris, e encontrar à sua espera um telegrama de amor.

Paulo não terá tido mais sucesso, supõe-se, em duas ocasiões em que protestou contra mazelas na sua vida de cidadão. Em "Exmo. Sr. Diretor...", exasperado, ele reclama dos Correios por não conseguir pôr as mãos numa encomenda, vinda da Inglaterra, em nome de sua filha de ano e meio de idade. Em "Gostaria de escrever esta crônica...", não menos indignado, sonha com um Rio de Janeiro onde o ser humano, até por ter nascido antes, valesse mais que o automóvel.

Dois de nossos cronistas, já se disse, Rachel de Queiroz e Rubem Braga, não escondem o desconforto que lhes traz o peditório de conselhos para engrenar carreira nas letras. "Noventa por cento das cartas que recebo são de pessoas que desejam confessar sua vocação literária e pedem conselhos ou ajuda", contabiliza Rachel em "Vocação literária". "Perguntam-me como devem fazer. E eu sei?" Bem mais receptiva é ela com Aspásia, moça que aos 25 anos vê aproximar-se a morte. A cronista se limita, ao longo de "Uma carta", a lhe recomendar que não ceda ao "sentimento destruidor e vazio" de ter pena de si mesma. Mais fácil para ela é abrir os braços para a jovem refugiada Catarina R., que, tendo perdido a família nas mãos dos nazistas, veio da Europa para recomeçar a vida no Brasil. "Se acomode, se faça de casa", acolhe Rachel em sua "Carta para Catarina".

Volta e meia ela faz de sua crônica uma tribuna de reivindicação e protesto — como na "Carta aberta aos juízes do Supremo Tribunal Federal", em que junta sua voz ao coro de pedidos de reparação material para a dupla injustamente condenada e encarcerada no célebre "crime dos Irmãos Naves", em Minas Gerais. Não hesita em abrir sua coluna a reclamações e testemunhos de cidadãos inconformados com a ineficiência do serviço público. Em "Correios e Telégrafos", Rachel dá ressonância, entre muitos outros, aos relatos de gente que, anos, ou mesmo décadas depois, vive ainda a irremediável frustração de sonhos amorosos, pois seus pedidos em casamento, esperançosamente postados, jamais chegaram às mãos e aos corações de suas amadas.

Rubem Braga, tanto quanto Rachel de Queiroz, via sua caixa de correio entupir-se de pedidos de conselhos e orientação para a vida literária. "Não me escrevam!", roga ele em "Remorsos", e explica: "Sou um homem desorganizado e desorientado, sem horário nem lei, impontual e incivil." Por isso não chega a lamentar que metade das cartas recebidas na quinzena anterior tenha sido inadvertidamente jogada no lixo: "Me poupem mais um remorso na consciência já abarrotada".

Em "Recado ao sr. 903", ele reconhece o direito que tem o vizinho em questão de reclamar do barulho gerado em sua furna domiciliar, mas sonha com um mundo em que vizinhos bateriam à sua porta não com reclamações, e sim desejosos de se incorporar à alegria da música, do pão e do vinho.

Se estivesse ainda entre nós, o casmurro Sabiá da Crônica talvez visse com simpatia a comunicação instantânea que a internet veio permitir — ele que, nas linhas de "Distância", sete décadas atrás, pôs em dúvida a validade de uma jura de amor que, depois de viajar dias e dias nos meandros dos Correios, talvez já sofra de obsolescência sentimental quando chega a seu destinatário. "Quem sabe se no momento em que é lida [uma carta] já não poderia ter sido escrita?", indaga Rubem Braga.

Mas é o mesmo Braga que em "Cartão" nos fala de uma ocorrência à primeira vista miúda, porém capaz de adoçar seu coração. "Recebo um cartão de Paris", anuncia ele, e esclarece: "Não é de amante nem namorada, é apenas uma recente amiga; mas como foi gentil em se lembrar de mim, em me mandar seu abraço, e como está linda na fotografia!". Não precisa de mais para comemorar: "Ganhei meu dia, ganhei minha noite".

À prova de crises

Aqueles quatro moços mineiros que, por andarem pelos vinte anos, Mário de Andrade chamou de "vintanistas" — Otto Lara Resende, Fernando Sabino, Paulo Mendes Campos e Hélio Pellegrino — encontraram Carlos Drummond de Andrade pela primeira vez num inesquecível dia de 1943, em Belo Horizonte, e com ele seguiram encontrados pela vida inteira. Mas qual dos quatro esteve mais próximo do poeta?

Paulo, mais fechado, certamente não. Muito menos Hélio, homem exuberante, mas, naquele caso excepcionalíssimo, travado pela admiração e pelo respeito. Talvez Fernando, e não só por ter sido vizinho do poeta — morava na rua Canning, a pequena distância da Conselheiro Lafaiete, naquele território em que Copacabana e Ipanema parecem confundir-se. Os dois tinham em comum, ainda, o gosto pela molecagem; adoravam falar ao telefone, que utilizavam também para passar trotes, um no outro, inclusive.

Ou terá sido Otto o vintanista mais chegado em Drummond? Pode ser. Nenhum dos outros três correspondeu-se tão intensamente com o poeta, que dele guardou 158 cartas, bilhetes e telegramas, conservados hoje na Fundação Casa de Rui Barbosa, no Rio de Janeiro. No acervo do Otto, no Instituto Moreira Salles, há 88 correspondências de Drummond.

Quase se pode apostar que Otto não deixaria passar em branco um só Dia D — 31 de outubro, data de nascimento do poeta —, se a efeméride tivesse sido criada antes de sua morte, ocorrida em dezembro de 1992. Como cronista ou como articulista, escreveu frequentemente sobre o amigo vinte anos mais velho, sem necessidade de pretexto no calendário.

Em "Quanto vale o poeta", por exemplo, crônica de fevereiro de 1992, bastou a Otto ter nas mãos uma cédula de cinquenta cruzados novos, com a efígie de Carlos Drummond de Andrade, lançada em janeiro de 1989 em meio a uma crise econômica tão corrosiva que em março de 1990 foi preciso converter o cruzado novo em cruzeiro, sem com isso resolver o problema.

"Não vale um caracol", concluiu Otto Lara Resende ao examinar o retângulo de papel que andava de mão em mão, no qual, para ele, salvava-se apenas o rosto do poeta, ainda assim banhado em tristeza. Explicação do cronista, com graça muito dele, para a expressão desolada de Drummond naquela cédula: "Deve ser o diabo da inflação".

Quando a musa é Drummond

Poeta e cronista inspirado — para desempoeirar um lugar-comum de comentaristas literários de outrora —, Carlos Drummond de Andrade foi também assunto, farto e diversificado, para muitos de seus colegas de ofício. Otto Lara Resende era tão próximo que certa ocasião sentiu-se em condições de decidir uma questão inesperada que viera dividir opiniões entre os amigos do poeta, então já falecido: qual era mesmo a cor dos olhos dele?

O poeta Abgar Renault, companheiro íntimo de Drummond desde a mocidade belo-horizontina, não hesitou: eram verdes. Consultados, os amigos Yeda Braga Miranda e Moacir Werneck de Castro embatucaram — nem parecia que tinham estado tantas vezes com o dono dos olhos em questão. Otto, porém, foi peremptório: na crônica "Azuis, verdes, castanhos", cravou a primeira palavra do título. Azuis, acrescentou, exatamente como na cédula de cinquenta cruzados novos com a qual o governo Sarney pretendeu homenagear o escritor. "A nota não vale nada", escreveu Otto em "O poeta e os seus olhos", e foi adiante: "Não compra nem um pãozinho. Um escárnio. Mas o retrato é bem-feito".

O holerite do poeta não devia ser tão magro assim quando ele deixou de bater ponto na Seção de História no DPHAN, o Departamento do Patrimônio Histórico e Artístico Nacional, hoje IPHAN, no início de 1962 — ocasião em que recebeu carta com salamaleques do ministro da Educação, e mereceu de Paulo Mendes Campos um texto biográfico, "E agora, Drummond?", na revista *Manchete*. Paulo chamou-o ali de "burocrata perfeito" — o que, apressou-se em esclarecer, "é quase o contrário de um perfeito burocrata". Lá pelas tantas, evocou o primeiro encontro de sua jovem patota — além dele, Otto Lara Resende, Fernando Sabino e Hélio Pellegrino — com Drummond, numa "tarde memorável" de 1943 na avenida Afonso Pena, em Belo Horizonte.

O que naquele dia mais o impressionou no poeta — que o pequeno grupo admirava ao ponto de incorporar versos seus à fala entre eles — foi a sua elegância no trajar-se, com destaque para uns chiquíssimos sapatos de camurça. Tão inesquecíveis que Paulo voltou a destacá-los numa crônica ainda mais solta que a citada, "CDA: velhas novidades", na qual, entre outras revelações, se fica sabendo que quando ele se mudou para o Rio, em 1945, Drummond lhe arranjou dois empregos, além de lhe emprestar máquina de escrever.

Instalado então num quarto alugado em apartamento, Paulo Mendes Campos um dia descobriu que na sua ausência a empregada da casa, Jandira, se apossava de seu exemplar de *Poemas*, de Drummond, e transcrevia versos e mais versos num caderno. Quando, de tanto fuçar em biblioteca alheia, foi demitida, o que fez a moça — por quem o jovem poeta e cronista não escondia simpatia literária? Levou com ela *A rosa do povo*... A historinha está deliciosamente contada na crônica sem título que começa com "O apartamento era desses...". Não menos saborosa é "Medo de avião", já citada, em que Paulo relembra o dia de dezembro de 1947 em que, na companhia de Otto, embarcou num voo para Belo Horizonte. A bordo, encontraram dois conhecidos seus, políticos mineiros já ilustres, Juscelino Kubitschek e

José Maria Alkmin, aos quais Otto, incapaz de resistir a molecagens, mostrou um poema de Drummond publicado naquela data no *Correio da Manhã*: "Morte no avião". JK reagiu com sua habitual bonomia, mas Alkmin ficou horrorizado.

O espírito brincalhão do futuro cronista da *Folha de S.Paulo* não arrefeceu com o tempo. Quando, em 1972, aproximava-se o dia dos setenta anos do poeta, homem sabidamente encaramujado, Otto, então diretor da TV Globo, tentou de todas as maneiras convencê-lo a sair da toca e a consentir em comemoração. Como o homenageado resistisse, passou a assombrá-lo, conforme conta em "Há dez, 20 anos", com o fantasma de evento estrepitoso, ao qual não faltariam bandas de música e jantar de 280 talheres.

Menos assustadoras certamente foram para o homenageado as palavras que Rachel de Queiroz lhe endereçou de última página da revista *O Cruzeiro* em 1970, por ocasião dos quarenta anos da estreia de Drummond em livro, com *Alguma poesia*. "O tempo não lhe resseca a entranha, não lhe rouba a flor nem o fruto", registrou ela em "O poeta faz bodas de esmeralda" — "antes, cada vez mais lhe apura a cor e o grão, num renovado e incomparável milagre". Já Antônio Maria, dado a transbordamentos afetivos, freou o carro e desceu para falar com o poeta, na primeira vez em que o viu, a caminhar numa calçada de Ipanema. Sua derramada admiração, relembra ele em "Carlos Drummond de Andrade", sufocou o tímido interlocutor, para quem uma desfeita talvez fosse menos incomodativa que um elogio de corpo presente. "Ganhei meu dia!", comemorou o cronista pernambucano. Morreria ano e pouco depois daquele primeiro — e último — encontro.

Também ele reservado, embora não tanto quanto Carlos Drummond de Andrade, Rubem Braga muitas vezes escreveu sobre o amigo, que conheceu em Belo Horizonte nos anos 1930. Em meados da década de 1950, na revista *Manchete*, traçou um perfil biográfico, "Carlos Drummond de Andrade, poeta", tão informativo quanto bom de ler, ao qual não falta menção às estripulias que seu personagem perpetrava na bocejante Belo Horizonte dos anos 1920, entre elas escalar os arcos do viaduto Santa Teresa e, de madrugada, em companhia de Pedro Nava, tocar fogo na casa de amigas deles.

Trinta anos mais tarde, Drummond e o Braga foram vizinhos no Posto 6 de Copacabana, numa época em que penavam ambos, e mesmo o presidente da República, Café Filho, com a falta d'água que infernizava a vida dos moradores da capital do país. Às terças, dia de feira na rua onde morava, a Joaquim Nabuco, o poeta era ejetado do sono, às três da manhã, pelo berreiro sem-cerimonioso dos feirantes e o fragor dos caminhões a desovar mercadoria, pesadelo de que o Braga nos dá conta em "A feira". Não espanta que certa manhã, dando uma passadinha para ver o amigo, o futuro autor de "Ai de ti, Copacabana!" o tenha encontrado em circunstância difícil de imaginar, em se tratando de criatura tão zelosa do decoro pessoal: lá estava, lê-se em "O poeta", o cinquentão Carlos Drummond de Andrade "de busto nu", a responder cartões de fim de ano.

A política, por que não?

Território natural da graça e da leveza, nem por isso a crônica está fechada a temas áridos, ásperos, quando não espinhentos, como a política. Não é frequente, mas acontece — e, quando se trata de cronista dos bons, o fruto pode ser até apetitoso.

Dos cronistas de que nos ocupamos aqui, quem mais escreveu sobre política foi Otto Lara Resende, não tivesse sido ele o que mais se aplicou ao jornalismo. Repórter, fez com o general Lott, em novembro de 1955, uma entrevista que se tornaria famosa, horas depois de o entrevistado haver dado um "contragolpe preventivo" para garantir a posse do presidente eleito, Juscelino Kubitschek. Duas crônicas — "A restrição mental" e "O direito no sufoco" — deixam claro que Otto, naquele episódio, foi mais do que repórter. E mais duas — "O cortejo e a mentira" e "Direto à fonte" —, sobre outro evento de novembro, a proclamação da República, revelam nele um insuspeitado historiador.

De Rachel de Queiroz sobre política, vale revisitar dois textos, ambos de 1964. Em "A cidade sitiada", escrita em fevereiro, momento de crescente acirramento ideológico, a escritora cearense se mostra alarmada com o desabastecimento no Rio de Janeiro. "Está todo dia faltando qualquer coisa", escreveu ela, e pôs-se a enumerar: leite, carne, feijão, arroz, pão, manteiga, transporte público, telefone, água, gás.

A crônica, de cenho franzido, ameaça tornar-se um furibundo editorial — e eis que Rachel, sarcástica, nos diverte ao imaginar que em breve os cariocas estarão condenados a fazer como os parisienses durante o dramático cerco da cidade pelos prussianos, na guerra de 1870, quando foi preciso sacrificar os habitantes do zoológico e criar cardápios à base de carne de elefante, camelo, urso, canguru, não faltando um prato no qual gato e rato puderam finalmente coexistir.

Adepta do golpe militar, Rachel de Queiroz não tardaria a outra vez se inquietar, em junho, dessa vez em razão de arbitrariedades cometidas pelos novos donos do poder. "Quando leio nos jornais que a casa de fulano de tal foi 'visitada pela polícia', que, em suas buscas apreendeu grande cópia de 'literatura comunista', tremo", escreveu ela em "A caça às feiticeiras".

Já Rubem Braga destilou com bom humor lembranças de capítulos agitados da história do Brasil de que foi testemunha. Em outubro de 1930, aos dezessete anos, era "um magro e sério estudante de Direito" quando assistiu, no centro do Rio, a escaramuças do movimento que depôs Washington Luís e entronizou Getúlio Vargas. Tão impressionado ficou, que, numa bobeada, perdeu ou lhe surripiaram a bela capa que dias antes lhe custara uma quantia insensata. Não por acaso, o relato do momento histórico se chamou "A capa", título mais tarde trocado por "A Revolução de 1930".

No que poderia ser um aviso para não mais se meter em confusões armadas, dois anos depois Rubem Braga perderia um capote (além de um cobertor) quando, repórter, cobria uma das frentes da Revolução Constitucionalista de 1932. Mas esse é apenas um dos muitos divertidos lances de uma história que também teve dois títulos — "Correspondente de guerra andava à paisana", depois "Na Revolução de 1932" —, e na qual o cronista, além de testemunha, veio a ser um temerário personagem.

A Revolução de 1930, da qual o Braga, já taludo, presenciou um capítulo no centro do Rio, foi vivida também, na província, por dois outros futuros cronistas, bem mais novos do que ele. Para Paulo Mendes Campos, aos oito anos, mesmo o matraquear sinistro das metralhadoras foi uma farra. "Meu único receio era de que os adversários dos rebeldes se entregassem depressa demais", contará ele em "Quando veio a guerra", ou "Revolução". A parte ruim foi um susto grande do qual saiu humilhado e com as calças molhadas. Nem isso aconteceu no Recife com o moleque Antônio Maria, um ano mais velho que Paulo, à espera de acontecimentos sensacionais que ali acabariam não se produzindo. "Minas está pegando fogo!", ouviu dizer, mas em sua cidade, nem sinal de ação armada: "Não vieram os tanques, não aconteceu nada", contará ele, decepcionado, em "Lembranças e tiroteios".

Com os melhores (ou piores) votos

Imbatível na crônica, Rubem Braga era ruim de voto. Não que fizesse más escolhas políticas. O problema era certa incapacidade de seus candidatos, pelo menos boa parte deles, de saírem vitoriosos nas urnas. Nem por isso esmorecia. "Neste momento estou pensando em vários nomes de amigos que gostaria de sufragar", escreveu em "Voto", às vésperas das eleições legislativas de 1954, lamentando não poder cravar mais de um nome para cada cargo em disputa: "a amizade é longa e o voto é curto".

Muitos (e)leitores devem ter amado a crônica, na qual o Braga não hesitou em escancarar suas escolhas, mas não ao ponto, parece, de adotarem em massa as preferências daquele inesperado cabo eleitoral. De fato, terá convencido bem pouca gente, se é que convenceu alguém. Seu candidato ao Senado pelo Distrito Federal, o baiano João Mangabeira, ficou na rabeira, com menos de 6% dos votos. Melhor sorte não teve o crítico de arte Mário Pedrosa, que concorria a uma cadeira de deputado federal. O consolo de Rubem foi ter ajudado, ou pelo menos não atrapalhado, a reeleição do escritor Raimundo Magalhães Jr. para a Câmara Municipal.

Tão diferentes das de hoje, as eleições daquele tempo. Voto era no papel, cabendo ao candidato ou a seu partido fornecer as cédulas a serem introduzidas na urna eleitoral, cujo conteúdo levaria dias para ser contabilizado. No caso de Mário Pedrosa,

Rubem Braga julgou indispensável incluir na crônica o telefone dele, para eventual solicitação de cédulas — cujas sobras, além de emporcalharem a cidade, não poucas donas de casa se habituaram, pragmáticas, a juntar e costurar à máquina, convertendo sonhos eleitorais, bem ou malsucedidos, em bloquinhos de anotações. Sobreviventes dessa época que então eram crianças se lembram de que pais e mães mandavam o infrator infantil copiar à exaustão, naqueles bloquinhos, alguma frase começando com "Não devo...", para aprenderem a nunca mais incorrer na mesma contravenção.

Como imprimir material custava caro, o que de saída afastava pretendentes escassamente monetizados, o Braga, em "Eleições", chegou a sugerir que o Banco do Brasil criasse uma Carteira de Crédito Cívico. Contudo (sigamos aqui no embalo dessa fartura de iniciais c...), o cronista era cético, quando menos no que dizia respeito à Câmara carioca, se é que ela merecia a palavra "respeito": "Desde tempos imemoriais", tratava-se de "uma assembleia desmoralizada", tradição "tão sólida quanto o viaduto dos Arcos", contribuindo para fazer do Rio "cada vez mais um resumo do Brasil".

Indignação não lhe faltava, e ilustração disso pode ser a crônica "Tolice", com a qual Rubem reagiu a uma declaração alopradа — "Basta dizer que o voto de um general vale tanto quanto o de uma lavadeira" — de um militar de alta patente, o general Inácio Verissimo, aliás filho de um acatado crítico literário, o falecido José Verissimo. Como assim, Excelência?! Se "a tolice de uma lavadeira pode redundar apenas no estrago de umas cuecas", lembrou Rubem, "a tolice de um general pode causar graves transtornos públicos".

Rachel de Queiroz, por sua vez, não escondia o desânimo que lhe causava o nosso espetáculo eleitoral. "No Brasil", avalia ela em "Cidadania", "o eleitor não considera o voto como uma pesada e lúcida responsabilidade", e sim "uma mercadoria que pode negociar". Por isso não usou meias-palavras em "Eleições": "Elejam quem presta, e não quem paga". Fez o mesmo em "Votar" — ainda que a disputa presidencial daquele ano, 1960, já estivesse terminada, com a vassoura de Jânio Quadros prestes a aterrissar no Planalto Central: "Dentro da cabine indevassável, não se esqueça de que você é um homem livre". Frase que conserva ainda hoje a validade, desde que se tenha o cuidado de incluir, ao lado do homem, a "mulher livre".

Houve uma crônica, "Feliz eleição", em que Rachel errou o alvo ao exprimir a "alegria invejosa" que sentia dos argentinos, pois eles, depois de muitos anos sob o comando de Juan Domingo Perón, lhe pareciam haver finalmente encontrado o melhor caminho a seguir. Ela não poderia prever que sucessivos presidentes seriam depostos, e que em 1973 Perón voltaria ao poder pelo voto, ao cabo de dezoito anos de exílio na Espanha. Mas Rachel não se equivocou quando, com justa ira, apostrofou em "O apolítico" a figura nefasta dos que se sentem além e acima dos destinos da Pátria.

Não era dia de eleição o 15 de novembro em que Otto Lara Resende exprimiu um desalento que também segue valendo: "Hoje é aniversário da República", escreveu ele em "O cortejo e a mentira", e suspirou: "102 anos, e ainda não tomou juízo". A aniversariante, como sabemos, segue desmiolada, talvez mais do que naquele 1991 em que o morador do Palácio da Alvorada era o Collor. A retificar no desabafo do cronista, apenas a contagem dos anos, pois já são mais de 130. Começou mal, nossa República, "instável, pela espada de Deodoro, e continua aí na corda bamba". De lá para cá, o Alvorada teve mais uns tantos inquilinos, e ainda é o caso de subscrever o desabafo do Otto: "Esse negócio de presidente mentir é uma tristeza. Diz uma coisa e faz outra".

No ano seguinte, ao encerrar-se a apuração dos votos para a Prefeitura do Rio, com a vitória de César Maia, o cronista preferiu escrever sobre "O charme da derrota", fechando o foco na candidata Benedita da Silva, do PT, a quem faltaram pouco mais de 100 mil votos para chegar lá, "ao cabo de uma campanha impregnada de lições positivas".

Brincalhão na conta certa, Otto Lara Resende ainda hoje nos delicia ao tratar como "Vitória da esquerda" as eleições presidenciais americanas de 1992, disputadas dias antes por George Bush pai, que tentava a reeleição, pelo governador de Arkansas, Bill Clinton, e pelo livre atirador Ross Perot. De esquerda, estes três? Parece que só o Otto percebeu a curiosa coincidência: "Três canhotos de uma só vez é dose!".

Paulo Mendes Campos pouco ou nada escreveu sobre disputas eleitorais, ainda que não fosse a elas nem um pouco indiferente. Não chegou, como o amigo e mestre Rubem Braga, a recomendar voto em fulano ou beltrana, mas nos deixou preciosa recomendação, digna de figurar em suas "Coisas deleitáveis", e que aqui vai reforçada: "Votar bem cedinho e ter o dia todo para não se fazer nada".

Em pauta, a música

Com exceção de Vinicius de Moraes, para ele "outro departamento", Otto Lara Resende achava que Manuel Bandeira era "o mais musical" dos poetas brasileiros. Para prová-lo, sacava a lista dos compositores de quem o mestre se tornou parceiro, fosse com poesia catada em sua obra, fosse escrevendo versos para partituras deles. Artistas graúdos como Villa-Lobos, Jayme Ovalle, Francisco Mignone, Camargo Guarnieri, Ary Barroso. Otto poderia ter acrescentado Tom Jobim, Gilberto Gil, Dorival Caymmi e Milton Nascimento, que musicaram Bandeira após a sua morte, e nem assim a lista estaria completa. Seu lado musical lhe parecia tão consistente que o cronista, em "Uma letra e suas voltas", até se penitencia por haver acreditado ser dele a versão brasileira do "Parabéns pra você" — escrita, na verdade, por uma paulista de Pindamonhangaba, Bertha Celeste Homem de Mello, da família que nos deu também o grande musicólogo Zuza Homem de Mello. O equívoco talvez se deva ao fato de que Bandeira fez letra para uma canção composta por Villa-Lobos com a mesma finalidade, "Feliz aniversário" ("Saudamos o grande dia/ que tu hoje comemoras..."), e que simplesmente não pegou.

Em duas ocasiões, Otto rememora uma noite de Copacabana, em 1960, em que viu Bandeira maravilhar-se, madrugada adentro, com a voz, o violão e a figura de João Gilberto. "Rindo à toa, Manuel pôs para fora o piano de sua dentuça", descreve Otto em "O galo, o João e o Manuel". Voltará ao episódio em "Poeta do encontro", na qual sobram elogios também para Caetano Veloso, "legítimo poeta do Brasil".

Ao time de Bandeira certamente pertencia o não menos pernambucano Antônio Maria, a quem devemos clássicos da música popular como "Ninguém me ama", em parceria com Fernando Lobo, e "Manhã de Carnaval", com Luís Bonfá. Na crônica "Discurso a Caymmi", eis que ele abre a boca não para cantar, mas para homenagear o autor de "Saudades de Itapuã", na noite de 1953 em que a antiga praça da Matriz, em Salvador, passou a se chamar praça Dorival Caymmi.

Ivan Lessa, que se saiba, não tocava instrumento e muito menos compunha, mas, apaixonado por música, possivelmente invejava quem brilhasse com o gogó, a julgar pelo que afirmou em "Cantor e cantar": "Cantor tem mais a dizer do que a gente". Já Fernando Sabino, adolescente apaixonado pelo jazz, literalmente fez barulho em Belo Horizonte a partir do momento em que iniciou vitalícia carreira paralela de baterista amador. Por que baterista? Bem, reconhece ele com sabiniano bom humor em "A alma da música": trata-se de um "instrumento de vazão do impulso de outros tempos — o do homem primitivo que mora em nós".

Também ele mineiro, Jurandir Ferreira não chegava a tanto, bastando-lhe ser ouvinte embevecido de bandas de música na sua Poços de Caldas. Em "O coreto", de 1971, inconformado com o desaparecimento delas na cidade, manifestou o receio de que o antigo reduto dos músicos na praça pública acabasse rebaixado a mictório.

Surpreendente é a história que Rachel de Queiroz nos conta, sobre um moço de entregas de uma tinturaria que, introduzido por engano na sala da mansão de uma grã-fina, se encanta com "O piano de cauda". Não é que bem mais tarde será um homem rico, e que no salão do palacete onde vive reinará, sobre um estrado atapetado, "o piano de cauda, lustroso e imponente como um elefante sagrado"?

De Paulo Mendes Campos, no capítulo musical, há uma crônica cujo título já promete: "Os mais belos versos da MPB", seleta na qual a joia de Orestes Barbosa em "Chão de estrelas" — "Tu pisavas os astros distraída" — é a mais cintilante. Em compensação, o poeta Paulo torce o nariz para o que, na mesma letra, lhe parece ser um anticlímax: "É a cabrocha, o luar e o violão". Já em "Coisas deleitáveis", encaixa "João Sebastião", quer dizer, Johann Sebastian Bach, entre seus mais ansiados prazeres nesta vida. Em "Estribilho de uma canção…", revela algo que para a maioria dos leitores de Rubem Braga será novidade: não é que ele, homem de poucas palavras, utilizou um punhado delas ("Me leva, canoa/ no seu rumo à toa…") para compor a letra de "Canoeiro", canção de Bororó?

Por aquela altura, meados dos anos 1950, o Velho Braga, depois de assistir a um show na noite carioca, com Ary Barroso, Haroldo Barbosa, Lúcio Rangel, Silvio Caldas, amigos seus do mundo da música, vê o pensamento derivar para algo mais abrangente. "O grande milagre que ainda acontece é o amor", vai o cronista destilando em "Amor, etc.": tal sentimento de repente sobrevém, "como um pássaro que pousa em nossa janela e começa a cantar".

Em "Goteiras", do tempo em que viveu no Chile, na mesma década, Rubem Braga alega preguiça de escrever, e, sem maior cerimônia, pede a Pablo Neruda que fale por ele — e foi então que o poeta sacou um verso, já citado aqui, sobre as goteiras serem o piano de sua infância. Não era a primeira vez que o cronista dava a palavra a outro escriba: anos antes, em "Lúcio

Rangel, Sérgio Porto, Vinicius de Moraes…", depois de ler um número especial de uma revista dedicado ao jazz, do qual participam estes e outros amigos seus, o Braga conclui que o pessoal está mal informado, pois dava mostras de não conhecer algo que tanto entusiasmara o romancista italiano Curzio Malaparte: o jazz… russo. Em outra ocasião, estando ele em Ipanema na "paz vesperal de um sábado", numa paisagem ainda mais enriquecida pelo encanto suplementar de um casal de sanhaços azulados, Rubem, rendido à beleza, se põe a escrever "Beethoven", em agradecimento "a esse homem rei de um mundo estranho".

O panorama não está menos belo num dia em que, egresso de uma feijoada, o Braga segue para o Clube dos Marimbás em companhia do pianista Mário Cabral. É um requintado fecho de domingo carioca ao qual não faltarão um arco-íris e, mais tarde, uma lua cheia sobre as ondas, luxos da natureza que o amigo artista, ao teclado, harmoniza à perfeição com Frédéric Chopin. Na varanda, Rubem se dá conta de que as notas do piano vêm "acompanhadas pelos movimentos das ondas e pelo movimento da lua" sobre elas, "e pela brisa nas folhas dos coqueiros". Até para a beleza há limites, descobre o cronista nas linhas de "Domingo" — e, repleto, decide levantar acampamento.

O fascínio de Clarice

Numa crônica septuagenária, mas ainda fresca, Rubem Braga fala do dia em que um poeta, dos maiores que tivemos, lhe contou seu encontro casual, já fazia tempo, com uma bela moça, Maria. Cruzaram-se numa calçada, ele saindo de um bar, melancólico, ela radiante, de braço dado com o noivo — e desse breve encontro lhe ficou alumbramento inapagável: cravados nos seus, uns belos olhos cor de piscina.

Em conversa com Maria, o cronista relatou o que ouvira do poeta, mas a jovem não se lembrava do encontro. Foi a vez de Rubem mergulhar, fascinado, na piscina do olhar da amiga. Só bem mais tarde, quase trinta anos depois, ao revisitar em seus arquivos aquela crônica de 1952, intitulada "Poeta", o Braga revelaria a identidade dos protagonistas da história — e o fez para si mesmo apenas, anotando à mão no recorte de jornal: "Na ocasião eu não quis dizer o nome dos personagens. Hoje ambos estão mortos. O poeta era Manuel Bandeira, a moça nova chamava-se Clarice Lispector".

***

Um pouco por seu feitio esquivo, um tanto por ter vivido tantos anos fora do Brasil, casada que foi com diplomata, o fato é que Clarice, entre leitores e mesmo críticos, custou a "pegar".

"Ao contrário do que se pensa, ou do que pensam os desavisados, a carreira de Clarice Lispector não foi uma sucessão de facilidades e vitórias", escreverá Otto Lara Resende em "Começo de uma fortuna", de 1991. Hoje na estante dos clássicos, seu primeiro livro, *Perto do coração selvagem*, lembrou o cronista mineiro, "andou de porta em porta, em busca de editor, e acabou saindo numa edição modesta, com pequena tiragem".

Otto voltou à amiga numa crônica de 1992, já mencionada aqui, cujo título, "Claricevidência", por ele cunhado, exprime condição indispensável — "um alto grau de sintonia" — para aceitar e amar essa artista singular. "O segredo de seu texto está numa nota pessoal que tem de bater com a emoção do leitor", disse o cronista. "Coincidir, respirar junto no que pode ser uma claricevidência."

Também Paulo Mendes Campos, outro amigo muito chegado de Clarice, por longo tempo sentiu ser necessário "apresentar" ao leitor uma autora que, no entanto, tinha já um punhado de livros publicados. Em 1954, na crônica "Uma noite, uma família...", Paulo julgou-se na obrigação de escrever um verbete biográfico de Clarice, de quem "relativamente pouco" se conhecia, na tentativa de iluminar a romancista de *Perto do coração selvagem*, *O lustre* e *A cidade sitiada*, de quem saíra, também, na série Cadernos de Cultura, do Ministério da Educação (saudosos tempos!), uma pequena porém estupenda seleta de contos.

Em outro tom, agora divertido, Clarice Lispector vai comparecer em "Minhas empregadas", crônica na qual Paulo Mendes Campos enumera desastres, ou quase, que presenciou sob seu próprio teto. Bem-humorado, escancara a inveja que lhe dava a sua amiga nesse departamento doméstico. "A meu ver, em língua portuguesa, ninguém exprimiu mais concretamente do que a romancista Clarice Lispector certas finuras de reações psicológicas", começa ele — e vai ao ponto: "Muitas de suas empregadas, a falar frequentemente coisas que lembram as personagens, imitam-lhe a arte". São deliciosas, de fato, contadas por Paulo, as histórias das auxiliares que Clarice teve em casa, tão pouco convencionais, pode-se concluir, quanto a patroa.

Leia-se, por fim, "Mãe, filha, amiga", a breve crônica que Otto Lara Resende escreveu, tão logo soube da morte de Clarice Lispector — desfecho que, aliás, pressentira ao acordar naquele 9 de dezembro de 1977. "Destroçado", ele pôs, no curto espaço de uma lauda, ilustrações de uma camaradagem resistente o bastante para sobreviver a não raros rompantes verbais de sua amiga. "Era um exemplo brutal da singularidade humana", sintetizou o cronista. "Clarice era Clarice. Nunca, em tempo algum, haverá outra, haverá duas Clarices."

Quem duvidaria?

Crônica por detrás da crônica

Contra uma fartura de evidências, volta e meia aparece alguém dizendo que a crônica morreu. E nem é de hoje essa conversa. "A defunta, como vai?", ironizou Otto Lara Resende há mais de trinta anos — e foi mais fundo ainda, ressuscitando uma enquete realizada duas décadas antes sobre a suposta falecida. Ele próprio cronista de mão-cheia (cabe aqui o empoeirado clichê), mineiramente, houve por bem, houve por mal não meter a sua na cumbuca. Teria sido ótimo conhecer a sua avaliação, porém Otto limitou-se a sintetizar o que disseram, em 1972, alguns dos melhores cronistas então na ativa — Fernando Sabino, Rachel de Queiroz, Paulo Mendes Campos, Clarice Lispector, Nelson Rodrigues e Carlos Drummond de Andrade. Ah, sim: também Rubem Braga, que na enquete reagiu com modos inconfundivelmente bragueanos.

Adoraria saber o que pensava José Carlos Oliveira, já amplamente conhecido e reconhecido naquele começo da década de 1970. É possível que tivesse reprisado então declarações amargas que havia destilado alguns anos antes. "Não dou valor à literatura", dissera numa crônica em dois capítulos — "Exame de consciência" e "Exame de consciência (2)" —, em abril de 1962. Para sua surpresa e indisfarçado orgulho, tempos depois veio a saber que havia em Curitiba um rapaz que levava no bolso, aonde fosse, um espandongado recorte daquele ácido escrito, para reler sempre que a alma lhe sangrasse. A notícia levou

Carlinhos a escrever "O búzio", crônica na qual, da boca pra fora ou da boca pra dentro, ele reitera um desapego a seus escritos, que não se dá ao trabalho de guardar. "Vou largando as minhas páginas pelo caminho", conta, "como a lesma vai deixando no canteiro a sua baba." Mas agora admite: aquele velho escrito, fruto de um momento em que "tudo parecia escuro", tinha servido "para iluminar ao menos um coração", o coração daquele moço de Curitiba. "Não tenho vivido em vão", reconheceu Carlinhos.

É possível que também Lima Barreto não guardasse seus recortes, e teria para isso um bom motivo: num tempo em que textos de imprensa chegavam às oficinas em manuscritos, sua caligrafia não facilitava o trabalho dos tipógrafos, o que frequentemente resultava em desastres impressos. "Esta minha letra...", deplorava ele. Considerava-se "um homem que pensa uma coisa, quer ser escritor, mas a letra escreve outra coisa, asnática". Alguém aconselhou que recorresse à máquina, coisa então bem rara, mas o Lima não gostou da ideia de encarar "um desses desgraciosos aparelhos", o que além do mais o obrigaria a dupla jornada: redigir "à pena" para em seguida catar milho num teclado. O fato é que, ao se ler no jornal, ele tinha "vontade de chorar, de matar, de suicidar-me". Os erros na transcrição de seus garranchos eram "abutre que me devora diariamente a fraca reputação e apoucada inteligência". Em desespero de causa — lembra-se da história? — lança um olhar pragmático em direção à moça que, a seu lado no trem, tem no colo um caderno recoberto de bela caligrafia. Casar-se com ela seria, devaneia o Lima, uma solução para o seu problema. Sua letra, de fato, era um desastre, do qual é amostra o famoso bilhete a Rui Barbosa, comunicando que é candidato a uma cadeira na Academia

Brasileira de Letras. Terá a Águia de Haia conseguido decifrar a caligrafia do pretendente, invariavelmente derrotado em suas várias investidas na ABL?

Para Rubem Braga, em atividade já na Era da Datilografia, havia outra dificuldade: seu incomparável talento se via a cada vez desafiado na hora de rechear seu espaço no jornal ou na revista. Muito enganado está quem acha que escrever crônica "não dá trabalho", esclarece o mestre em "Casal", enquanto vai cutucando e abandonando temas ótimos, como quem fuçasse numa gôndola de supermercado. Em "Clima", ao falar da escrita, Rubem deplora o abismo entre o homem antigo, visto a gravar na pedra "sua mensagem de beleza", e o de hoje, tantas vezes incapaz de deixar gravado "um pouco de si mesmo", seja no jornal ou nas paredes.

Rubem Braga, ao lado de Paulo Mendes Campos, é um dos personagens de Fernando Sabino em "O estranho ofício de escrever", na qual se revelam suados bastidores da batalha que costuma ser a produção de uma crônica, ainda quando para nós a prosa soe como coisa que escorreu gostosamente. Quantos leitores poderão desconfiar, por exemplo, da grave decisão de dois mestres de recauchutar crônica velha, ou até, em momento de inspiração zero, recorrer ao outro para que lhe ceda alguma "crônica usada", situações aflitivas das quais já se falou aqui.

Paulo Mendes Campos, em "Vaidades e uma explicação", está atento a armadilhas no caminho do cronista, frequentemente assediado por esperançosos autores de alguma coisa, os quais, sequiosos de elogios por escrito, buscam suborná-lo: "Põem uma tal doçura angustiada no olhar que o nosso espírito crítico falece, o nosso desejo de destroçar o fulano se transforma em ternura", deplora Paulo. Para não falar, acrescenta ele em “Crônica informativa”, naqueles que o assediam com puxões de orelha, cobrando, por exemplo, textos mais “informativos” — como se a substância da crônica devesse ser, como no jornalismo, a informação.

Também Rachel de Queiroz se dizia vítima de cobranças — entre elas, a suposta obrigação que teria um cronista de ser imparcial. “O distinto público desculpe”, rebate a escritora em “O direito de escrever”, e deixa claro que não abre mão “do direito de opinar, e opinar errado, inclusive”. Não estava disposta, igualmente, a agradar o leitor a qualquer custo, ainda que a submissão a ele lhe garantisse sucesso — quando menos, para não vir a tornar-se prisioneira desse sucesso.

A crônica por detrás da crônica tem outra boa ilustração em pelo menos um escrito de Antônio Maria. Depois de uma noite especialmente bem-dormida, ele desperta num hotel em Petrópolis, onde se hospeda também Rubem Braga, e saem os dois a errar, no melhor sentido do verbo. Ao cabo de finas e divertidas reflexões em “Amanhecer no Margarida's”, o Maria se volta para nós e, ufa, conta a que vem essa crônica, das melhores de sua lavra, matando-nos de inveja também do bem-bom de que naquele dia desfrutava com o Braga na Serra Fluminense: “É assim, leitor, que os vossos escravos se refazem, para que não vos falte o pão do espírito”. Lamentavelmente, não é sempre que se pode dispor de tão boa paisagem & companhia — e eis que o Maria, em “O néscio, de vez em quando”, depois de nos envolver na sua habitual prosa boa, pede desculpas por estar divagando sobre si mesmo: “É que escrevo muito direitinho”, justifica, “quando descrevo o néscio intermitente que existe dentro deste homem”.

Deus e o Diabo na terra da crônica

Leitor insaciável de pesquisas de opinião, não fosse ele um jornalista atento, Otto Lara Resende se deparou um dia com uma enquete segundo a qual apenas 40% dos franceses acreditavam no Inferno, e, menos numerosos ainda — 38% —, no Diabo. Bem diferente do panorama aqui por nossas bandas, avaliou o escritor mineiro, seguro de estar vivendo num país "Católico, mas brasileiro". Sua suposição de certa forma se confirmaria um mês depois, ao ler noutra pesquisa, essa nacional, que 93% de seus compatriotas tinham fé em Deus. E mais: 91% deles acreditavam nos anjos — em especial no da guarda, que alguns afirmavam já terem visto, estando assim capacitados a descrevê-lo como uma espécie de atleta, "alto, louro, forte", apto para voos não somente espirituais. "Presumo que em estado de repouso", arriscou Otto em "Nossa alada segurança", "não apareçam as asas." Fosse como fosse, lhe parecia inegável o fato de que "o brasileiro pode ser feio, pobre e doente", mas "tem um anjo só para ele".

Seu amigo e confrade Rubem Braga talvez fosse um homem de fé, mas certamente não de fé religiosa. Ainda assim, tinha humildade ou esperteza suficiente para se permitir exceções nesse particular. Como no caso de uns restos de caju chupado que ele, sem premeditação de agricultor, empurrou terra adentro num vaso — caroço que, esse sim, cheio de fé botânica, veio a converter-se em broto, semeando no cronista o desejo de saborear cajus de seu próprio pomar. "Quem sabe Deus está ouvindo", fez votos a moça que cuidava das plantas — e o patrão, sem dizer palavra, disse amém. Nem mesmo em nome do mais suculento fruto chegaria ele ao extremo de cultuar um santo; mas num outro escrito admitiu que, se tivesse que escolher algum, escolheria dois, "São Cosme e São Damião", os padroeiros das crianças — e a eles pediria que zelassem pelos "louros e os escurinhos deste grande e pobre abandonado meninão triste que é o Brasil".

Exceções à parte, o Rubem Braga incréu, digamos assim, comparece em "O proibido", sobre a decisão do Vaticano, nos anos 1940, de vetar para os católicos a leitura ou mesmo a posse de livros de autores ímpios como Jean-Paul Sartre, André Gide e Alberto Moravia. Malicioso, lembrou-se de que o cupincha Fernando Sabino, embora católico praticante & comungante, tinha entre seus livros os diários de Gide — e, em nome da coerência religiosa, não hesitou em reivindicá-lo para si: "Estou esperando o *Journal*, Fernando". (Feita em público, a exigência suscitou troco igualmente bem-humorado, que se recomenda ler no delicioso *Livro aberto*, de Sabino.)

Amigo daqueles dois, Paulo Mendes Campos não dava mostras de fidelidade ao catolicismo em que nasceu e se criou, mas ainda assim escreveu, volta e meia, sobre temas religiosos. Nos mais diversos tons, diga-se. Numa crônica que é também um conto, o protagonista vem a ser um cão que, exausto de caminhar ao sol do Rio de Janeiro "em busca de lixo e cadelas", busca refrigério numa catedral, provavelmente a Candelária, e ali, em plena missa, é visto a farejar um mundo para ele virgem. "O cão na catedral" pode ser lido igualmente como poema em prosa, cravejado de achados poéticos, entre eles um anagrama preciso e precioso, quando Paulo, afeito a brincar com letras e palavras, vê na "lama" do cão a sua "alma".

A poesia igualmente se insinua nos dezenove parágrafos de "Folclore de Deus", em que Paulo, na busca de compreender o mistério de Deus, a certa altura põe em campo uma linguagem futebolística, algo que tão bem conhecia, para falar daquele que lhe parece ser "o guardião, a zaga, o meia apoiador, o ponta de lança", contra quem não haverá de prevalecer o "ferrolho" do mais temível dos adversários.

Tão irreverente quanto equitativo, o cronista não se interessou por Deus apenas. "As grandes e pequenas agitações do nosso mundo são patrocinadas pelos anjos bons", escreveu em "Sobre o demônio", e em seguida focou o lado oposto: "Para o príncipe das trevas, a monotonia é mais lucrativa. A rotina é o negócio do diabo, ele trabalha sobre o tédio das paisagens e das almas." O que pretende, afinal, a mais maligna das entidades? Segundo Paulo, "o plano do capeta consiste essencialmente em reduzir a terra e os seus inquietos habitantes a uma mesma chatice". Lá pelas tantas, uma surpresa nos aguarda: "Satã não é igualmente tão anticlerical quanto parece": há "muitos casos de paróquias em que o diabo vive em harmonioso contubérnio intelectual com os respectivos vigários".

O humor, essa marca de Paulo Mendes Campos, tem boa amostra, ainda, em "O papa já se manifestou a favor...", crônica antiga, do tempo em que roupa de padre era batina, obrigatoriamente. O personagem da historinha é um cardeal norte-americano, o célebre Francis Joseph Spellman, a quem, nos anos 1940, em Nova York, ocorre a ideia de convidar um pudibundo arcebispo espanhol para um banho de mar em sua companhia.

Não menos divertida é "Juízo final", em que o poeta e cronista, aos 24 anos, está numa roda de autores veteranos. Por algum motivo, ou sem motivo algum, o assunto é o derradeiro dia da espécie humana, quando, levados todos à presença do Criador, cada um vai saber se o destino é subir aos Céus ou despencar nos caldeirões do Inferno. Escritores também, por que não? Lá estão, entre outros, Mário de Andrade, já falecido, José Lins do Rego, Graciliano Ramos, Vinicius de Moraes, Rubem Braga — e Carlos Drummond de Andrade, que pagará todos os seus pecados ao se deparar, perante Deus, com o próprio Diabo, na pessoa de Elói Pontes, o crítico ranheta e passadista que por anos a fio lhe pegara no pé literário. O que vai acontecer? Pode apostar em bafafá, o primeiro, e, claro, último em que os dois se envolveram.

Para Rachel de Queiroz, que bem poderia ter estado naquela roda, o Paraíso, ou uma pequena prefiguração dele, parece já estar na mão, naqueles anos 1940 em que foi viver na ilha do Governador, à época um recanto de fato paradisíaco do Rio de Janeiro. Não apenas era sossegado como oferecia ao morador encantos imprevistos. "A Ilha também tem pastoras", comemorou Rachel. Nada a ver com oficiantes de igrejas pentecostais, e sim com ritos africanos que ali costumavam descer às ruas, ao som de "música puramente negra", "tão autêntica que dá um choque a quem de repente a escuta". Choque maior ainda, igualmente benfazejo, teria a cronista no dia em que pastoras bateram à sua porta e lhe puseram nas mãos uma bandeira.

Também ele nordestino, Antônio Maria raras vezes deixou vir à tona a religiosidade que embebera a sua infância — e, quando o fez, foi em escritos delicados como "Maio e mãe, mãe e maio", em que revisita o engenho pernambucano no qual, menino, costumava passar as férias. Nesse que é um dos melhores momentos de sua veia memorialística, o Maria reconstitui os ambientes nos quais, reverentes a Deus e atentos ao calendário religioso, sobrado & mocambo se juntavam para orações e cânticos, num "quarto de santos" cujo perfume de flores e de velas acesas atravessaria tempo e espaço para vir, intacto, inebriar o leitor de nossos dias.

Bem (ou nem tanto) na foto

É bem possível que Paulo Mendes Campos sofresse de — vá desculpando a brincadeira com as palavras — insônia crônica, pois foram muitas as ocasiões em que tomou o tema como assunto em seus escritos. Numa delas, o sono decepado pôs para rodar um filme na cinemateca da memória. Pois sua insônia, contou, vinha a ser "um vasto mural no tempo, composto de quadros díspares e desordenados", cuja unidade era "um fiozinho mínimo e invisível dentro da Noite": o próprio Paulo. Um filme que, daquela vez ao menos, principiava com uma fotografia em que, menino, posava ao lado da mãe, junto ao muro de um cemitério; Freud explicaria? Abriu-se ali um desfilar de imagens, algumas delas insistentes, obsessivas — em especial, reiterado nove vezes, um buquê de enigmáticas "flores amarelas", as quais, "batidas pelo vento, rolando pelo mundo", vieram conferir uma carnadura de poema em prosa a essa crônica.

Se para Paulo Mendes Campos o filme da memória rodava em noites de insônia, para Rubem Braga foi em sonho que lhe veio certa menina, "A longamente amada". Lá estava ela, no mais fundo do passado, "numa velha canoa, na praia", tendo nas mãos, prestes a ser presenteada, uma fotografia com dedicatória em "letra suave de ginasiana" e "sincero afeto". Imagem ainda mais antiga, talvez, que outra relíquia igualmente digna de ser conservada durante uma vida inteira, ainda que seja no álbum da memória: a de um time de futebol, a equipe de que ele, Rubem, "um rapazinho feio, de ar doce e violento", foi "o valoroso meia-direita", conforme registrou um jornal de sua Cachoeiro de Itapemirim.

Observador atento e fino que era, Rubem tinha, volta e meia, coração e mente capturados por imagens estampadas na imprensa. Aquelas fotos, por exemplo, que ilustraram uma reportagem de José Leal para a revista *O Cruzeiro* no início dos anos 1950, na ilha das Flores, baía de Guanabara — à época, escala compulsória para os imigrantes que aportavam no Rio de Janeiro. Se a realidade de nossa política de imigração o desgostou, as fotos (de Flávio Damm e Badaró Braga, cujos nomes não chegou a citar) encantaram o cronista.

Nem todos os seus leitores sabem que Rubem cultivava também a arte fotográfica, praticada sem pretensão nos desvãos de sua atividade de cronista e jornalista. Dessa discreta paixão de amador resultou uma série de autorretratos em preto e branco. E, já que viemos dar no terreno das imagens, acrescente-se mais um talento suplementar do cronista, o de despretensioso desenhista.

Em "Um cartão de Paris", que dá título a outra seleta póstuma de escritos seus, organizada por Domício Proença Filho, também se fala de fotografia — não mais que uma, trazida de longe pelo correio, porém suficiente para abastecer de felicidade um dia em que até então nada de especial iluminara a rotina do cronista.

Da França veio ainda a lembrança que um dia de chuva devolveu a Antônio Maria no Brasil: a já mencionada visita que fizera, anos antes, em companhia do pintor Cícero Dias, para conhecer a casa onde viveu o pintor Van Gogh, na cidadezinha de Auvers-sur-Oise. "Chovia igual a hoje", rememora ele em "Do diário (sábado 10-10-1964)", a cinco dias de morrer subitamente, e desfia flashes da memória: "O domingo cinzento. A praça. As mulheres passando para a missa". A caminho do cemitério onde, lado a lado, jazem os irmãos Van Gogh, Théo e Vincent, passaram os dois brasileiros por uma velha igreja, e ali foram fotografados, "sorrindo para a nossa objetiva". Pouco depois, já na casa onde morou o grande artista, a emoção do Maria vai se evaporar por força de um desastre linguístico. Na compra de souvenirs, seu francês mambembe provocou na vendedora uma crise de riso — e não era para menos: ao pedir fotos coloridas, em vez de "*en couleurs*" [em cores] ele disse "*en colère*" [em cólera].

***

Talvez ainda mais do que o Braga, Otto Lara Resende se ligava em imagens no jornal e na revista — não fosse também um jornalista visceral. De fato, nenhum escreveu mais do que ele a partir de imagens fotográficas.

Em 1991, quando o papa João Paulo II fazia sua segunda visita ao Brasil, Otto viu no *Globo* uma foto que flagrou o pontífice num prosaico bocejo, durante missa campal em Cuiabá. Ao escancarar a intimidade de Sua Santidade, a câmera do fotógrafo Sérgio Marques levou Otto a comparar aquele senhor "acabrunhado" ao homem exuberante que aqui estivera onze anos antes. Mas gostou do indiscreto registro de um bocejo do papa: "Sem deixar de ser fiel e respeitosa, a foto me pareceu comovente".

Outra imagem, numa velha revista, lhe chamou a atenção: uma foto tão "exausta" que "mal consegue reter o perfil dos semblantes esbatidos". Segue observando o bando de marmanjos: "Nas fatiotas masculinas vê-se ainda um vinco de certo aprumo". Naquele instantâneo inaugural, estão "todos felizes, premiados" — nenhum deles mais destacado e "fulguroso" que Fernando Collor de Mello, chefe de um governo que então principiava. Otto Lara Resende morrerá um dia antes de Collor deixar a presidência da República, acossado por denúncias de corrupção. Seis meses antes o cronista parecia já saber o que esperava o "fulguroso" comandante.

Mais cedo ainda, em janeiro do ano anterior, Otto viajou no tempo através de sucessivos retratos de outros poderosos da política. Todo mundo encasacado, de chapéu de feltro, à europeia. Calça, colete e paletó. O cronista observou como no passar do tempo "a modernidade se impôs", recolhendo "fraques e casacas, redingotes e polainas", numa trajetória, quase se poderia dizer um striptease cívico, que vai da casaca à sunga. O primeiro presidente brasileiro sem chapéu terá sido JK, que nem por isso dispensou "enxoval completo" na inauguração de Brasília. Jânio, seu sucessor, envergou e receitou o seu "pijânio", no dizer do povo, vestimenta inspirada no uniforme de trabalho dos funcionários indianos. Por fim, ali estava Collor passeando de calção por 1992 — e nem assim conseguindo ser original, pois antes dele o general Figueiredo malhara nesses trajes ante as câmeras.

Houve outra manhã em que o cronista, ainda em jejum, foi fisgado por uma foto de jornal mostrando uma criança em flagrante sofrimento. "Biafra ou Bangladesh?", angustia-se Otto, e eis que se dá conta da insuportável verdade: parece um flagelado de nação paupérrima, "mas é coisa nossa". Quatro meses de idade, com suspeita de cólera, num hospital da Paraíba, aquela "coisinha de olhos fechados" podia ser de qualquer canto do país: "Seu nome é legião. Seu sobrenome? Brasil". Dureza saber que, três décadas depois, segue sem resposta a pergunta do cronista: "Quando é que a gente vai tomar vergonha na cara?".

Nos dois lados do balcão

Jamais se saberá se Lima Barreto comprou alguma coisa naquela manhã de 1921 em que saiu de casa, no Méier, rumo a uma feira livre, novidade que um burocrata do Ministério da Agricultura, Dulfe Pinheiro Machado, futuro ministro de Getúlio Vargas, implantara no Rio de Janeiro. Cronicamente desmonetizado que era, o mais provável é que nosso escriba não tenha comprado nada — muito menos umas bruxas de pano, recheadas de serragem, que lhe pareceu destoarem num território supostamente exclusivo de verduras e legumes.

Até então encantado com a "lindeza de moças e senhoras", relata em "Feiras livres", Lima Barreto ficou muito irritado — e, bem mais que ele, o vendedor das tais bruxas, deflagrando um bafafá que requereu a presença da Lei, na pessoa de um tenente e um capitão. De repente, o que era crônica pode dar a impressão de haver-se convertido em notícia policial, quando o Lima, brandindo linguagem figurada, conta que o comerciante, de nome Bragalhães, "foi pelos ares". Curiosamente, também em outro escrito seu, "No 'mafuá' dos padres", haverá agentes da ordem — no caso, um soldado e um alferes que, num leilão, brigam por um carneiro. Qualquer que seja o resultado, a disputa terá como ganhadora uma terceira pessoa, a Candinha, que nem está ali, e dois perdedores, adivinhe quem...

Mas voltemos às feiras livres, inspiração também de Rachel de Queiroz, moradora do Rio em visita a São Paulo em 1946.

Na do Arouche, o que mais a interessou pode ter sido não exatamente algo à venda, e sim a beleza de vendedoras de origem japonesa e italiana, tipos pouco encontradiços nas feiras cariocas. Nas quais, aliás, Paulo Mendes Campos haverá de denunciar, no início dos anos 1950, a existência de um golpe aplicado por vendedores desonestos, dados a entregar ao comprador, dissimuladamente, algo inferior ao que ele havia escolhido. Panorama bem diverso daquele a que Paulo se acostumara em sua infância belo-horizontina, tema da bela e delicada "As horas antigas": o universo de uma gente simples que, do portão da rua, batia palmas ou gritava "ô de casa" (campainha era luxo de umas poucas residências), oferecendo de tudo — de lenha para o fogão, frutas, hortaliças, leite, carne, a uma dobradinha pronta para ir à mesa. Ao time dos feirantes desonestos, o cronista poderia acrescentar o personagem de "As duas faces de um caixeiro": um convincente vendedor de aparelhos de televisão que, quando isso lhe convém, não hesita em desqualificar, diante do mesmo possível comprador, o artigo cujas virtudes louvara, enfaticamente, apenas um minuto antes.

Assim como seu confrade mineiro, Rachel de Queiroz, num momento ao menos teve um pé atrás com balconistas em geral. Foi no final dos anos 1940, quando lhe pareceu que algo mudara nos usos e costumes do comércio varejista. "Antigamente", rememorou ela, "qualquer freguês, dentro de uma loja, tinha a sensação de que era um rei." E eis que então, por fatores vários, como "o aumento dos ordenados" e "as economias de pessoal por parte dos patrões", o quadro mudou radicalmente: "Razão, quem a tem, hoje e sempre, é o caixeiro".

O novo figurino das relações comerciais talvez não se aplicasse ao armarinho, a julgar pela enorme simpatia com que

Rachel, na mesma época, escreveu sobre as lojas de linhas e agulhas. Tratava-se (e se trata ainda, tantas décadas depois) de território feminino, pelo menos na ilha do Governador, onde a cronista tinha a sua casa: "Podem os cavalheiros cantar na sua lira as delícias do botequim e da cerveja gelada", contrapôs. "Nós, as mulheres da ilha, damos preferência ao armarinho."

Paulo Mendes Campos haveria com certeza de confirmar o que disse Rachel. Já cinquentão, na década de 1970, ele amava o sossego de sua casa na serra de Petrópolis, onde passava os fins de semana, simples mas provida "de todos os luxos da quietude rural". Nem por isso dispensava "um supérfluo essencial": a alma de "uma venda de beira de estrada", em especial aquela de que fala em "O homem que calculava". A criatura que dá título à crônica vem a ser o dono do estabelecimento, e o fato de que utilize ruidosa modernidade — uma calculadora — não compromete, aos olhos do cronista e poeta, o encanto do lugar, onde tudo se harmoniza.

Na já mencionada "Confissões de um jovem editor", quem está do outro lado do balcão, ainda que sem calculadora, é Rubem Braga, que registra a sua perplexidade ante o fato de se ver, aos 47 anos, pela primeira vez metido na inesperada pele de empresário, pois vinha de criar a Editora do Autor, de que se falou aqui. "Que fazer", suspira ele, "se virei homem de negócios?" Por feitio e temperamento, seu lado do balcão é outro, até para que possa, na condição de consumidor, reclamar do mau comportamento de certos negociantes. Em "Camelôs", investe furiosamente contra os vendedores de aves que, no afã de tornar mais atraente a mercadoria que oferecem, não hesitam em cegá-las, para que assim deixem de voar e cantem mais.

O Braga não poupa, igualmente, na mesma crônica, aqueles que chama de "camelôs cívicos": os políticos que, em tempo de eleição, atormentam o cidadão com seus alto-falantes e maculam os muros com cartazes, anunciando-se como "produtos de primeira classe". A dois dias do Natal, o cronista não chega a tomar as dores do Menino cujo nascimento será uma vez mais comemorado, mas faz saber o desconforto que lhe causa o alarido açucarado dos anunciantes em busca de cifrões. "A publicidade faz sua grande farra de fim de ano, e nós é que devemos pagá-la", protesta Rubem Braga, e despeja seu justo sarcasmo: "Não é o homem da empresa que nos saúda alegremente, de cristão para cristão, é a própria sociedade anônima que se faz afetuosa, que exprime os bons sentimentos que empolgam seu espírito de estatuto ou sua alma de balancete."

A arte de despiorar

Com todas as coisas boas que nos trouxe — entre elas, a garantia de originais impecáveis, mesmo após muita mexida —, a escrita no computador deixou em alguns de nós, o pessoal chegado numa arqueologia literária (me inclua nessa), uma coisa ruim: como saber, agora, por onde veio o autor até o texto definitivo, se já não se usa entregar páginas recobertas de rabiscos e garranchos, matéria-prima da crítica genética, tão fascinante quanto reveladora do processo de criação? Já não dá para saber como foi que se deu o trabalho de "despiorar" um texto, para usar aqui uma invenção verbal do perfeccionista Otto Lara Resende. Despiorar romances, contos, poemas, ensaios — e também, por que não?, crônicas, pois, embora escritas no sufoco dos deadlines da imprensa, muitas delas poderão sobreviver à circunstância.

É menos comum do que em outros gêneros, mas acontece. É o que mostram os fac-símiles dos recortes retocados por alguns dos autores de que se fala neste livro. Entre esses não está o Otto, logo ele, apóstolo da despioração; é que a morte, vinda sem muito aviso, não lhe deu tempo para pôr no ponto as crônicas que publicava quase todo dia na *Folha de S.Paulo*. Sabemos que sofria daquilo que o cupincha Hélio Pellegrino, psicanalista, chamou de "bibliofobia", uma inapetência para estar em livro, forte o bastante para não permitir reedições.

Ainda assim o escritor mineiro, aqui e ali, meteu a mão em papel de jornal ainda quente. Caso, por exemplo, de "O sax e o saque" e "Vencedor versus perdedor". Otto, é verdade, não chegou aí ao rigor de artista que o levou a passar os últimos anos de vida a reescrever *O braço direito*, seu único romance, de 1963, com tamanha fome de perfeição que daí resultou, pode-se dizer, outro livro. Em maio de 1992, que seria o ano de sua morte, recebi dele, recém-saído das máquinas, um exemplar de *O elo partido*, seleta de contos que o amigo Dalton Trevisan o convencera a publicar — e, ao folheá-lo, topei com garatujas desse Sísifo da literatura no entrelinhamento de "Mater dolorosa".

O que leva um cronista a retrabalhar textos já publicados? Não raro, a necessidade de remediar crises agudas de falta de inspiração. Não se trata, creia, de delinquência literária, mas de procedimento comum, desde sempre, entre os profissionais do gênero. "Vez por outra", contou Fernando Sabino na delícia de crônica — nunca é demais relembrar — que é "O estranho ofício de escrever": "Recauchutei um escrito antigo à falta de coisa melhor, confiante no ineditismo que o tempo lhe confere."

O recordista em matéria de repeteco crônico é provavelmente Rubem Braga, que em cinco ocasiões serviu ao leitor o mesmo quitute, com o cuidado, às vezes, de trocar o título — "Oceano", "Mar, mormaço, amor" e "Joana e o mar" — e fazer alterações miúdas. A partir da segunda republicação, extirpou uma passagem — "ripar o Vargas e as malfeitorias de seu malacafento governo" —, já que o presidente, nesse ínterim, decidira sair da vida para entrar na História. Fez mais o cronista: por alguma razão, a Joana de Lorena de "Oceano" ficou sendo apenas Joana, com a vantagem, deliberada ou não, de abranger quantas xarás ela tenha neste mundo.

Com década e pouco de intervalo, "Apartamento", também do Braga, saiu de novo como "A aventura da casa própria" — e, se não teve mais reprise, não terá sido por falta de título, pois no recorte da primeira versão o autor anotou alternativa: "A aventura da propriedade". Pequenas reformas foram feitas naquele "Apartamento" — e até mesmo num possível morador, pois um "homem pobre" foi reajustado para "modesto". Muito tempo se passou, também, para que "O inverno", de 1952, ressurgisse como "Chuva sobre a cidade".

Menos dada a revisitar recortes de caneta em punho, numa dessas investidas Rachel de Queiroz eliminou uma frase com vigor e tinta azul. Mais adiante, porém, arrependeu-se da intervenção, pois quando "Um caso obscuro" foi para livro — *100 Crônicas escolhidas*, de 1958 —, lá chegou com a passagem restabelecida. Essa coletânea acolheu também "Meditações sobre o amor", com pequenas alterações em relação ao original. E o mesmo poderia ter acontecido com "Passarinho cantador", bonita crônica na qual Rachel trocou um galho por um ramo, além de silenciar o som ruinzinho de um "quer querendo".

Outro impenitente mexedor em textos próprios foi Paulo Mendes Campos, que volta e meia recuperou para crônicas mais ambiciosas as notas que durante muitos anos desovou em sua coluna, "Primeiro Plano", no prestigioso *Diário Carioca*. O que ali era publicado vinha sem título. É assim com "Os dias se alongam...", crônica que, reaproveitada dois anos depois na revista *Manchete*, lá chegou como "Verão". Vale a pena ler as duas, nem que seja para saborear a perícia com que o autor despiorou um texto já de qualidade. Não se limitou a remediar barbeiragens imputáveis aos revisores da publicação, como, logo na primeira frase, "crepúsculos" ter virado "escrúpulos". Reconsiderou vacilos de sua lavra, como o adjetivo "sadio" com que qualificara o erotismo dos verões cariocas, trocando-o pelo mais verossímil "forte".

Paulo Mendes Campos não chegou a reaproveitar "Poetas", mas por via das dúvidas meteu a faca no último parágrafo, que poderia passar má impressão de um colega mais velho, o poeta Augusto Frederico Schmidt. Ao reler "O galo", parece ter pensado se não caberia juntar à ave o charme de um personagem dos mais queridos, e rabiscou: "Vinicius e o galo". Nessa crônica, a caneta de Paulo estranhou duas esquisitices — "u'a" e "garções" —, provavelmente introduzidas em seu texto por um revisor adepto do português castiço. O mesmo, quem sabe, que deixou sair "desapontava" em lugar de "despontava".

Talvez mais do que Rubem Braga, Paulo Mendes Campos era dado a disfarçar texto antigo sob título novo. Em dois casos, pelo menos, trocou coisa boa por outra menos feliz, ou mesmo francamente ruim. Foi assim com a irretocável "O amor acaba", de 1964, que sete anos mais tarde voltou a ocupar a página de Paulo Mendes Campos na *Manchete* como "Fim de amor". Além disso, veio acompanhada de três dispensáveis entretítulos: "Nas ligas, nos cintos", "Nos mesmos drinques" e "E renasce como flor". Ainda bem que a crônica chegou às páginas de *O colunista do morro* com o título original. O mesmo se diga da divertida "Um diplomata exemplar", de *Homenzinho na ventania*, que tivera reprise na *Manchete* como "De conversa em conversa".

Já na versão final de "Talvez", incluída em *O cego de Ipanema*, Paulo Mendes Campos mostrou o competente editor que era ao reduzir de dezoito para doze as ocorrências do advérbio que dá título à crônica. No caso de "Duas variações sobre um tema antigo", ele tanto mexeu no texto original que, como Otto em *O braço direito*, acabou criando coisa nova — e tricolor: "Verde, azul, castanho". Em qual dessas versões foi mais feliz? Páreo duro. Tenho aqui um palpite, mas gostaria de ouvir você.

Tipos de todo tipo

Nada como um bom cronista para apanhar no chão do dia a dia alguma aparente miudeza, e a partir dela compor um palmo de prosa capaz de atravessar a circunstância e, sem data de validade, seguir encantando leitores presentes e futuros. Impressões, sutilezas, pequenos fatos, ou mesmo fato algum. E, é claro, personagens, pois também não há como um bom cronista para garimpar tipos interessantes no cotidiano.

É o que não falta, benza Deus. Gente notória ou obscura, figurões, figurinhas — temos de tudo. Quem julgava saber tudo sobre, digamos, Severo Gomes (1924-92), empresário e político paulista falecido naquele acidente de helicóptero em que morreu também Ulysses Guimarães, e com os dois, suas mulheres, quem achava conhecer tudo sobre esse homem público diferenciado haverá de se surpreender com o Severo Gomes que o amigo Otto Lara Resende nos revela em "A sua vida continua". Um conversador tão fascinante que numa noitada em sua companhia "dormir era um desperdício"; "a conversa atrasava o sol". Um sabedor — "do capim-gordura ao Dante, nada ignorava, estava a par de tudo". De quebra, dono de "memória capaz de suprir os apagões dos outros".

O mesmo Otto, em "Mozart está tristíssimo", nos traz um Murilo Mendes (1901-75) menos visível em sua preciosa obra poética, das melhores, aliás, que nos deu a segunda geração do Modernismo: "figura legendária, com histórias que marcaram a linha de seu temperamento original", do qual há uma fartura de ilustrações. O poeta mineiro levou sua admiração por Wolfgang Amadeus Mozart (1756-91) ao ponto de lhe dedicar um de seus livros, *As metamorfoses*, de 1944. Não custa lembrar: quando, em 1938, tropas nazistas invadiram Salzburgo, cidade natal do compositor austríaco, Murilo enviou telegrama de protesto a quem? A Adolf Hitler. Em meio a um concerto no Theatro Municipal, no Rio de Janeiro, como a interpretação de obra mozartiana lhe parecesse medíocre, ele não teve dúvida: abriu o guarda-chuva na plateia.

Não está na crônica de Otto, mas vale menção o dia em que o poeta parou, embevecido, diante de um modesto armarinho, e bradou à dona do negócio: "Parabéns pelos retroses!". Em outra ocasião, ao ver uma senhora na janela, em Botafogo, se pôs a aplaudir ruidosamente a cena, para pasmo da criatura, que, assustada, fechou rapidamente as venezianas.

Paulo Mendes Campos também escreveu a respeito de tipos famosos de seu tempo, entre eles Vinicius de Moraes, inspiração para um punhado de crônicas. Se ainda não leu, comece pelas ótimas histórias reunidas em "Plim e plão: Vinicius de Moraes". No caso de "[Luís Camilo]", sob o impacto da morte prematura do brilhante e combativo intelectual itabirano Luiz Camillo de Oliveira Netto (1904-53), amigo de infância do poeta Drummond, Paulo pôs de lado a face pública do falecido e desfiou lembranças do inesquecível vizinho que tivera em Belo Horizonte.

De sua própria família, Paulo nos fez o favor de apresentar duas fascinantes personagens femininas. "Uma senhora", sobre a avó Estefânia, abre para nós espaço na mesa que se armava em seus aniversários, no interior de Minas. Naqueles almoços em que ela cuidava do menor detalhe, quem ganhava o melhor presente não era a aniversariante, e sim seus convidados, beneficiários de inesquecíveis maravilhas de forno & fogão, tão despretensiosas quanto refinadas. Já "Maria José", título da crônica, vem a ser a mãe de Paulo, figura fortíssima, "meiga quase sempre, violenta quando necessário". Sob o olhar embasbacado do filho, então com cinco anos de idade, ela saiu, de revólver na mão, atrás de um ladrão que invadira o quintal da casa. Admiradora de São Paulo e Santo Agostinho, dona Maria José "acreditava que era preciso se fazer violência para entrar no reino celeste". Mas certamente era da paz, e não se furtava aos prazeres do mundo: "Poucas horas antes de morrer", conta o filho, "pediu um conhaque".

Bem menos gostável era a pintora francesa Marie Laurencin (1883-1956), a quem Rubem Braga, vivendo então (1950) em Paris, dedicou um texto em que crônica e reportagem se combinam, saboroso nos dois gêneros — e, no que diz respeito ao jornalismo, bem pouco convencional, para dizer o mínimo. A essa altura, jamais se saberá se entrevistar a artista foi ideia do cronista ou pauta do editor de artes do *Correio da Manhã*, jornal carioca com o qual colaborava. Veja só a indagação que se faz o Braga já na primeira linha: "Devo dizer que Marie Laurencin foi uma decepção para mim?". Mais adiante, admite: podia ela não ser uma grande pintora, mas inventou um lugar para si, e "o ocupa virtualmente sozinha". Embora considere que "não há ninguém mais fácil para se escrever contra", o cavalheiresco Braga acha que não vale a pena: "Algum dia, ao menos por um instante, ela já pôde encantar a cada um de nós com um gesto indolente de uma de suas *jeunes filles* perdida em um mundo rosa e azul esmaecido, essas cores suavemente lésbicas". Na opinião desse afiado amante e conhecedor das artes visuais, assunto de muitíssimos escritos seus vida afora, Marie Laurencin nunca fez nada "a não ser raros retratos e umas naturezas-mortas de um decorativo bonitinho". Ele sabia que entre pintores "há bem um lugar para essa fabricante de licores adocicados e finos". Além disso, concedeu, por irrelevante que fosse, se ela não existisse "nosso tempo ficaria mais feio".

***

Rachel de Queiroz foi outra que em mais de uma ocasião cronicou a propósito de figuras conhecidas. Uma delas, o jurista Clóvis Beviláqua (1859-1944), que, tendo sido "sábio" e "talvez santo", fez por merecer entrada no panteão dos brasileiros excepcionais. Em tom menos ribombante, ele viveu um episódio pouco conhecido que sua coestaduana Rachel desenterrou na crônica intitulada "Clóvis". Membro fundador da Academia Brasileira de Letras, em 1931 quis que também sua mulher, Amélia Carolina de Freitas Beviláqua, tivesse ali uma cadeira. Não se tratava de pretensão absurda: Amélia era escritora de verdade, com obra numerosa e apreciada. A iniciativa do cônjuge empacou no entendimento restritivo que a maioria de seus pares deu ao substantivo masculino "brasileiros" constante no regulamento da casa. Sentindo-se como que apunhalado pelos confrades, o marido decidiu nunca mais pôr os pés na Academia, cujas normas, para seu desgosto adicional, não admitem renúncia: sair da ABL, só por motivo de falecimento.

Ah, sim, uma curiosidade: em 4 de agosto de 1977, mais de quatro décadas depois, Rachel de Queiroz conquistará aquilo que a colega Amélia não conseguiu em 1931, tornando-se a primeira mulher a ser admitida no impermeável Clube do Bolinha que por oitenta anos foi a Academia Brasileira de Letras.

Retratos vivos

Lá está ela, metida num vestido preto de mulher antiga, junto ao guichê de uma casa de câmbio, de onde saem maços e maços de dinheiro. Você passou pelo título, "A velha", e acredita estar diante de mais uma personagem que o maior de nossos cronistas vai retratar com inimitável combinação de delicadeza e força.

Será? Dois moços, jornalistas "sem um tostão no bolso, desanimados e calados", repararam nela — e vão roubar a cena. O jovem Rubem Braga (sim, é uma história acontecida) e o amigo Zico a veem sair para a rua com sua bolsa estufada, e, sem uma palavra, se põem a segui-la por um cenário deserto, tão deserto que teria bastado um gesto rápido para aplacar por um bom tempo os seus tormentos financeiros.

O grande excêntrico que o cronista mineiro Jurandir Ferreira achou na vida real não conseguiria imaginar uma existência em que não estivesse ocupado o tempo todo. Não espanta que, ao se casar, tenha instalado o lar na sua oficina de seleiro. Foi feliz na condição de marido e pai, porém jamais abriu mão de "sua maior excentricidade", um "aferrado e absoluto amor ao trabalho". Um chato, um workaholic? Sabe que não? Havia nele, depõe Jurandir Ferreira, uma "alegria de homem livre", e assim viveu até o fim. A morte, quando veio, "lhe deve ter custado enormemente", supõe o cronista — não tanto porque era a morte, mas por ser o descanso que ele jamais se permitiu.

Poderia estar falando desse camarada o nosso Braga, numa crônica dedicada ao amigo Alberto de Castro Simões da Silva (1898-1986), o compositor Bororó, que certa vez ofereceu um prato de comida a um garoto pobre — e, coração mole, acabou sustentando não só o menino como seus irmãos, ao todo seis bocas famintas. Arranjou com isso um peso em sua vida? Que nada! "Bororó se diverte como um príncipe", atesta o cronista. "Ganhou uma batelada de netos e sorri feliz, o avô magnífico." Moral da história: "Os sujeitos bons não resolvem os males do mundo, mas são como a aragem que faz bem".

Mas voltemos a Jurandir Ferreira, exímio na arte de retratar tipos diferenciados. Como aquele homem sozinho que conheceu na infância e que, fascinado, nunca mais perdeu de vista. Em meio a uma família numerosa da cidade onde viveu, Poços de Caldas, no sul de Minas, chamou-lhe a atenção um menino magrinho, metido sempre em roupas escuras. "Seu mutismo e suas roupas", escreve Jurandir, "davam a impressão de que ele não era uma realidade, mas um menino desenhado, um menino feito a crayon." "Este é um teu irmão áptero", chegou a dizer o cronista a seu próprio anjo da guarda: também o garoto era um anjo, só lhe faltando as asas. No correr do tempo, ele se revelaria um inspirado escritor, de nome Ademaro Prezia.

Em outra ocasião, as antenas de Jurandir captaram alguém a quem chamou de "O gentil-homem Leopoldo Genofre". "Muito magrinho, de olhos e cabelos claros", exercia o ofício de guarda-livros no comércio da cidade, um século atrás. "O grande livro que escriturava na grande escrivaninha, molhando a pena a cada instante no grande tinteiro de tinta azul", haverá de se lembrar o cronista, era, para ele, "o máximo". Na cidade se sabia de seu parentesco com um remédio de farmácia", o "Específico Genofre", eficaz no combate à coqueluche.

Mas bem poucos estavam informados de que o homem, por detrás de seu recato e modéstia, pertencia a um ramo brasileiro de gentis-homens espanhóis.

Não é impossível que os cronistas de Minas Gerais, como Jurandir Ferreira, sejam particularmente dotados para garimpar interessantes figuras no cotidiano. A obra de Paulo Mendes Campos, em especial, é farta em personagens que em linguagem de hoje seriam rotulados como seres "fora da caixinha". Gente que nem o Jacinto, homem franzino e manso, figurinha popular que circulava pelo bairro Funcionários, em Belo Horizonte, onde o cronista se criou. Vivendo de biscates, não dava a mínima para a sua clamorosa pobreza: "Sorria beatífico, acima de todas as misérias". Até aquela madrugada (que não será a última em sua vida) na qual, embriagado, não se deu conta de um bonde que se aproximava, e, com ele, uma tragédia que lhe custaria uma das mãos.

Vivendo em Paris no final dos anos 1940, Paulo Mendes Campos conheceu ali um misterioso Pablo de voz rouca e "cabeleira alvoroçada", um tipo que, não sem bons motivos, "estava começando a ficar lendário em Saint-Germain-des-Prés". Uma de suas habilidades consistia em falar igualmente bem o português de Portugal e o do Brasil. Sem saber que o interlocutor era mineiro, usou com ele um autêntico carioquês. Dominava também o alemão, o inglês, o espanhol, o russo — e, feito raríssimo, "sem aquela sintaxe dura e correta dos poliglotas da gramática". De Pablo se dizia que escapara da polícia de Hitler, mas, também, que tinha pertencido à sinistra Gestapo. Seria ele agente do FBI ou sabotador soviético?

No Rio, o cronista divertiu-se com "Seu Lauro", por ele apresentado como "o maior mentiroso que conhecemos". Certa vez, a bordo de um navio, onde exercia as humildes funções de grumete, viu cair ao mar o seu relógio — nada menos, contava, que um Patek Philippe, exclusividade de pulsos endinheirados. Que fez ele? Saltou nas águas e de lá trouxe a joia. Detalhe: não sabia nadar. Não era só mentiroso, acumulava em si esquisitices diversas, entre as quais uma linguagem que "era uma deliciosa mistura de gírias com deformações prosódicas e pedantismos". Um simples "ato", para seu Lauro, tinha algo a mais, era um "acto".

Não chegava a tanto o Leonardo, boêmio antigo que, embora bem mais velho que Paulo Mendes Campos, entabulou com ele uma fluente camaradagem. Como boêmio, "era um clássico meticuloso". Mais que mero consumidor, na hora de comprar era um artista, nunca deixava de regatear — mas "não por sovinice": "O que lhe dava prazer era o trabalho técnico de comprar barato". Até nesse departamento, fazia "tudo por amor à técnica".

Não menos artista é o músico a quem Fernando Sabino dedica a divertida "Pó sustenido", sobre um pianista cujos dedos, ao tocarem "certas notas", faziam baixar do teto algo que só ele via, obrigando-o a interromper a execução. De nada lhe valeu uma internação em hospício. O problema só estará resolvido quando ele, exasperado, fizer as malas rumo a outra cidade, outro país, onde, mesmo tocando as tais notas, nenhum pó lhe caia na cabeça.

Para tudo há solução, parece crer o mesmo Sabino em "Dona Custódia", a respeito de um homem que, tendo contratado como arrumadeira uma senhora desse nome, não tardará a se dar conta de que acabou virando, em seu próprio apartamento, uma espécie de inquilino. Seria ele um bocó? Se assim for, encontrará consolo numa crônica em que Clarice Lispector enumera as vantagens de ser bobo. São 22, das quais aqui se adiantam três:

> "Aviso: não confundir bobos com burros."
> "Os espertos ganham dos outros. Em compensação os bobos ganham vida."
> "O bobo tem oportunidade de ver coisas que os espertos não veem."

Está vendo?

O chato, bom apenas como assunto

O chato faz muito calor. Foi Jayme Ovalle quem disse, e a observação tem validade universal, se aplica até aos esquimós, a tiritar em seus iglus, pois da chatice não há povo que escape. E haja leque e ar-condicionado para encarar essa deplorável porção da espécie humana, infelizmente numerosa, merecedora de um livro inteiro, o best-seller *Tratado geral dos chatos*, de Guilherme Figueiredo (1915-97). Difícil saber quem comprou mais, se os chatos ou não chatos. O problema é distinguir um do outro. Foi o que deu a entender Paulo Mendes Campos em "Tipos exemplares", sobre categorias variadas de gente aborrecida, azucrinante, aperreante, fastidiosa, importuna, maçadora, tediosa ou sacal, para citar apenas alguns dos 32 adjetivos para gente chata à disposição no dicionário *Houaiss*. Olha o que disse o Paulo, no afã de ser equitativo: "Damos o nome de chato ao indivíduo que produz um tipo de chateação diferente do nosso". Se assim é, resta a cada um de nós admitir humildemente a triste condição e tratar de minorar seus efeitos deletérios sobre o próximo. O consolo é saber que costuma render crônica divertida.

E pode ser útil. A citada "Tipos exemplares", por exemplo, nos ajudará a criar defesas contra, por exemplo, o chato *Nec plus ultra*, aquele que não deixa você contar vantagem: "Se vais a Paris no ano que vem, ele vai dar a volta ao mundo na próxima semana". Ou o *Ad usum*, pessoa que, em visita a um amigo, nunca deixa de exclamar: "Que apartamento simpático!". Para ela, "o menino 'já está um homem' e a menina 'já está uma moça'".

Craque na descrição de tipos, sejam eles malignos ou benignos, Paulo Mendes Campos foi certeiro em "A arte de ser infeliz", retrato de um chato quimicamente puro. Criatura que, "por princípio", toma banho frio, mesmo que seja inverno. Sabe o que é enfiteuse e pignoratício, e se refere à mulher como "esposa". É "o primeiro a saber que abriram e fecharam Fulano" e que "não há nada a fazer".

Tem tudo a ver com esse camarada o personagem de Antônio Maria em "O pior encontro casual". Deus, ou mesmo o Diabo, nos livre de topar com o "homem autobiográfico" — aquele que faz "a crônica de si mesmo", nela incluída a rotina de tomar bem cedo um "bom chuveiro". Frio, pode-se apostar. Em seguida, um café da manhã bem mais copioso do que o nosso. "Como são desprezíveis as pessoas que falam no 'bom chuveiro' ou tomam 'café reforçado'", esconjura o cronista. E não é só: o "homem autobiográfico" chama a mulher de "minha senhora" e enche o peito para anunciar: "À noite, eu sou da família!". Mais exatamente, "janta de pijama e deita no sofá com as crianças em cima".

Chatice insofismável, embora menos ostensiva, é a do sujeito com "cara gorda e mole de padre" a quem Rubem Braga dedica "Força de vontade". Para começar, não bebia, não fumava — impoluto, não tinha vício algum. Tampouco "esposa" ou "senhora", nem simplesmente "mulher". Quanto a sua conversa, bem, ele "falava com precisão" sobre assuntos empolgantes como "o custo de vida em São Paulo". Morava com os pais, que sustentava com o seu trabalho (talvez preferisse dizer "com o suor de seu rosto") — o que para ele significava a realização de três "ideais" na vida. Conquistou diploma universitário, não importando qual. Também o fez sentir-se vitorioso ter viajado para fora do Brasil — e com que economia de tempo e dinheiro: num só dia, pôs um pé no Paraguai e na Argentina. Cumpridas as três metas, como se sentiu o nosso homem? Ah, que falta pode nos fazer um ideal!

Menos desditoso é "CF, o 'Chato Felicidade'", tipo que José Carlos Oliveira nos apresenta. Nem precisava, você o conhece de sobra: "aquele cara que senta na sua mesa sem pedir licença e começa a falar de um assunto que não lhe interessa". Imagine o que isso significava para quem, como o Carlinhos, passava boa parte de seu tempo no boteco ou restaurante, e que inclusive para lá levava a sua máquina de escrever — à semelhança, aliás, do que fazia o Antônio Maria, que ia e vinha com a sua no automóvel, podendo a crônica nascer ali dentro mesmo, numa beira de calçada. Dureza, o CF, de quem naturalmente se recomenda manter distância, embora isso nem sempre seja possível. Provavelmente não funcionará mandá-lo àquela parte; mais vale irmos nós mesmos — com a condição, é claro, de que ele não nos acompanhe.

Fora de seus domínios, quer dizer, do botequim, Carlinhos Oliveira em mais de uma ocasião teve que aturar chatos motorizados, ao lado dos quais circulou pelas ruas na Zona Sul do Rio. De um deles quase todos nós já fomos vítimas: o taxista ensandecido para quem mão e contramão vêm a ser a mesma coisa. O cronista não ficou menos chocado no dia em que viajava com um conhecido pela avenida Atlântica, que, naquele começo de anos 1970, tinha sido alargada e ganhara uma segunda pista. Tudo maravilhoso, avaliou Carlinhos — mas não deveria haver umas passarelas para o ir e vir da praia? Já pensou o risco de atropelamento para um moleque praieiro de onze anos? "Menino é para ser atropelado mesmo", rosnou o tipo, embora pai de família, "culto, viajado, psicanalizado" — e foi adiante: "Não há nada mais chato do que menino na praia. Ele joga areia na gente, espadana na água e molha os cabelos da mulher da gente". A pá de cal: "Menino não tem nada que fazer na praia".

***

Seriam a chatice e a esquisitice mais encontradiças entre machos do que em fêmeas? Fique o tema para discussão em ringue apropriado — mas não se feche a conversa sem amostras de que nesse particular talvez exista certa igualdade entre os gêneros. Pois até para que um chato ou chata se dê bem numa relação, é indispensável que haja na outra ponta alguma compatibilidade. Mas haverá alguma chance de acasalamento para a personagem de Antônio Maria em "Descrição"? Avalie você: ela dorme com meias de homem e chama o amor "de maneira tão estranha que parecia não ter nascido dele". Bebida, só vinho do Porto, e desde que no cálice venha mergulhada uma gema de ovo. Dançar com homem, só se o par for o seu pai. Talvez se desse bem com outro personagem do Maria, "Adamastor — o estranho homem puro", para quem "homem que dança bem não tem caráter", visto que pessoa do sexo masculino "precisa dançar apenas direitinho". A que "todo bom orador é, no fundo, mau pai de família". Mais? "Sai da sala onde há homem de pernas cruzadas e lhes aparece (entre a calça e a meia) os cabelos da canela."

E há, por fim, a mal viajada, de quem Antônio Maria faz um retrato impiedoso. Tão onipresente que nesse particular foi superada apenas por Deus — e olhe lá, pois parece ter havido casos em que ela "chegou cinco minutos antes do Criador". Para explicá-la, só mesmo "uma infância marcada por traumas e mais traumas", e aqui o cronista arrisca uma explicação: trata-se, quase sempre, de "menina que viu o pai no banheiro com a porta aberta". O fato é que a mal viajada "nunca está sentada à mesa de bar, de restaurante ou de jogo sem que seu pezinho não esteja em cima ou embaixo do sapato de um dos presentes. Homem, de preferência". Usa perfume de cinco em cinco minutos. Faltam seis meses para a viagem e ela já atormenta os circunstantes: que roupa devo levar? Na volta — sim, a criatura volta... —, chega com fanfarronices do tipo "descobrimos um bistrozinho na Rive Gauche que é um amor".

Amor à prova d'água
& outros drinques

Quem sabe você se lembra da história, contada numa das curvas deste livro. Às voltas com uma crônica que precisa escrever, mas que reluta em descer ao papel, Rubem Braga caminha à noite sob a chuva, e, antes de buscar abrigo no café da esquina, repara no casal que namora na calçada, indiferente ao aguaceiro. A crônica, que dali a pouco finalmente vai brotar, será devedora dos amantes empapados de ternura e chuva, mas de outro par também — as duas bagaceiras que o cronista sorveu para melhor saborear aquele amor à prova d'água.

Em "Uma conversa de bar", o Braga é mais que simples observador. Lá está com a moça, os dois envoltos numa penumbra que é também da alma, pois sobre ambos paira uma certeza não enunciada, porém dura, mais que isso, inapelável. Tão penosa que, à falta de palavras, Rubem se entrega ao "hábito brasileiro" de fazer girar o gelo do uísque com o dedo indicador. Ela ralha com ele, por beber depressa demais e pelo bigode que ficou "horrível". Mais que depressa, ele apanha a deixa e lhe faz uma proposta, capaz de provocar talvez mais do que um sorriso.

Rubem Braga é "um homem sozinho, numa noite quieta", em "Fim de ano". Nem tão sozinho assim, pois em sua "confortável melancolia" tem a companhia de um uísque de raça, presente de um amigo. É 24 de dezembro, e considera "sem saudade nem mágoa" o ano que se vai, e, numa noitada que apenas principia, bebe "gravemente em honra de muitas pessoas".

Não há registro de que Rachel de Queiroz tenha sido, como o Braga, uma contumaz consumidora de bebida alcoólica — mas intimidade com o assunto não lhe faltava, a julgar pela crônica em que descreve variados tipos de bêbedos com os quais topou numa noite de sábado. Entre eles, um camarada que, no bonde, vai tagarelando num constrangedor "inglês de cais do porto". Outro, "nem gosta tanto de beber" — se o faz, é apenas para exercer o seu direito à embriaguez. Há um bêbedo viúvo que "ninguém sabe se chora e bebe porque não pode com as saudades da defunta ou se bebe e chora porque a defunta não pode mais com ele". O "lírico", por sua vez, destituído de violão & afinação, ainda assim se põe a "ganir" uma serenata à porta da amada. E tem o bêbedo suicida, "que já quis se matar 11 vezes", sem êxito, pois "se embriaga tão depressa que quando se lembra de morrer não acha uma farmácia aberta para comprar o formicida".

Poderia entrar na lista de Rachel o Justino Antônio — lembra dele? —, mendigo original que João do Rio tinha na conta de "particular amigo", "homem considerável, sutil e sórdido", e que, ao falecer, mereceu crônica. Original, entre outros motivos, porque só se embriagava às quintas-feiras, assim como só fumava às terças e domingos. Não pedia nada — sumariamente cobrava o que a sociedade lhe devia, sem jamais agradecer: se alguém lhe dava alguma coisa, por generosidade é que não era, e sim por obrigação.

O petulante Justino de João do Rio era bem o avesso dos mendigos que Otto Lara Resende evoca em "Nossa rica virtude". O cronista relembra o "tempo em que um pobre passava na porta da sua casa e, bem-educado, tocava a campainha" e, "com uma lata na mão, pedia um resto de comida, pelo amor de Deus". Tratava-se de "um rito civilizado" em que "a gente até conhecia o pobre de vista e de nome. Freguês pontual, procurava não incomodar". Seu bom comportamento propiciava, a ricos e remediados, o exercício da caridade. Mas ai dele se "cheirasse a álcool": "perdia ponto e até a comida, se logo não se corrigisse". Quanto a ele, Otto, como já contou aqui, terá pela primeira vez "cheirado a álcool" aos quinze anos, quando um cupincha dois meses mais velho lhe apresentou o néctar escocês contido numa garrafa de White Horse. É o que ele conta em "O jovem poeta setentão", homenagem ao camarada Paulo Mendes Campos, falecido meses antes de chegar a essa idade.

Trinta anos depois daquela peraltice etílica, ocorrida em São João del-Rei, onde ele e Otto eram estudantes, à beira dos 45 Paulo Mendes Campos vai se declarar, em matéria de bebidas, "um homem derramado", "entornado", "esvaziado de seu conteúdo", a caminho da "perfeição do vazio". É banhado por esse estado de espírito que nos dá mais uma crônica magnífica, próxima do poema em prosa, "Réquiem para os bares mortos", em louvor de legendárias casas cariocas de que foi frequentador e que, agora extintas, têm para ele o condão de "coagular o tempo".

Autoridade no assunto, Paulo está em condições de dissertar sobre os dois tipos de "bebedores" — o pau-d'água e o bom-copo. E quem disse que este último tem a vida mansa? A realidade do bom-copo, nos faz ver o cronista, é semelhante à do sujeito que, sendo um ás do violão, se vê condenado a se exibir, mesmo quando não queira, em aniversários, batizados, casamentos, "tudo", e ali, além de tocar, "sorrir, cantar, repetir, ficar". Nunca o bom-copo tem sossego, pois dele não se admite que tome um pileque, que o igualaria a um reles pau-d'água.

Mas até ao melhor dos bebedores acontece às vezes de passar da conta. Nesse caso, o jeito é embarcar no sábio roteiro que Paulo Mendes Campos propõe em "Bom dia, ressaca", com instruções terapêuticas que incluem, no final do dia pós-pileque, "um chope bem tirado".

Antônio Maria era outro que tinha lá sua receita para rebater excessos alcoólicos: orações a Santo Antônio, desfiadas à beira da cama do patrão pela Edith, sua cozinheira e "diretora espiritual". Certa vez, numa reunião em casa de amigos, bebeu além da conta, pois fazia frio. Se não fizesse, beberia igual, porque aquele "Dia do Papai" autorizava copiosos goles, não só por ter posto no mundo a Maria Rita e o Antônio Filho, mas também para homenagear "todos os órfãos permanentes e temporários da vida". Com tais motivações, o cronista enxugou uma garrafa. No dia seguinte, "nada de dor de cabeça, boca amarga, pés inchados": sua ressaca se traduzia não em dores, mas num "profundo estado de culpa". Sente-se culpado, para começar, "por haver enfeado" o corpo de sua mãe durante os meses em que foi gestado — para não falar nas dores que causou a ela na hora do parto: "Fui a criança que mais doeu na família", penitencia-se Antônio Maria.

Seu conhecido bom humor não comparece na "Canção de homens e mulheres lamentáveis". Ali, não tem ânimo sequer para se transformar num "homem banal" — aquele que "se encharca de álcool para apregoar a desdita". O que facilitaria as coisas, ironiza: embriagado, promoveria um bafafá ao cabo do qual se transformaria em notícia — "Preso o alcoólatra quando injuriava e agredia a Família Brasileira, na pessoa de um sócio do Country [Clube]". Seis dias depois, o cronista foi notícia sem chegar a tanto, na madrugada em que um infarto o fulminou na porta de uma boate em Copacabana.

Doses de boa prosa

Se nos outros meses do ano a gente não precisa de pretexto para brindar a alguma coisa, ou mesmo a coisa alguma, que dirá em dezembro, quadra do ano em que tudo nos incita, convoca e até obriga a um festivo encher & esvaziar de taças e de copos? Não terá sido diferente o panorama para os cronistas de que se fala neste livro: nele, até onde a vista alcança, o destino não escalou aqui um só abstêmio. Vários de nossos craques destilaram (ou fermentaram) crônicas sobre a bebida — e nenhum deles para condená-la.

Ao contrário. Rubem Braga dedicou toda uma coluna, "Cachaça", a denunciar o que lhe pareceu "sinistro plano de subversão nacional": um projeto do deputado paulista Paulo Abreu, no início dos anos 1950, para simplesmente pôr fora da lei a cachaça. O cronista reagiu com veemência federal: "Que o deputado invente outro jeito de salvar o Brasil". A bebida em questão não ficaria de fora de uma pequena crônica, "Momentos", em que o Braga enumera "lembranças dos momentos de conforto físico, de felicidade animal tão perfeita que chegam a produzir uma espécie de lirismo sem endereço". Mais tarde, ao escrever "Um sonho de simplicidade", ele haverá de detalhar o que em "Momentos" fora dito en passant — e reconstituirá a noite fria em que, em cafundós amazônicos, um morador local lhe proporcionou rede, peixe e cachaça. "Que restaurante ou boate me deu o prazer que tive na choupana daquele velho caboclo do Acre?", se pergunta o Braga, tantos anos depois.

Como seu confrade capixaba, mas em tom mineiro, Otto Lara Resende saiu em defesa da bebida, no caso por considerar descabida a lei que proíbe a sua venda em dia de eleição: em "Os bons espíritos", ele não vê incompatibilidade entre o "copo competente" e o "espírito público". Em "Festinha de aniversário", a propósito dos 42 anos do então presidente Collor, deixou claro: "Também gosto de um uísque".

Numa composição poética (ainda que em prosa), "Balada de Luís Jardim", Paulo Mendes Campos fez um verdadeiro manifesto em favor do álcool, a ser bebido como recurso para amolecer os males da alma. "Não utilize o suicídio", recomenda, "Use o álcool." E insiste: "Não se mate de amor: beba de amor". Em "Um homenzinho na ventania" (que, sem o artigo, daria título a uma de suas primeiras coletâneas de crônicas), Paulo acompanha por muitas horas os passos cada vez mais trôpegos de um cidadão "pacato e triste", "casado com mulher fiel e feia", o qual, por ser o dia dos seus quarenta anos, excepcionalmente se embriaga, num devastador porre solo. De bar em bar, ele arrosta "a arruaça do vento" que naquele dia descabela as ruas do Rio de Janeiro.

Bem mais que melancólica é a noitada belo-horizontina de outro infeliz — "Chamava-se Jacinto" —, também ele às voltas com um "vento mau". Haverá de terminar, com irremediável desconsolo de menino triste, prostrado sob um "céu estrelado e duro como um céu pintado".

Com mão de romancista, Rachel de Queiroz traça em "Tragédia de casamento" a história do amor que juntou moço "forte, grosso, simpático" e moça "magrinha e carinhosa" num idílio que não tardará a descarrilhar, de vez que "ele ia dando para beber e ela ia dando para engordar", em ritmo de "um copo a mais hoje, meio quilo a mais amanhã".

Aproveite o embalo para ler também, como bem-vinda saideira, "Era um homem muito bom", de Antônio Maria, em que "uma mulher pequena" se empenha numa tarefa acima de suas forças físicas, mas não de seu amor esfomeado, a de tanger até a sua casa "um bêbado grande" a balbuciar o nome de outra.

Rituais e falas de dezembro

Uns mais, outros menos, cada mês nos reserva agendas — nenhuma delas mais imperiosa que a de dezembro. A contragosto ou de coração, quase não há quem não embarque ou se deixe embarcar no turbilhão inescapável de encontros, confraternizações, reconciliações, compras, festas, excessos de copo & garfo, tudo isso temperado com balanços de vida e formulação de planos para o ano que virá no tobogã do réveillon.

Vividos ou enunciados, haverá excesso, também, de clichês e frases feitas sazonais. Se não há como fugir, por que não assumir, como se fosse livre escolha, o vagalhão de lugares-comuns que o calendário dezembrino nos impõe, sejam eles concretos como o pinheirinho pejado de bolas, sejam imateriais como os votos de Feliz Natal e próspero Ano-Novo, formulações para as quais, de tão repetidas, deveria haver uma tecla específica no computador?

Sim, assumir gostosamente os rituais e as falas desse mês vertiginoso de celebrações, arremates e enunciação de propósitos — se possível, com leveza e graça, à maneira do grande Antônio Maria em "Frases de dezembro", crônica de 1959 que a passagem do tempo não banhou em sépia.

Na verdade, há mais regalos literários ao pé da árvore — e, se der vontade (dará!) de desembrulhar mais alguns, que sejam, do mesmo Maria, agora intimista, docemente melancólico, a “Canção de fim de ano”, cuja leitura não precisa esperar pelo último dia de dezembro; de Rachel de Queiroz, “Presente de Natal”; e, de Paulo Mendes Campos, “Os reis magos”.

Inventários & sonhos

Fim de ano é ocasião de olhar para trás e adiante, num imaginário giro de cabeça em que avaliamos os últimos doze meses e rascunhamos sonhos para os que virão. Não haveria de ser diferente com os cronistas, que têm de acréscimo a obrigação de compor um palmo de prosa para bem fechar o calendário.

Foi assim com Rachel de Queiroz, que em "Adeus, 1947" só faltou dizer "já vai tarde!" ao exercício que findava. "Alegrias de ano-novo são modos de esconder tristezas de ano-velho", começou dizendo. Tristezas, de fato, foi o que a seu ver não faltou nos doze meses de 1947, nos quais bem pouca coisa haveria a comemorar.

Dois anos depois do fim da ditadura do Estado Novo, minguara a "lua de mel democrática". Nenhum problema fora desde então resolvido, avaliou Rachel, enumerando decepções cívicas. "O petróleo continua a encher apenas as colunas da imprensa. Nem mesmo o drama da água do Distrito Federal foi resolvido — como não o foi o metrô — nem chegou a desenlace a famosa novela do estádio." A cronista se referia à construção do Maracanã, que não seria iniciada antes de agosto de 1948, para estar concluída em junho de 1950, às vésperas da Copa do Mundo que perdemos para os uruguaios.

Em 1947, encerrou Rachel, "nem mesmo poderemos dizer que o sol nasceu e se pôs regularmente — pois houve o intervalo do eclipse". Acontecimento, aliás, de que seu colega

Otto Lara Resende se ocupará décadas mais tarde, ao relembrar, em "O outro foi melhor", o fenômeno que lhe tocou cobrir, no interior de Minas, para um jornal carioca, e ao cabo do qual, voltando para o Rio num avião militar americano, sofreu acidente que lhe custou uma cabeça quebrada, episódio já mencionado neste livro.

"Alegrias e desastres, está tudo escrito", escreveu Otto em "O futuro pelas costas", crônica de 26 de dezembro de 1991, a propósito de outra coisa, a astrologia, e acrescentou: "Desastre, aliás, quer dizer fora da rota dos astros. Má estrela, infortúnio. [...] Fantástica reserva de fé tem o ser humano. Quer acreditar e acredita".

Não era, ainda, seu balanço daquele ano, publicado dois dias mais tarde. "De uns tempos para cá, decepção após decepção, entramos numa fossa de amargar", registrou Otto em "Sim ao sonho". Nem por isso perdera as esperanças: "O futuro não nos foi proibido, e não se esgotaram a energia e a luz que nele residem. A vida é fecunda, inventiva e imprevisível".

Serenidade, ceticismo — e paciência...

Como tantos de nós, Rubem Braga decididamente não morria de entusiasmo pelas festas de final de ano, quando menos por aquilo que elas costumam ter de alegria compulsória. Na sua deliciosa rabugice, ele se permitia, em tais ocasiões, externar — por escrito, inclusive — uma cota de antipatia pelo inelutável vagalhão festeiro que a todos ameaça arrastar quando dezembro vai chegando ao fim.

Em "O menino", por exemplo, de 1952, o cronista admitiu que, para ele e demais "inquietos" e "desorganizados", as festas de Natal e Ano-Novo, longe de serem um prazer, acabam sendo "mais uma providência a tomar". Na mesma ocasião, classificou de "louco" o fato de "receber votos de feliz Natal e grandioso Ano-Bom" da parte não de gente de carne e osso, mas de impessoais pessoas jurídicas. Não surpreende, assim, que em "Fim de ano" ele abra mão de confraternizações para estar "sozinho, numa confortável melancolia, na casa quieta e cômoda". Antes disso, em "1951", admitiu que pouco mais fizera "do que envelhecer", naquele ano em que andou abusando da alma e do fígado. Em todo caso, anunciou disposição para encarar "de cabeça erguida e copo na mão" o que iria começar.

Rachel de Queiroz vai pela mesma picada quando, em "Ano mau", recomenda ao leitor abordar os próximos 365 dias com "um otimismo ingênuo", além de alguma "serenidade e ceticismo". Noutro fecho de dezembro, ela se mostra ainda menos confiante: "Não me atrevo a pedir venturas nem prosperidades", escreve em "Um ano de menos" — e resume suas expectativas: "Peço apenas uma coisa: paciência".

Rachel não estará mais animada em "Remate de ano", ao constatar que o declinante 1955 deixara "muitas angústias, mormente angústias cívicas" nos brasileiros que, "noite após noite", estiveram "agarrados ao rádio, escutando e conjeturando". Aquele foi, de fato, um ano conturbado num país que fecharia dezembro contabilizando nada menos de três presidentes da República (Café Filho, Carlos Luz e Nereu Ramos). No momento em que escreveu essa crônica, que seria publicada na revista *O Cruzeiro* em 12 de novembro de 1955, Rachel não poderia saber que no dia 11 um "contragolpe preventivo" viria desarmar uma tentativa palaciana de direita para impedir a posse do presidente eleito Juscelino Kubitschek. Por pouco 1964 não aconteceu em 1955.

Otto Lara Resende, que se saiba, não chegou a formular por escrito algum propósito para um ano novo. Mas foi num final de dezembro que, passando férias em Angra dos Reis, ele de repente se deu conta de uma prosaica novidade não programada em sua vida: pela primeira vez, conta em "Outra fachada", deixara de fazer a barba — a qual, alvíssima, haveria de prosperar até julho, quando, a pedido da mãe e da filha caçula, foi posta abaixo pela navalha.

Se não fez planos, em duas oportunidades Otto refletiu sobre o que de ilusório pode haver nas juras e promessas de fim de ano. "O sentimento convencional assinalado no calendário", observou ele em "O mundo precisa de gente feliz", "tende a se esvaziar e vem a ser apenas convenção." Nos primeiros dias do ano que seria o último de sua vida, deixou em

"É proibido sonhar a bordo de 1992" um desalentado esforço de esperança: "A despeito de todo pessimismo, abre-se por um momento diante de nós um arco que, partindo a realidade, só tem compromisso com a fantasia".

Não muito diferente, aliás, do que escreveu Antônio Maria na nunca assaz citada "Canção de fim de ano", digna de revisita em qualquer estação ou mês. Depois de pingar reflexões banhadas em melancolia, o cronista pernambucano assim arrematou esse belo palmo de prosa, datado de meados de dezembro de 1956: "É esta uma simples canção de fim de ano. Escrevi-a, confessando-me e comprometendo-me em cada uma das minhas pequenas descobertas. Se não atingi, rondei mais das vezes a insolente verdade dos homens e das coisas".

Começar tudo outra vez

A não ser uns poucos de nós, não há quem não tenha o coração invadido por variável grau de solenidade e emoção ao ver aproximar-se o instante em que o ano envelhecido cederá lugar a um novo, cuja virgindade haverá de autorizar apostas e esperanças. Em relação ao que se foi, com suas rugas de tristeza ou mesmo de felicidade, balanços fatalmente vão se impor.

Balanços amargos, muitas vezes, destes que, virado o calendário, nos dão vontade de dizer: "No ano felizmente passado...". Sabia disso José Carlos Oliveira ao escrever "Notas negras", ainda sob o peso de sombrio réveillon: "A minha solidão está ardendo como pimenta". "Chorando de saudade do futuro", talvez pedisse, com redobrada ênfase, "uma crença, uma esperança." Mas poderia também, quem sabe, mostrar-se menos deprimido, como acontece em "Mensagem de Natal", na qual, não sendo animador o panorama, ele nos propõe "começar tudo outra vez", "viver novamente como se fora uma novidade".

Rachel de Queiroz, mais pé no chão, em diversas ocasiões ocupou com balanços do ano a sua página na revista *O Cruzeiro*. Em "No ano da graça de 46", voltou os olhos para o "incrível 1945" que ficara para trás, marcado como poucos por grandes acontecimentos, entre eles a estreia da bomba atômica, o fim da Segunda Guerra e, no Brasil, a volta dos pracinhas, a anistia arrancada ao ditador Getúlio Vargas, a derrocada do Estado Novo e, tanto tempo depois, eleições. Mas Rachel, nesses balanços, quase sempre se mostrava amarga. A revisão que fez de 1957 em "Ano-velho, ano-novo" lhe pareceu caber em três palavras: "foi tudo péssimo". Outras três resumiriam seu estado de espírito quanto ao 1958 que começava: "Não esperemos melhoras". Em "Meditações de janeiro", escrita nos primeiros dias de 1959, ao arrolar o que via de mais auspicioso, registrou notícias vindas do exterior, como "a vitória de Fidel Castro enxotando o repulsivo sargentão Batista".

Mais divertido foi Paulo Mendes Campos quando serviu ao leitor, em três finais de ano, na década de 1950, seletas de pérolas que havia publicado nos últimos doze meses em sua coluna no *Diário Carioca*, todas — uma boa meia dúzia — tendo "Balanço" como título. Uma delas, "Balanço - 1", recupera bilhete deixado num restaurante ordinário do Leblon: "Em matéria de comida só não há falta de cabelo". Em outra, Paulo garimpou num guia americano para o amor: "Bastam duas pessoas para discretamente trocar um beijo; mais gente atrapalha a festa" ("Balanço - 4"). Pinçou também este argumento de um amante das touradas: "Um verdadeiro touro prefere morrer combatendo do que anonimamente num matadouro" ("Balanço - 5").

O mês de dezembro de 1991 pegou Otto Lara Resende malestarento (ele adorava esta palavra inventada por Mário de Andrade): às voltas com uma gripe "que obtura a minha sensibilidade", em "Bula do egoísmo gripal" ele fala de um Brasil que lhe parecia sitiado "por toda sorte de mazelas", entre elas o vibrião colérico que ameaçava apossar-se do Rio de Janeiro.

Duas semanas mais tarde, em "A graça de esquecer", Otto já não fala daquela macacoa que o atormentara, mas nem por isso se mostra mais animado. Visto em retrospecto, aquele ano de 1991 — que aliás seria o penúltimo de sua vida — grande coisa não lhe terá parecido, tanto que o cronista nos propõe "um critério seletivo" de esquecimento. Afinal, argumenta, "a vida seria insuportável se nos lembrássemos de tudo que nos aconteceu". Diante disso, "esquecer é uma operação tão essencial à vida como lembrar". Uma vez mais, Otto Lara Resende cuida de reforçar com luz alheia a sua própria sabedoria, e desencava um livrinho escrito em francês (*Pensées détachées et souvenirs* [Pensamentos soltos e lembranças], de 1906), no qual Joaquim Nabuco sugere acrescentar-se ao hagiológio cristão uma Notre-Dame de l'Oubli, Nossa Senhora do Esquecimento.

Agnóstico de carteirinha, ainda assim é possível que Rubem Braga aceitasse abrir exceção para a entidade proposta por Nabuco — ao menos, quem sabe, como lenitivo para a melancolia que impregna suas crônicas de fim de ano. Numa delas, o Braga está numa festa, mas encontra mais interesse na contemplação do que se passa na sala de um apartamento em frente, onde as pessoas, lê-se no delicado texto de "Janela", "não pareciam gente, mas brinquedo de gente, um ingênuo presepe civil".

No delicioso "A companhia dos amigos", depois de nos contar as peripécias futebolísticas na praia de Copacabana, das quais participaram escritores e artistas, inclusive ele, na qualidade de "beque" (como então se chamava um zagueiro), Rubem anuncia réveillon na casa de um daqueles improváveis atletas, Vinicius de Moraes, e antevê uma noitada em que, malgrado a companhia de gente querida, ele estará melancólico ou bêbado, mais provavelmente uma coisa e outra. Com que outro ânimo poderia estar quem se dá conta de que "ultimamente têm passado muitos anos"? O que pode ser até alentador, diante de situações ruins que deem a impressão de eternizar-se. Nas breves linhas de "Passa", o cronista nos recomenda não desesperar: "De um modo ou de outro, com a minha longa experiência, tenho a impressão de que no fim do corrente mês de dezembro o ano passa".

Que nos sirva também outra receita do Braga, esta em "Votos para o Ano-Novo", em que ele deseja a todos nós "muitas virtudes e boas ações e alguns pecados agradáveis, excitantes, discretos e, principalmente, bem-sucedidos".

Assunto, assuntinho & assuntão

Se tudo pode dar crônica, dependendo, é claro, das artes de quem a escreva, por que o rol de temas não incluiria a palavra, logo ela, instrumento e matéria-prima dos escribas? E não venham dizer que tomá-la como tema seria recurso de autor em crise de falta de assunto. Palavra é assunto, e como!

Sempre foi, aliás. Penso aqui, para começo de conversa, em Machado de Assis, um dos pioneiros do gênero entre nós. Em 1877, o Bruxo do Cosme Velho deliciou seus leitores — e segue deliciando os que vieram depois — com três crônicas em que zombou da xenofobia vocabular do professor Antônio de Castro Lopes (1827-1901). Hoje esquecido, esse xiita do idioma se arrepiava inteiro à simples ideia do contágio do português por palavras provenientes de outras línguas, a francesa em especial. Gastava seus miolos na produção de alternativas nacionais para os execrados galicismos. Em lugar de "abajur", por exemplo, sua criatividade acendeu um "lucivelo". No que dependesse do autor de *Neologismos indispensáveis e barbarismos dispensáveis*, livro que veio a publicar em 1889, anúncio seria "preconício". Nada de turista: "ludâmbulo". Que nenhum brasileiro enrolasse no pescoço um cachecol, e sim um "focale". E jamais encarapitasse no nariz um pincenê, aportuguesamento do francês "pince-nez", aqueles óculos sem hastes para os quais se propunha agora o neologismo "nasóculos". Só não se pode dizer que o ruminol (= avalanche) de invencionices de Castro Lopes se escoou sem deixar traço porque dele se salvaram palavras como "cardápio" e, para quem acha piquenique vulgar, "convescote".

Mais de um século depois, em 1992, a propósito de novidades como "lobista", Otto Lara Resende, em "Palavras inventadas", exumou "cinesíforo", proposta de Castro Lopes para guinchar de nossa língua o francês "chauffeur", ainda que nacionalizado para "chofer". Se escapamos de semelhante bizarria foi graças ao beletrista pernambucano Medeiros e Albuquerque (1867-1934), o inventor de "motorista".

Sem incidir jamais nos delírios lexicais do professor, o cronista mineiro — aquele que, disparado, mais escreveu sobre questões da língua — nos serve, em "Escanção e luas", uma dose de discreto inconformismo ante o fato de que no Brasil não "pegou" o correspondente lusitano para o francês *sommelier*. Vá alguém, ao escolher o vinho em restaurante brasileiro, pedir a assessoria do escanção, como se faz em tasca lisboeta. Ainda nessa crônica, a propósito de uma foto de jornal — uma garota sem sutiã, com uma consigna política inscrita entre as duas "luas" e endereçada ao ainda presidente Collor, "Cai fora, Fernandinho" —, Otto faz uma pergunta que segue sem resposta: como se diz "topless" em português?

O cronista andava, àquela altura, preocupado com o que chamou de "poluição da língua", alimentada por multidões com "a boca cheia de cacoetes e modismos". Estava para começar, no Rio, a Eco-92, conferência mundial em torno de questões ambientais, e o cronista sugeriu, em "Nós, os poluidores", que se encarregasse os congressistas de cuidar também da limpeza "do nosso instrumento de comunicação". O que lhe dava "nos nervos" era "essa mania de incorporar à fala o primeiro bestialógico que aparece". Horrores como "colocar" em vez de simplesmente "pôr".

Outra praga que lhe enchia a alma de brotoejas: "a nível de". Hoje, se estivesse vivo, já estaria morto de tanto ouvir a onipresente "narrativa". Em "Teimosia boba", ele reclamou da mania de usar o gentílico "norte-americano" em vez de "americano". "É um assuntinho, sei que é", concedeu. "Mas é também um desperdício, sobre ser uma bobagem", já que "as cinco letras de 'norte' mais o hífen somam seis sinais." Detalhe: Otto escrevia na *Folha de S.Paulo*, cujo manual não dispensava o uso de "norte". Para constar: nessa crônica de protesto, "norte-americano" comparece sete vezes, o que significa o dispêndio de 42 sinais, mais de meia linha das laudas de então...

Otto não gostava tampouco daquilo que mais adiante veio a se chamar de "politicamente correto". "Palavras que ofendem", já foi contado aqui, se inspirou no noticiário de protestos de indígenas norte-americanos, os "peles-vermelhas", contra a denominação de um grande clube de futebol americano, literalmente os Redskins. Otto não viveu para ver a agremiação, 28 anos mais tarde, ser rebatizada Washington Football Team. "Se a moda pega", imaginou, "daqui a pouco se levanta uma voz contra chamar de rubro-negro a um torcedor do Flamengo", uma vez que "a palavra pode ofender ao mesmo tempo índios e negros". Os chineses poderiam protestar junto ao Itamaraty contra o nome que se dá no Brasil à febre amarela. "Ninguém escapa", concluiu Otto. "Palavras e expressões em todas as línguas escondem silenciosos rancores."

Nada a fazer, também, contra uma fatalidade idiomática que mereceu dele toda uma crônica, "Problemão sem solução": o ditongo nasal "ão", exclusividade da língua portuguesa. Tente um estrangeiro pronunciá-lo! Além do mais, é rima "paupérrima". Como lhe veio esse assuntão? É que para a nossa Constituição estava então em cogitação um "emendão".

Entre Machado de Assis e Otto Lara Resende, Lima Barreto foi outro que se ocupou dos neologismos, e a um deles dedicou "No 'mafuá' dos padres", em 1919. Irônico, começou dizendo que não tinha a pretensão de contribuir para um dicionário de brasileirismos da Academia Brasileira de Letras, e que apenas passava adiante uma palavra que tinha ouvido no Engenho de Dentro, "mafuá", "umas barraquinhas que os padres tinham feito lá", e às quais não faltavam "moças mais ou menos decotadas". Justificou: "O que aprendo ensino".

Quatro anos antes, em "Exemplo a imitar", Lima Barreto reagira com simpatia à ideia de que os vereadores do Rio adotassem o que já era lei em São Paulo e Belo Horizonte: a obrigação de empregar "língua vernácula" em placas e anúncios. Mas pôs em dúvida a viabilidade de fiscalizar escritos numa língua "tão indisciplinada". Valeria a pena recorrer a uma comissão de gramáticos, "uma espécie de gente que não se entende"? Agora cético, profetizou: "Estou a ver uma barulharia infernal só por causa de uma inovante postura municipal". (Cabe a pergunta: como os fiscais veriam palavras como "barulharia" e "inovante", de sentido claro mas ainda ausentes do *Houaiss* e do *Aurélio*, nossos maiores dicionários?)

Em "Médicos e gramáticos", publicada dez dias após a morte do cronista, em novembro de 1922, Lima Barreto ironizou os médicos, que "dão em gramáticos", pois falam e escrevem numa "língua arcaica". Já os gramáticos não gostaram de ver sua seara invadida pelos "esculápios" — e retrucaram implantando nos jornais consultórios gratuitos para leitores com dúvidas de ordem ortográfica e gramatical. Fizeram mais: dedicaram-se também a estudar peculiaridades do linguajar do povo em diferentes regiões do país, o que, segundo o cronista, permitiria a um gaúcho ou acreano tornar-se "carioca da gema" em apenas quinze dias.

***

Se Otto Lara Resende lamentou, em “Se mais houvesse”, o desaparecimento das antologias literárias, que aos jovens de sua geração haviam permitido “beliscar” um pouco de tudo, de cada “prato” tirando “uma provinha”, o confrade Rubem Braga se mostrou pouco saudoso de seus tempos de colégio. “Que ficou daquela assombrosa montoeira de noções que os pacientes professores tentaram meter na minha cabeça?”, indagou ele na já mencionada “Ensino”, deplorando que o projeto pedagógico seguisse sendo o mesmo no início dos anos 1950. Melhor seria baixar a bola, para que os alunos dos colégios, tentando “aprender menos”, ficassem “menos ignorantes”. Em 1953, informado de que vinha aí uma reforma do curso secundário — que se compunha então de quatro anos de ginásio e três de clássico ou científico —, o Braga pediu que se livrassem os ginasianos do “tormento inútil” que era o ensino do latim. Não que fosse contra o aprendizado dessa língua morta, que, ao contrário, estava em suas cogitações de “burro velho”, “para ter o deleite de conhecer alguns autores no original”. O problema, argumentou, era “a farsa do ensino do latim do ginásio”.

A última crônica

Você abre seu jornal, sua revista, no impresso ou no digital — e dá de cara com a surpresa ruim: cadê o meu, cadê a minha cronista do coração? Aconteceu o que se dá com qualquer escriba. Um dia, some, seja por fastio, literário ou não, seja por haver batido asas para além da imprensa, batido asas deste mundo. Nunca mais, no gênero ao menos, uma palavra daquele ou daquela de quem você, sem se dar conta, acabou docemente dependente. O consolo é saber que a criatura não se foi sem nos deixar uma "última crônica".

Ou até mais de uma, no caso talvez sem similar de Lima Barreto. Quando ele morreu, em 1º de novembro de 1922, sua "última crônica" parecia ser "Novos ministérios", estampada três semanas antes na *Careta*. Mas não: ainda em novembro a revista carioca desovou quatro inéditos do Lima — o último deles, "Herói!", sobre o Samuel, moço que era o desgosto de seu pai, pois não pensava em outra coisa que não fosse jogar *football* — e que, exatamente por essa picada, acabará merecedor da admiração paterna e do ponto de exclamação que faz vibrar o título da crônica.

Fim de história? Que nada: em janeiro e fevereiro de 1924, mais de um ano, portanto, após a morte do colaborador, eis que a *Careta* desenterra mais quatro inéditos do falecido. Mais de um século depois, talvez já se possa afirmar que a derradeira produção de Afonso Henriques de Lima Barreto no gênero foi "Coisas do 'sítio'". Nada a ver com aprazíveis propriedades rurais. Trata-se, ali, do estado de sítio, suspensão de garantias constitucionais que, decretada no final do governo do presidente Epitácio Pessoa (1919-22), vai se estender por praticamente todo o seguinte, de Artur Bernardes (1922-6). Algumas referências fatalmente desbotaram, assim como esmaeceram personagens outrora cintilantes, o escritor Humberto de Campos, por exemplo, ou Carlos Sampaio, o prefeito do Distrito Federal que pôs abaixo o Morro do Castelo. Mas segue vivo e saboroso o sarcasmo com que o Lima fustigava ruindades deste mundo. Ou a ironia que ele asperge nos parágrafos da citada "Novos ministérios", quando sugere a criação de mais uma pasta, a dos "Negócios do 'Pé-de-Meia'", ou, num país onde existe uma Sociedade Protetora dos Animais, um similar que proteja os racionais. Mais de cem anos depois, a sugestão segue valendo.

***

Se pudesse saber que aquela sua crônica será a derradeira, qualquer autor cuidaria para que ela, mesmo sem trombetas nem clarins, tenha o peso de um *gran finale*, ou pelo menos não resulte por demais trivial. Escriba organizado como poucos (dizia-se capaz de encontrar qualquer papel em seus arquivos em no máximo quarenta segundos), Fernando Sabino talvez pensasse num fecho caprichado para a sua intensa atividade de cronista. O fato é que, sem ter chegado ainda à metade dos 81 anos que iria viver, e ativo como nunca, em 1963 ele escreveu "A última crônica". Quase parêntese numa obra em que predominam a leveza e o bom humor, destaca-se também pela emoção sob controle. Se o texto não estiver entre os melhores de Sabino, é com certeza dos mais conhecidos em sua vasta produção.

De Otto Lara Resende, a última crônica que o leitor da *Folha de S.Paulo* pôde ler foi "Águia na cabeça", publicada em 21 de dezembro de 1992. A ave em questão é a de Haia, Rui Barbosa, de quem se conta um feito notável que nem todos conhecem: sua defesa, a primeira que se fez na imprensa em todo o mundo, do capitão Dreyfus, acusado de traição e aprisionado na França. Poucos sabem, também, que ao escrever esse texto Otto lutava para vencer as sequelas de duas delicadas cirurgias na coluna, e que a morte o espreitava uma semana depois.

Também Rubem Braga, às voltas com um câncer, estava na reta final quando escreveu "A paz de Santa Maria de Maricá", vinheta literária carregada de poesia e graça que o jornal *O Estado de S. Paulo* publicará, como a "Águia" de Otto Lara, num 21 de dezembro, no ano de 1990. Fazia então dois dias que o Braga tinha morrido, sozinho em seu quarto de hospital, conforme quis que fosse.

Bem mais moço que os amigos Otto e Rubem, Antônio Maria, aos 43, sabia-se doente do coração (no sentido figurado, inclusive, pois, apaixonado, vira estilhaçar-se o breve casamento com Danuza Leão) — porém seguia funcionando quando se sentou, em 14 de outubro de 1964, para escrever "Uma velhinha", que *O Jornal* publicará na edição de 16, um dia após a sua morte repentina. Fala de uma mulher "bela e frágil por fora", "magrinha", mas que, "se a gente abrir, vai ver, tem um homem dentro". Alguém, aliás, de certa forma parecido com o Maria, "um homem solitário, que sabe o que quer e não cede 'isso' de sua magnífica solidão".

E há também os cronistas demissionários, aqueles que estarão entre os leitores de sua última crônica. Assim deve ter feito Rachel de Queiroz em 22 de janeiro de 1975, ao despedir-se da famosa "última página" de *O Cruzeiro* que foi sua desde 1º de dezembro de 1945, quando ali chegou com sua "Crônica nº 1". Sem avisar que ia embora, ela falou de "um tesouro" bibliográfico: o manuscrito, de quatrocentas páginas, "todo riscado, rasurado, emendado, sobrelinhado" do romance *Til*, de José de Alencar, a que tivera acesso graças ao bibliófilo Plínio Doyle, dono da relíquia. "Me afundo no grande volume vermelho", rejubilou-se a cronista, "lendo, decifrando, adivinhando."

Se Rachel não contou que estava de partida, Carlos Drummond de Andrade fez questão de deixar claro, já no título — "Ciao" —, que naquele 29 de setembro de 1984 estava pendurando as chuteiras de cronista, ao cabo de quinze anos de colaboração no *Correio da Manhã* e outros tantos no *Jornal do Brasil*, para mencionar apenas as publicações a que esteve vinculado por mais tempo desde o remoto ano de 1920. Numa bela página do *Jornal do Brasil*, ao lado da crônica, lá está ele, às vésperas de seus 82 anos, no traço do cartunista Liberati, caminhando para o horizonte enquanto, sorridente, dá adeus ao leitor.

Dois meses depois de Drummond, o *Jornal do Brasil* perdeu também José Carlos Oliveira, que, tendo chegado aos cinquenta anos, julgou ser tempo de concentrar-se inteiro em outro território de seu talento de prosador, a ficção. Sua despedida deu-se em dois capítulos. Em 30 de dezembro de 1984, "à maneira dos narradores de cordel do Nordeste", ele compôs um acróstico em que o cronista diz adeus. "Já não tenho nada a fazer neste ofício", justificou. Com "Feliz Ano-Novo!", no dia seguinte, foi mais direto: "Nunca mais escreverei crônicas".

ÚLTIMA PÁGINA

4.5.46

Amor e casamento

RACHEL DE QUEIROZ

A CARTA é em puro papel de linho francês, dêsses que hoje em dia ninguém mais vê. Tem na borda um friso em relêvo dourado, que por si só é uma preciosidade; tomando a metade superior do papel um desenho complicado, com um arbusto, dois cordeiros, dois pombos, um regato, e uma coluna. Na face externa dessa coluna está escrita a palavra "Amitié" sob uma guirlanda de rosas. Por sôbre a coluna, dois corações em chamas e por sôbre os corações, prêsa ao galho do arbusto com três fitas encarnadas, uma coroa de flores. Dito assim, parece complicado, mas o efeito do conjunto se não é belo, é pelo menos impressionante. Esqueci de contar que ao pé dos carneirinhos vê-se um carcaz com as flechas de Cupido.

Debaixo dêsse abundante armorial amoroso se agasalha uma carta de noivado. A carta em que o meu tataravô, o cirurgião Francisco José de Mattos, combinava o pedido de casamento com aquela que foi minha tataravó, Dona Florinda de Alencar. Estaria êle na primeira casa dos vinte, ela nos seus dezoito. A missiva não traz data, mas fazendo os cálculos pela idade dos descendentes do casal, posso afirmar que foi escrita entre 1840 e 1850.

9.11.1992
2ª feira

O sax e o saque

Otto Lara Resende

RIO DE JANEIRO — *Mesmo antes de ser eleito, a reportagem já tinha esquadrinhado o mais esconso desvão da vida do Clinton. De uns tempos pra cá, o homem público americano perdeu o direito à vida privada. Quem quer ter intimidade não se meta na política. O raio X da investigação não poupa o mais comezinho pormenor. Por fora e por dentro, de costas, de frente e de perfil, por baixo e por cima, o candidato tem de se resignar a uma inspecção em regra.*

A primeira namorada, o braço quebrado, a catapora, uma briga com o vizinho, como perdeu o dente de siso, tudo vem à tona. É uma curiosidade

rock, senão dos E
menos de Little R
do Elvis Presley,
karaoquê, apesar
ajuda. E toca sax. D
saxofonista na Casa
o primeiro maconhe
gar lá.

Alérgico, fumou,
Aliás, a alergia está
no mundo um núme
de vítimas. Deve
vitória do Clinton
para os alérgicos. A
diminuir. Sempre se
ro é um povo music
no promove a mu
Dança e canta por t

Lista de crônicas citadas

As crônicas de outros autores citadas por Humberto Werneck estão disponíveis para leitura no Portal da Crônica Brasileira, assim como a seção "Rés do chão", com versões preliminares das crônicas do autor reunidas neste livro. Acesse o Portal pelo link cronicabrasileira.org.br.

Uma conversa aparentemente fiada
Publicada no Portal como
"Crônica & aguda"
12 de setembro de 2018
"O folhetinista", Machado de Assis

O ouro da crônica
15 de junho de 2021
"Uma editora alegre",
Paulo Mendes Campos
"Confissões de um jovem editor",
Rubem Braga

Rio, capital da crônica
15 de fevereiro de 2019
"Sobrevoando Ipanema",
Paulo Mendes Campos
"Minhas janelas",
Paulo Mendes Campos
"No domingo de manhã...",
Paulo Mendes Campos
"A lagoa", Antônio Maria
"Amanhecer em Copacabana",
Antônio Maria
"Praia do Flamengo",
Rachel de Queiroz
"Faroleiro", Rubem Braga
"A tarde", Rubem Braga

Coisa de artista
15 de outubro de 2018
"A estrela", Rubem Braga

Tesouros de um bibliodisplicente
15 de dezembro de 2021
"O Braga", Antônio Maria
"Opala", Rubem Braga
"O amigo de infância", Antônio Maria
"Everaldino com saudades",
Antônio Maria
"Paris acorda", Antônio Maria
"Desgaste", Antônio Maria

"Eis tudo", Antônio Maria
"Beleza", Antônio Maria
"Estrada afora", Antônio Maria
"Barata entende", Antônio Maria
"O croquete", Antônio Maria

Original até no plágio
30 de novembro de 2018
"Vaidades e uma explicação",
Paulo Mendes Campos
"Amanhecer no Margarida's",
Antônio Maria
"Ao respeitável público",
Rubem Braga
"O crime (de plágio) perfeito",
Rubem Braga

Transpiração, inspiração
15 de janeiro de 2019
"Há um meio certo de começar a
crônica (ou O nascimento
da crônica)", Machado de Assis
"Calor", Rubem Braga
"O amor acaba", Paulo Mendes Campos
"Sombra e água fresca",
Otto Lara Resende
"Carioca da gema", Otto Lara Resende
"Entreato chuvoso",
Otto Lara Resende

Viajar, em mais de um sentido
31 de janeiro de 2020
"Suíça", Rachel de Queiroz
"Ir à Europa", Rachel de Queiroz
"Férias (1957)", Rachel de Queiroz
"Férias (1948)", Rachel de Queiroz
"Meus primos", Antônio Maria
"Em Cachoeiro", Rubem Braga
"Itinerário de férias",
Paulo Mendes Campos
"Era um turista...",
Paulo Mendes Campos
"Turista, mas secreto",
Otto Lara Resende

Sob o céu de Paris
17 de maio de 2021
"Dois escritores no quarto andar",
Rubem Braga
"44, rue Hamelin", Rubem Braga
"As velhinhas da rue Hamelin",
Rubem Braga
"Visitando Marie Laurencin",
Rubem Braga
"De repente", Paulo Mendes Campos
"Cemitérios de Paris",
Paulo Mendes Campos
"Em Paris", Paulo Mendes Campos
"O Sena corre sob a ponte",
José Carlos Oliveira
"Bonjour, alegria", José Carlos Oliveira
"Desejos (1)", José Carlos Oliveira
"Paris", José Carlos Oliveira
"Cadê meu bistrô?",
José Carlos Oliveira
"Solidão, solidão", José Carlos Oliveira
"A que partiu", Rubem Braga

Saudade de tudo e nada
1º de junho de 2020
"Saudade", Rachel de Queiroz
"A viajante", Rubem Braga
"Buenos Aires", Rubem Braga
"O morro", Rubem Braga

“(Carta de separação à garrafa de uísque)”, Paulo Mendes Campos
“O colégio”, Paulo Mendes Campos
“Quando voltei ao colégio...”, Paulo Mendes Campos
“O colégio na montanha”, Paulo Mendes Campos
“De repente”, Paulo Mendes Campos
“A noite em 1954”, Antônio Maria
“O encontro melancólico”, Antônio Maria

O bloco dos cronistas

14 de fevereiro de 2020

“A senha do sotaque”, Antônio Maria
“Carnaval antigo... Recife”, Antônio Maria
“Restos de Carnaval”, Clarice Lispector
“Confete no chão”, Rachel de Queiroz
“Arcaísmo e esparadrapo”, Otto Lara Resende
“Sermãozinho de Cinzas”, Otto Lara Resende
“Carnaval”, Rubem Braga

Fantasias para o Carnaval

28 de fevereiro de 2019

“De São Paulo”, Rubem Braga
“Um saco de confete”, Paulo Mendes Campos
“Rio de fevereiro”, Paulo Mendes Campos
“Carnaval antigo... Recife”, Antônio Maria
“Carnaval”, Rachel de Queiroz
“Carnaval e Cinzas”, Rachel de Queiroz
“Ressaca de Quaresma”, Rachel de Queiroz
“O primeiro livro de cada uma das minhas vidas”, Clarice Lispector

A tristeza (e um possível antídoto)

15 de fevereiro de 2021

“Carnaval”, Rachel de Queiroz
“Restos de Carnaval”, Clarice Lispector
“Ao longo do mar”, José Carlos Oliveira
“A menina Silvana”, Rubem Braga
“O inverno”, Rubem Braga
“A grande festa”, Rubem Braga
“Lembrança”, Rubem Braga
“Galeria”, Rubem Braga
“Meu ideal seria escrever...”, Rubem Braga
“Confissão do engolidor de espadas”, Rachel de Queiroz
“Videoteipe da insônia”, Paulo Mendes Campos
“Professores de melancolia”, Paulo Mendes Campos
“A arte de ser infeliz”, Paulo Mendes Campos

A solidão e a sozinhez

31 de março de 2020

“Para Maria da Graça”, Paulo Mendes Campos
“Talvez”, Paulo Mendes Campos
“O galo”, Paulo Mendes Campos
“Um homenzinho na ventania”, Paulo Mendes Campos

“A metamorfose às avessas”,
Paulo Mendes Campos
“A mulher esperando o homem”,
Rubem Braga
“A grande festa”, Rubem Braga
“Fim de ano”, Rubem Braga
“Cartão”, Rubem Braga
“A casa”, Rubem Braga
“Solidão”, Rachel de Queiroz
“A solidão proibida”, Otto Lara Resende
“Despedida”, Antônio Maria
“Amanhecer no Margarida’s”,
Antônio Maria

A conversa boa de Lima Barreto
11 de setembro de 2020
“Queixa de defunto”, Lima Barreto
“As enchentes”, Lima Barreto
“Até que afinal!...”, Lima Barreto
“Que rua é esta?”, Lima Barreto
“A biblioteca”, Lima Barreto
“Sobre o desastre”, Lima Barreto
“O cedro de Teresópolis”, Lima Barreto
“A derrubada”, Lima Barreto
“Uma partida de football”,
Lima Barreto
“Chapéus, etc.”, Lima Barreto
“Modas femininas e outras”,
Lima Barreto
“Amor, cinema e telefone”,
Lima Barreto
“Esta minha letra...”, Lima Barreto

Joias do Rio
1º de março de 2021
“O papa e a gente”,
Otto Lara Resende
“Mudamos e não mudamos”,
Otto Lara Resende
“Entre lobo e cão”,
Otto Lara Resende
“Se há coisa que me emociona...”, Paulo
Mendes Campos
“E a cidade que se chamava...”,
Paulo Mendes Campos
“O convento”, Lima Barreto
“A derrubada”, Lima Barreto
“O Jardim Botânico e suas palmeiras”,
Lima Barreto
“Relíquias, ossos e colchões”,
Lima Barreto
“Esplanada da Glória”,
Rachel de Queiroz
“Cidade Maravilhosa”,
Rachel de Queiroz
“Lembranças”, Rubem Braga
“Cinelândia”, Rubem Braga
“Alto da Boa Vista & Floresta”,
Antônio Maria
“A lagoa”, Antônio Maria

Quem conta um sonho
15 de maio de 2020
“Solução onírica”,
Otto Lara Resende
“A chave do sonho”,
Otto Lara Resende
“Volte, Zano”, Otto Lara Resende
“Fuga do borralho”,
Otto Lara Resende
“Madrugada”, Rubem Braga
“Sonho”, Rubem Braga
“A longamente amada”, Rubem Braga
“Madrugada II”, Rubem Braga

"História de sonho",
Rachel de Queiroz
"Maria Antonieta",
Rachel de Queiroz
"História de sonho",
Rachel de Queiroz
"No domingo de manhã...",
Paulo Mendes Campos

A mulher, sempre
Publicada no Portal como
"A mulher, no seu dia e sempre"
2 de março de 2020
"Sizenando, a vida é triste",
Rubem Braga
"A primeira mulher do Nunes",
Rubem Braga
"O verão e as mulheres" publicada
na *Manchete* como "Outono",
Rubem Braga
"Viúva na praia", Rubem Braga
"Mulher de nariz arrebitado",
Antônio Maria
"Manequim, osso e pele", Ivan Lessa
"A garota de Ipanema",
Paulo Mendes Campos
"Dona Noca", Rachel de Queiroz
"A antiga dama", Clarice Lispector
"A mulher vestida", Fernando Sabino
"Dona Custódia", Fernando Sabino
"A condessa descalça",
Fernando Sabino
"Cristo ou Crista?", Antonio Torres

O imenso Menino Grande
Publicada no Portal como
"Os 100 anos do Menino Grande"
17 de março de 2021
"A noite em 1954", Antônio Maria
"Carnaval antigo... Recife",
Antônio Maria
"Notas sobre Dolores Duran",
Antônio Maria
"Afinal, o que é que eu sou?",
Antônio Maria
"Engenhos", Antônio Maria
"Notas para um livro de memórias",
Antônio Maria
"Infância, Adolescência, Maturidade
e Morte", Antônio Maria
"Alegria", Antônio Maria

Recados do mar
31 de janeiro de 2019
"Entreato chuvoso",
Otto Lara Resende
"Considerações sobre o sono",
Antônio Maria
"Rio de fevereiro",
Paulo Mendes Campos

Frutos da chuva
16 de março de 2020
"Chuva", Raquel de Queiroz
"Mormaço", Rubem Braga
"Chuva, chave, pastel",
Otto Lara Resende
"Entreato chuvoso",
Otto Lara Resende
"Cordilheira", Rubem Braga
"Chuva", Rubem Braga
"Goteiras", Rubem Braga
"Notas da chuva", Antônio Maria
"O último encontro", Antônio Maria

Encantos e caprichos do mar
17 de junho de 2019
"Visão do mar", Rubem Braga
"Duas meninas e o mar", Rubem Braga
"Um homem", Rubem Braga
"O Rio", Rubem Braga
"O afogado", Rubem Braga
"A primeira vez...", Paulo Mendes Campos
"O que diz o mar", Otto Lara Resende
"O mar", Rachel de Queiroz
"O mar", Antônio Maria
"Banhos de mar", Clarice Lispector
"Maresia", Ivan Lessa

Neste país com nome de árvore
29 de novembro de 2019
"Cabritos na horta", Jurandir Ferreira
"A árvore do doutor Perrone", Jurandir Ferreira
"Dos macacos e da quieta substância dos dias", Jurandir Ferreira
"Parque", Rubem Braga
"Seringueiro", Rubem Braga
"Floresta", Rubem Braga
"Perigo do símbolo", Otto Lara Resende
"O eco de uma voz", Otto Lara Resende
"O índio, nosso irmão", Otto Lara Resende
"Esplanada da Glória", Rachel de Queiroz

Sabiás & urubus
29 de março de 2019
"Negócio de menino", Rubem Braga
"Borboleta", "Borboleta II" e "Borboleta III", Rubem Braga
"Taquicardia a dois", Clarice Lispector
"Tentativa de suicídio", Antônio Maria
"Urubu-rei", Rachel de Queiroz

Um espanto no Planalto Central
Publicada no Portal como "Um espanto faz 60 anos"
15 de abril de 2020
"A nova capital", Rachel de Queiroz
"Capital (II)", Rachel de Queiroz
"Falta de quórum", Rachel de Queiroz
"Cartões de Ano-Novo", Rachel de Queiroz
"O presidente voador", Rubem Braga
"Tempo parado", Rachel de Queiroz
"Nuvem de perplexidade", Otto Lara Resende
"Verão, capital Rio", Otto Lara Resende
"Carta para depois", Paulo Mendes Campos
"Brasília", Paulo Mendes Campos
"Seis sentidos", Paulo Mendes Campos
"Nos primeiros começos de Brasília", Clarice Lispector

A escrita entre as quatro linhas
15 de abril de 2019
"Salvo pelo Flamengo", Paulo Mendes Campos
"O Botafogo e eu", Paulo Mendes Campos
"Bola murcha", Otto Lara Resende

“Ultimamente têm passado muitos anos”, Rubem Braga
“A equipe”, Rubem Braga

Os ritos da amizade
30 de abril de 2019
“Os amigos na praia”, Rubem Braga
“Diário”, Antônio Maria
“Amigos”, Rachel de Queiroz
“Bom dia para nascer”, Otto Lara Resende
“Um escritor, uma paixão”, Otto Lara Resende
“Seus amigos e seus bichos”, Otto Lara Resende
“Chegamos juntos ao mundo”, Otto Lara Resende
“Pequenas ternuras”, Paulo Mendes Campos

Camaradas das letras
15 de julho de 2019
“Chegamos juntos ao mundo”, Otto Lara Resende
“Ao menino e ao destino o poeta permaneceu fiel”, Otto Lara Resende
“Bom dia para nascer”, Otto Lara Resende
“Mozart está tristíssimo”, Otto Lara Resende
“Um ano de ausência”, Otto Lara Resende
“Recado de primavera”, Rubem Braga
“Manuel”, Rachel de Queiroz
“Mário”, Rubem Braga

Até cronista dá crônica
15 de janeiro de 2021
“Dois negros”, Rachel de Queiroz
“Um escritor, uma paixão”, Otto Lara Resende
“Ao menino e ao destino o poeta permaneceu fiel”, Otto Lara Resende
“O jovem poeta setentão”, Otto Lara Resende
“Começo de uma fortuna”, Otto Lara Resende
“Claricevidência”, Otto Lara Resende
“Mãe, filha, amiga”, Otto Lara Resende
“Medo de avião”, Paulo Mendes Campos
“Um ano de ausência”, Otto Lara Resende
“A força do contraste”, Otto Lara Resende
“[Braga, inaugurador-mor]”, Paulo Mendes Campos
“Rubem Braga explicava Portugal…”, Rachel de Queiroz
“O indiscutível Rubem Braga”, José Carlos Oliveira

Prendas de maio
30 de abril de 2020
“Bom dia para nascer”, Otto Lara Resende
“A moda de casar”, Otto Lara Resende
“Mês de maio”, Rachel de Queiroz
“A família Silva”, Rubem Braga
“Sewel”, Rubem Braga
“Bonde”, Rubem Braga
“O pomar”, Rubem Braga

“Êxodo”, Rubem Braga
“Manifesto”, Rubem Braga
“A tarde era de maio...”,
Paulo Mendes Campos
“A penosa urgência...”,
Paulo Mendes Campos
“O gerente deste jornal não...”,
Paulo Mendes Campos
“O cego”, Paulo Mendes Campos
“O cego de Ipanema”,
Paulo Mendes Campos
“Despedida”, Antônio Maria

Alegria, *ma non troppo*
30 de abril de 2021
“Maio”, Lima Barreto
“Domingo”, Rubem Braga
“Aconteceu”, Rubem Braga
“Domingo”, Antônio Maria
“Alegria”, Antônio Maria
“Sábado”, Rubem Braga
“Fim de semana em Cabo Frio”,
Paulo Mendes Campos
“O sol funciona esplêndido...”,
Paulo Mendes Campos
“Entreato chuvoso”, Otto Lara Resende
“O primeiro livro de cada uma das
minhas vidas”, Clarice Lispector

**Carlinhos Oliveira,
um amoroso crônico**
Publicada no Portal como
“Chegue-se a nós,
Carlinhos Oliveira”
30 de novembro de 2020
“O arco-íris”, José Carlos Oliveira
“A árvore de ouro”, José Carlos Oliveira
“A garota de Ipanema”,
José Carlos Oliveira
“A bossa da conquista”,
José Carlos Oliveira
“Paris”, José Carlos de Oliveira
“Carta à rainha da Inglaterra”,
José Carlos Oliveira
“O búzio”, José Carlos Oliveira
“Autobiografia”, José Carlos Oliveira
“Farsantes no cemitério”,
José Carlos Oliveira

Amores de maio
15 de maio de 2019
“Crônica para Thereza”,
Paulo Mendes Campos
“Lua de mel”, Paulo Mendes Campos
“A moda de casar”,
Otto Lara Resende
“Amor e casamento”,
Rachel de Queiroz
“Adultério e considerações”,
Antônio Maria
“A primeira mulher do Nunes”,
Rubem Braga

A insciência do amor
31 de maio de 2019
“A moça e o Gaballum”,
Antônio Maria
“O pombo enigmático”,
Paulo Mendes Campos
“Amor, etc.”, Rubem Braga
“O amor acaba”,
Paulo Mendes Campos
“A descoberta do mundo”,
Clarice Lispector

“Meditações sobre o amor”, Rachel de Queiroz
“Distância”, Rubem Braga
“O coração dos homens”, Antônio Maria

Amor, a quanto nos obrigas
30 de julho de 2021
“Lua de mel”, Paulo Mendes Campos
“Entre aspas”, José Carlos Oliveira
“A bossa da conquista”, José Carlos Oliveira
“Canção do noivo”, José Carlos Oliveira
“História que não acaba”, Antônio Maria
“Coração opresso, coração leve”, Antônio Maria
“Amor”, Rachel de Queiroz
“Amor, amor, amor”, Rachel de Queiroz
“Amor, amor”, Rubem Braga
“Casal”, Rubem Braga
“O apaixonado”, Rubem Braga
“A praça”, Rubem Braga

Quando se pula a cerca
16 de novembro de 2021
“Um direito”, Rubem Braga
“A voz”, Rubem Braga
“Adultério e considerações”, Antônio Maria
“A fidelidade e o queijo”, Antônio Maria
“Não traiam o Machado”, Otto Lara Resende
“Inocente ou culpada”, Otto Lara Resende
“Capitu e o meu ônfalo”, Otto Lara Resende
“Diário de um subversivo — ano 1936”, Rubem Braga
“A praça”, Rubem Braga
“Um homem”, Rubem Braga
“Um diplomata exemplar”, Paulo Mendes Campos
“Entre o bar e o lar”, Paulo Mendes Campos
“Negócio de burro”, Paulo Mendes Campos

João, do Rio mas não só
30 de junho de 2021
“Os trabalhadores de estiva”, João do Rio
“O Brasil lê”, João do Rio
“Estreia”, João do Rio
“Iluminação do Passeio Público”, João do Rio
“Poean”, João do Rio
“Os sports — O foot-ball”, João do Rio
“Clic-clac! O fotógrafo!”, João do Rio
“Um mendigo original”, João do Rio
“O homem que não tem o que fazer”, João do Rio

Sabino, testemunha e personagem
15 de julho de 2021
“Notícia de jornal”, Fernando Sabino
“Assassinato sem cadáver”, Fernando Sabino
“O fio invisível”, Fernando Sabino
“Olho por olho”, Fernando Sabino
“Bolo de aniversário”, Fernando Sabino

“O afinador de pianos”,
Fernando Sabino
“Pó sustenido”, Fernando Sabino
“A volta”, Fernando Sabino
“Conversa de homem”,
Fernando Sabino
“A morte vista de perto”,
Fernando Sabino
“Sexta-feira”, Fernando Sabino
“Basta saber latim”, Fernando Sabino
“O buraco negro”, Fernando Sabino
“A falta que ela me faz”,
Fernando Sabino

Sombras e luzes de agosto

31 de julho de 2019

“Agosto, apenas uma rima para
desgosto?”, Otto Lara Resende
“Abusão e palpite”, Otto Lara Resende
“Agosto recomposto”,
Otto Lara Resende
“Sombras de agosto”,
Otto Lara Resende
“Outro dia, há 30 anos”,
Otto Lara Resende
“Ao cair da tarde”,
Otto Lara Resende
“Jânio”, Otto Lara Resende
“Ontem, hoje, amanhã”,
Otto Lara Resende
“Jânio”, Rubem Braga
“Carta a um amigo”,
Paulo Mendes Campos
“Em agosto morreu García Lorca”,
Paulo Mendes Campos
“O encontro melancólico”,
Antônio Maria
“Coração opresso, coração leve”,
Antônio Maria

O fiscal da primavera

16 de setembro de 2019

“Manhã”, Rubem Braga
“Descoberta”, Rubem Braga
“A primavera chegou”, Rubem Braga
“Recado de primavera”,
Rubem Braga

Tudo em família

15 de agosto de 2019

“Receita de domingo”,
Paulo Mendes Campos
“As horas antigas”,
Paulo Mendes Campos
“Lembranças do Recife”,
Antônio Maria
“O atrabiliário”, Antônio Maria
“Teixeiras I”, “Teixeiras II”
e “Teixeira III”, Rubem Braga
“Réquiem para dois rapazes”,
Otto Lara Resende
“Um corte de linho”, Rachel de Queiroz

Viagens à infância

30 de setembro de 2019

“A viagem”, Jurandir Ferreira
“São Paulo: 1945”, Ivan Lessa
“O exercício de piano”,
Antônio Maria
“Banhos de mar”, Clarice Lispector
“Amor à primeira vista”,
Rachel de Queiroz
“Bicicletai, meninada!”,
Otto Lara Resende

"A vitória da infância",
Fernando Sabino

Boletim de lembranças
28 de junho de 2019
"Quando voltei ao colégio...",
Paulo Mendes Campos
"Ao professor, com pêsames",
Ivan Lessa
"A mesa do café", Antônio Maria
"Ma Sœur", Rachel de Queiroz
"A minha glória literária",
Rubem Braga

Ao mestre, com carinho ou raiva
14 de outubro de 2019
"O rapaz entrou no bar...",
Paulo Mendes Campos
"Quando voltei ao colégio...",
Paulo Mendes Campos
"Assim canta o sabiá",
Paulo Mendes Campos
"Aula de inglês", Rubem Braga
"Ensino", Rubem Braga
"A professora Zilma", Rubem Braga
"Para as crianças", Rubem Braga
"Hesitação", Rubem Braga
"Alfabetização", Rachel de Queiroz
"Sizenando, a vida é triste",
Rubem Braga
"A descoberta do mundo",
Clarice Lispector

Dores da criação
15 de junho de 2020
"Tenho pena da mulher...",
Paulo Mendes Campos
"Um conto em 26 anos",
Paulo Mendes Campos
"Minhas janelas",
Paulo Mendes Campos
"Escrever à noite...",
Paulo Mendes Campos
"Madrugada", Rubem Braga
"Ao pegar da pena", Rachel de Queiroz
"Não escrevam", Rachel de Queiroz
"Vocação literária", Rachel de Queiroz
"Vergonha de viver", Clarice Lispector
"Temas que morrem", Clarice Lispector
"As três experiências", Clarice Lispector
"Novos", Rubem Braga
"Como seria, se não fosse",
Otto Lara Resende
"Novos" (1953) e "Novos" (1954),
Rubem Braga
"Escrever", Rubem Braga
"Ao respeitável público", Rubem Braga

Doce lar, ou nem tanto
16 de julho de 2020
"Adeus", Rubem Braga
"A casa", Rubem Braga
"Quarto de moça", Rubem Braga
"Casa", Rubem Braga
"O inventário", Rubem Braga
"Receita de casa", Rubem Braga
"Morei primeiro, desde que...",
Paulo Mendes Campos
"Casa de pensão",
Paulo Mendes Campos
"Destruindo casas",
Paulo Mendes Campos
"Minha casa, meu lar",
Rachel de Queiroz

“Chegar em casa”,
Rachel de Queiroz
“Segredo do apartamento 912”,
Antônio Maria
“Do diário (sábado, 10-10-1964)”,
Antônio Maria

Um perpétuo vaivém
31 de julho de 2020
“Terra nova”, Rachel de Queiroz
“Devolvam a Rosa de Ouro”,
Rachel de Queiroz
“Filhos adotivos”,
Rachel de Queiroz
“Árabes”, Rachel de Queiroz
“Um corte de linho”,
Rachel de Queiroz
“Os húngaros da Ilha das Flores”,
Rachel de Queiroz
“Êxodo”, Rubem Braga
“Colonos”, Rubem Braga
“Migrações”, Rubem Braga
“Imigração”, Rubem Braga
“Corinto”, Rubem Braga
“Os trocadores de ônibus…”,
Paulo Mendes Campos
“Encontramos nossa amiga…”,
Paulo Mendes Campos
“Petrópolis”, Paulo Mendes Campos
“Morei primeiro, desde que…”,
Paulo Mendes Campos
“Três mudanças trágicas”,
Antônio Maria

O cronista vai ao cinema
17 de agosto de 2020
“O último encontro”, Antônio Maria
“Cangaceiro”, Rubem Braga
“Nas garras do vampiro”,
Rachel de Queiroz
“Mocinho”, Rachel de Queiroz
“Cinema”, Rachel de Queiroz
“Cinema e alfabeto”,
Rachel de Queiroz
“O ano é de 1935…”,
Paulo Mendes Campos
“As irmãs Brontë”,
Paulo Mendes Campos
“O cineasta — Você gostou…”,
Paulo Mendes Campos
“Pergunta: Se o filme…”,
Paulo Mendes Campos

Senhores & senhoras
15 de março de 2019
“O retrato”, Rubem Braga
“O senhor”, Rubem Braga
“Não aconselho envelhecer”,
Rachel de Queiroz
“De armas na mão pela liberdade”,
Rachel de Queiroz
“Era um bonde cheio…”,
Paulo Mendes Campos
“Cemitérios de Paris”,
Paulo Mendes Campos
“Vigor e sabedoria”,
Otto Lara Resende
“A velhice do bebê”,
Otto Lara Resende

Gripes & gripezinhas
5 de abril de 2021
“O pai da ideia”, Lima Barreto
“O médico”, Rubem Braga

“Gente boa e gente inútil”,
Paulo Mendes Campos
“O homem rouco”,
Rubem Braga
“Bursite”, Rubem Braga
“Minha morte em Nova Iorque”,
Rubem Braga
“A consolação da doença”,
Antônio Maria
“Considerações sobre a morte”,
Antônio Maria
“Males do corpo”, Rachel de Queiroz
“Versão atual da peste”,
Otto Lara Resende
“Bula do egoísmo gripal”,
Otto Lara Resende
“Sufoco hipersensível”,
Otto Lara Resende

O riso sem remorso

31 de outubro de 2019

“Vida”, Rachel de Queiroz
“Enterro de anjo”, Rachel de Queiroz
“Primeiro exercício para a morte”, Paulo
Mendes Campos
“Encenação da morte”,
Paulo Mendes Campos
“Tens em mim tua vitória”,
Paulo Mendes Campos
“Diálogo no Caju”,
Paulo Mendes Campos
“A morte de um homem grande”,
Paulo Mendes Campos
“Negócio de vaca com defunto”,
Jurandir Ferreira
“Morte de uma baleia”,
Clarice Lispector
“As três experiências”,
Clarice Lispector
“Considerações sobre a morte”,
Antônio Maria
“Desculpem tocar no assunto”,
Rubem Braga
“O morto”, Rubem Braga
“Morrer de mentirinha”,
Otto Lara Resende
“A morte e a morte do poeta”,
Otto Lara Resende
“Olá, iniludível”, Otto Lara Resende

Cores do preconceito

31 de agosto de 2020

“Abolição”, Rubem Braga
“Fazenda”, Rubem Braga
“O drama da África do Sul”,
Rachel de Queiroz
“Josephine e sua associação antirracista”,
Rachel de Queiroz
“A Lei Afonso Arinos”,
Rachel de Queiroz
“O negro no futebol brasileiro”,
Rachel de Queiroz
“Entrada de serviço”,
Otto Lara Resende
“A forra dos forros”,
Otto Lara Resende
“Convém discutir”, Otto Lara Resende
“Palavras que ofendem”,
Otto Lara Resende

Cardápios da memória

30 de setembro de 2020

“Bolinho de feijão”,
Paulo Mendes Campos

“Rua da Bahia”,
Paulo Mendes Campos
“Aires da Mata Machado escreveu…”,
Paulo Mendes Campos
“Na velha cidadezinha mineira…”,
Paulo Mendes Campos
“Carta a um amigo”,
Paulo Mendes Campos
“Crônica para inapetentes”,
Paulo Mendes Campos
“Raimundo e a vida”,
Paulo Mendes Campos
“Belém do Pará”,
Paulo Mendes Campos
“Lembranças do Recife”,
Antônio Maria
“A mesa do café”,
Antônio Maria
“Alimentação e progresso”,
Rachel de Queiroz
“Difícil porque simples”,
Otto Lara Resende
“O pastel e a crise”,
Otto Lara Resende
“Almoço mineiro”, Rubem Braga
“Sábado”, Rubem Braga

Essas bem traçadas linhas
16 de outubro de 2020
“Cartinha de amor brasílico”,
Otto Lara Resende
“De intenções e amor”,
Otto Lara Resende
“Confidência e indiscrição”,
Otto Lara Resende
“Uma nação extraviada”,
Otto Lara Resende
“Timbrada, mas falsa”,
Otto Lara Resende
“Do diário (sábado, 10-10-1964)”,
Antônio Maria
“Exmo. Sr. Diretor…”,
Paulo Mendes Campos
“Gostaria de escrever esta crônica…”,
Paulo Mendes Campos
“Vocação literária”, Rachel de Queiroz
“Uma carta”, Rachel de Queiroz
“Carta para Catarina”,
Rachel de Queiroz
“Carta aberta aos juízes
do Supremo Tribunal Federal”,
Rachel de Queiroz
“Correios e Telégrafos”,
Rachel de Queiroz
“Remorsos”, Rubem Braga
“Recado ao Sr. 903”, Rubem Braga
“Distância”, Rubem Braga
“Cartão”, Rubem Braga

À prova de crises
30 de outubro de 2018
“Quanto vale o poeta”,
Otto Lara Resende

Quando a musa é Drummond
30 de outubro de 2020
“Azuis, verdes, castanhos”,
Otto Lara Resende
“O poeta e os seus olhos”,
Otto Lara Resende
“E agora, Drummond?”,
Paulo Mendes Campos
“CDA: velhas novidades”,
Paulo Mendes Campos

“O apartamento era desses...”,
Paulo Mendes Campos
“Medo de avião”,
Paulo Mendes Campos
“Há dez, 20 anos”,
Otto Lara Resende
“O poeta faz bodas de esmeralda”,
Rachel de Queiroz
“Carlos Drummond de Andrade”,
Antônio Maria
“Carlos Drummond de Andrade, poeta”,
Rubem Braga
“A feira”, Rubem Braga
“Ai de ti, Copacabana!”, Rubem Braga
“O poeta”, Rubem Braga

A política, por que não?
14 de novembro de 2019
“A restrição mental”,
Otto Lara Resende
“O direito no sufoco”,
Otto Lara Resende
“O cortejo e a mentira”,
Otto Lara Resende
“Direto à fonte”,
Otto Lara Resende
“A cidade sitiada”,
Rachel de Queiroz
“A caça às feiticeiras”,
Rachel de Queiroz
“A capa”, Rubem Braga
“Correspondente de guerra andava
à paisana”, Rubem Braga
“Quando veio a guerra”,
Paulo Mendes Campos
“Lembranças e tiroteios”,
Antônio Maria

Com os melhores (ou piores) votos
13 de novembro de 2020
“Voto”, Rubem Braga
“Eleições”, Rubem Braga
“Tolice”, Rubem Braga
“Cidadania”, Rachel de Queiroz
“Eleições”, Rachel de Queiroz
“Votar”, Rachel de Queiroz
“Feliz eleição”, Rachel de Queiroz
“O apolítico”, Rachel de Queiroz
“O cortejo e a mentira”,
Otto Lara Resende
“O charme da derrota”,
Otto Lara Resende
“Vitória da esquerda”,
Otto Lara Resende
“Coisas deleitáveis”,
Paulo Mendes Campos

Em pauta, a música
15 de dezembro de 2020
“Uma letra e suas voltas”,
Otto Lara Resende
“O galo, o João e o Manuel”,
Otto Lara Resende
“Poeta do encontro”,
Otto Lara Resende
“Discurso a Caymmi”,
Antônio Maria
“Cantor e cantar”, Ivan Lessa
“A alma da música”,
Fernando Sabino
“O coreto”, Jurandir Ferreira
“O piano de cauda”,
Rachel de Queiroz
“Os mais belos versos da MPB”,
Paulo Mendes Campos

“Coisas deleitáveis”,
Paulo Mendes Campos
“Estribilho de uma canção…”,
Paulo Mendes Campos
“Amor, etc.”, Rubem Braga
“Goteiras”, Rubem Braga
“Lúcio Rangel, Sérgio Porto, Vinicius de Moraes…”, Rubem Braga
“Beethoven”, Rubem Braga
“Domingo”, Rubem Braga

O fascínio de Clarice
Publicada no Portal como “O fascínio centenário de Clarice”
15 de janeiro de 2020
“Poeta”, Rubem Braga
“Começo de uma fortuna”,
Otto Lara Resende
“Claricevidência”, Otto Lara Resende
“Uma noite, uma família…”,
Paulo Mendes Campos
“Minhas empregadas”,
Paulo Mendes Campos
“Mãe, filha, amiga”,
Otto Lara Resende

Crônica por detrás da crônica
Publicada no Portal como “Crônicas por detrás da crônica”
29 de janeiro de 2021
“A defunta, como vai?”,
Otto Lara Resende
“Exame de consciência” e “Exame de consciência (2)”,
José Carlos Oliveira
“O búzio”, José Carlos Oliveira
“Esta minha letra…”, Lima Barreto
“Casal”, Rubem Braga
“Clima”, Rubem Braga
“O estranho ofício de escrever”,
Fernando Sabino
“Vaidades e uma explicação”,
Paulo Mendes Campos
“Crônica informativa”,
Paulo Mendes Campos
“O direito de escrever”,
Rachel de Queiroz
“Amanhecer no Margarida’s”,
Antônio Maria
“O néscio, de vez em quando”,
Antônio Maria

Deus e o Diabo na terra da crônica
19 de abril de 2021
“Católico, mas brasileiro”,
Otto Lara Resende
“Nossa alada segurança”,
Otto Lara Resende
“Quem sabe Deus está ouvindo”,
Rubem Braga
“São Cosme e São Damião”,
Rubem Braga
“O proibido”, Rubem Braga
“O cão na catedral”,
Paulo Mendes Campos
“Folclore de Deus”,
Paulo Mendes Campos
“Sobre o demônio”,
Paulo Mendes Campos
“O papa já se manifestou a favor…”,
Paulo Mendes Campos
“Juízo final”, Paulo Mendes Campos
“A Ilha também tem pastores”,
Rachel de Queiroz

“Maio e mãe, mãe e maio”,
Antônio Maria

Bem (ou nem tanto) na foto

1º de junho de 2021

“Insônia”, Paulo Mendes Campos
“A longamente amada”,
Rubem Braga
“A equipe”, Rubem Braga
“Imigração”, Rubem Braga
“Um cartão de Paris”, Rubem Braga
“Do diário (sábado, 10-10-1964)”,
Antônio Maria
“O bocejo do papa”,
Otto Lara Resende
“Instantâneo inaugural”,
Otto Lara Resende
“Da casaca à sunga”,
Otto Lara Resende
“Mas é coisa nossa”,
Otto Lara Resende

Nos dois lados do balcão

16 de agosto de 2021

“Feiras livres”, Lima Barreto
“No ‘mafuá’ dos padres”,
Lima Barreto
“Feira do Arouche”,
Rachel de Queiroz
“Há um golpe de feira…”,
Paulo Mendes Campos
“As horas antigas”,
Paulo Mendes Campos
“As duas faces de um caixeiro”,
Paulo Mendes Campos
“Balcão”, Rachel de Queiroz
“Armarinho”, Rachel de Queiroz
“O homem que calculava”,
Paulo Mendes Campos
“Confissões de um jovem editor”,
Rubem Braga
“Camelôs”, Rubem Braga
“O menino”, Rubem Braga

A arte de despiorar

31 de agosto de 2021

“O sax e o saque”,
Otto Lara Resende
“Vencedor versus perdedor”,
Otto Lara Resende
“O estranho ofício de escrever”,
Fernando Sabino
“Oceano”, Rubem Braga
“Apartamento”, Rubem Braga
“O inverno”, Rubem Braga
“Um caso obscuro”, Rachel de Queiroz
“Meditações sobre o amor”,
Rachel de Queiroz
“Passarinho cantador”,
Rachel de Queiroz
“Os dias se alongam…”, publicada na
Manchete como “Verão”,
Paulo Mendes Campos
“Poetas”, Paulo Mendes Campos
“O galo”, Paulo Mendes Campos
“O amor acaba”,
Paulo Mendes Campos
“Um diplomata exemplar”,
Paulo Mendes Campos
“Talvez”, Paulo Mendes Campos
“Duas variações sobre um tema antigo”,
Paulo Mendes Campos
“Verde, azul, castanho”,
Paulo Mendes Campos

Tipos de todo tipo
30 de setembro de 2021
"A sua vida continua",
Otto Lara Resende
"Mozart está tristíssimo",
Otto Lara Resende
"Plim e plão: Vinicius de Moraes",
Paulo Mendes Campos
"[Luís Camilo]", Paulo Mendes Campos
"Uma senhora", Paulo Mendes Campos
"Maria José", Paulo Mendes Campos
"Visitando Marie Laurencin",
Rubem Braga
"Clóvis", Rachel de Queiroz

Retratos vivos
29 de outubro de 2021
"A velha", Rubem Braga
"Um excêntrico", Jurandir Ferreira
"Sujeitos", Rubem Braga
"O homem sozinho", Jurandir Ferreira
"O gentil-homem Leopoldo Genofre",
Jurandir Ferreira
"Jacinto", Paulo Mendes Campos
"[Pablo]", Paulo Mendes Campos
"[Seu Lauro]", Paulo Mendes Campos
"Um boêmio antigo",
Paulo Mendes Campos
"Pó sustenido", Fernando Sabino
"Dona Custódia", Fernando Sabino
"Das vantagens de ser bobo",
Clarice Lispector

O chato, bom apenas como assunto
15 de outubro de 2021
"Tipos exemplares",
Paulo Mendes Campos
"A arte de ser infeliz",
Paulo Mendes Campos
"O pior encontro casual",
Antônio Maria
"Força de vontade", Rubem Braga
"CF, o 'Chato Felicidade'",
José Carlos Oliveira
"Pelas ruas, de carro",
José Carlos Oliveira
"Descrição", Antônio Maria
"Adamastor – o estranho homem puro",
Antônio Maria
"O retrato da mal viajada",
Antônio Maria

Amor à prova d'água
& outros drinques
30 de novembro de 2021
"Casal", Rubem Braga
"Uma conversa de bar",
Rubem Braga
"Fim de ano", Rubem Braga
"Bêbedos", Rachel de Queiroz
"Um mendigo original", João do Rio
"Nossa rica virtude",
Otto Lara Resende
"O jovem poeta setentão",
Otto Lara Resende
"Réquiem para os bares mortos",
Paulo Mendes Campos
"O bom-copo",
Paulo Mendes Campos
"Bom dia, ressaca",
Paulo Mendes Campos
"A ressaca", Antônio Maria
"Canção de homens e mulheres
lamentáveis", Antônio Maria

Doses de boa prosa
13 de dezembro de 2019
"Cachaça", Rubem Braga
"Momentos", Rubem Braga
"Um sonho de simplicidade", Rubem Braga
"Os bons espíritos", Otto Lara Resende
"Festinha de aniversário", Otto Lara Resende
"Balada de Luís Jardim", Paulo Mendes Campos
"Um homenzinho na ventania", Paulo Mendes Campos
"Jacinto", Paulo Mendes Campos
"Tragédia de casamento", Rachel de Queiroz
"Era um homem muito bom", Antônio Maria

Rituais e falas de dezembro
13 de dezembro de 2018
"Frases de dezembro", Antônio Maria
"Canção de fim de ano", Antônio Maria
"Presente de Natal", Rachel de Queiroz
"Os reis magos", Paulo Mendes Campos

Inventários & sonhos
27 de dezembro de 2018
"Adeus, 1947", Rachel de Queiroz
"O outro foi melhor", Otto Lara Resende
"O futuro pelas costas", Otto Lara Resende
"Sim ao sonho", Otto Lara Resende

Serenidade, ceticismo — e paciência...
Publicada no Portal como "Com serenidade e ceticismo — e paciência..."
31 de dezembro de 2019
"O menino", Rubem Braga
"Fim de ano", Rubem Braga
"1951", Rubem Braga
"Ano mau", Rachel de Queiroz
"Um ano de menos", Rachel de Queiroz
"Remate de ano", Rachel de Queiroz
"Outra fachada", Otto Lara Resende
"O mundo precisa de gente feliz", Otto Lara Resende
"É proibido sonhar a bordo de 1992", Otto Lara Resende
"Canção de fim de ano", Antônio Maria

Começar tudo outra vez
31 de dezembro de 2020
"Notas negras", José Carlos Oliveira
"Mensagem de Natal", José Carlos Oliveira
"No ano da graça de 46", Rachel de Queiroz
"Ano-velho, ano-novo", Rachel de Queiroz
"Meditações de janeiro", Rachel de Queiroz
"Balanço - 1", "Balanço - 4" e "Balanço - 5", Paulo Mendes Campos
"Bula do egoísmo gripal", Otto Lara Resende

"A graça de esquecer", Otto Lara Resende
"Janela", Rubem Braga
"A companhia dos amigos", Rubem Braga
"Passa", Rubem Braga
"Votos para o Ano-Novo", Rubem Braga

Assunto, assuntinho & assuntão

15 de setembro de 2021

"Palavras inventadas", Otto Lara Resende
"Escanção e luas", Otto Lara Resende
"Nós, os poluidores", Otto Lara Resende
"Teimosia boba", Otto Lara Resende
"Palavras que ofendem", Otto Lara Resende
"Problemão sem solução", Otto Lara Resende
"No 'mafuá' dos padres", Lima Barreto
"Exemplo a imitar", Lima Barreto
"Médicos e gramáticos", Lima Barreto
"Se mais houvesse", Otto Lara Resende
"Ensino", Rubem Braga
"Latim", Rubem Braga

A última crônica

30 de dezembro de 2021

"Novos ministérios", Lima Barreto
"Herói!", Lima Barreto
"Coisas do 'sítio'", Lima Barreto
"A última crônica", Fernando Sabino
"Águia na cabeça", Otto Lara Resende
"A paz de Santa Maria de Maricá", Rubem Braga
"Uma velhinha", Antônio Maria
"Crônica nº 1", Rachel de Queiroz
"Um tesouro", Rachel de Queiroz
"Ciao", Carlos Drummond de Andrade
"O cronista diz adeus", José Carlos Oliveira
"Feliz Ano-Novo!", José Carlos Oliveira

Crédito das imagens

(p. 4) "Talvez", de Paulo Mendes Campos. Publicada no *Diário da Tarde* (sem data) e no livro *O cego de Ipanema* (Rio de Janeiro: Editora do Autor, 1960). Acervo Instituto Moreira Salles.

(p. 4) "Entreato chuvoso", de Otto Lara Resende. Publicada em 25 de janeiro de 1992 na *Folha de S.Paulo* e reproduzida em *Bom dia para nascer: crônicas publicadas na Folha de S.Paulo* (seleção e posfácio de Humberto Werneck. São Paulo: Companhia das Letras, 2011). Acervo Instituto Moreira Salles.

(p. 12) "Um boêmio antigo", de Paulo Mendes Campos. Publicada em 26 de dezembro de 1959 na *Manchete*. Acervo Instituto Moreira Salles.

(p. 12) "Não escrevam", de Rachel de Queiroz. Publicada em 8 de maio de 1946 em *O Cruzeiro*. Acervo Instituto Moreira Salles.

(p. 278) "Amor e casamento", de Rachel de Queiroz. Publicada em 4 de maio de 1946 em *O Cruzeiro*. Acervo Instituto Moreira Salles.

(p. 278) "O sax e o saque", de Otto Lara Resende. Publicada em 9 de novembro de 1992 na *Folha de S.Paulo*. Acervo Instituto Moreira Salles.

Sobre o autor

Humberto Werneck, escritor, cronista e jornalista, é mineiro de Belo Horizonte (1945) e vive em São Paulo desde 1970. Repórter e editor, trabalhou em publicações como *Suplemento Literário* do *Minas Gerais*, *Jornal da Tarde*, *Jornal do Brasil*, *Veja*, *IstoÉ* e *Playboy*. Por dez anos, foi cronista semanal em *O Estado de S. Paulo*, de 2010 a 2020, e, de setembro de 2018 a dezembro de 2021, editor do Portal da Crônica Brasileira, do Instituto Moreira Salles. Desde 2017 é editor sênior da revista de livros *Quatro Cinco Um*.

É autor, entre outros livros, de *O desatino da rapaziada* (1992), *O santo sujo: A vida de Jayme Ovalle* (2008), *Pequenos fantasmas* (2005, contos), *O pai dos burros: Dicionário de lugares-comuns e frases feitas* (2009), *O espalhador de passarinhos* (2021), *Esse inferno vai acabar* (2011) e *Sonhos rebobinados* (2014), os três últimos de crônicas.

Organizou, entre outras coletâneas, *Boa companhia: Crônicas* (2005), *Bom dia para nascer* (2011), seleção de crônicas de Otto Lara Resende, e *Minérios domados* (1993), primeira reunião da poesia de Hélio Pellegrino.

É membro da Academia Mineira de Letras.

Esta edição segue o Novo Acordo Ortográfico
da Língua Portuguesa

1ª edição: junho de 2025, 2 mil exemplares

EDIÇÃO Tinta-da-China Brasil
PREPARAÇÃO Karina Okamoto
REVISÃO Henrique Torres • Rachel Rimas
COMPOSIÇÃO Denise Matsumoto
CAPA Vera Tavares

TINTA-DA-CHINA BRASIL
DIREÇÃO GERAL Paulo Werneck • Victor Feffer (assistente)
DIREÇÃO EXECUTIVA Mariana Shiraiwa
DIREÇÃO DE MARKETING E NEGÓCIOS Cléia Magalhães
EDITORA EXECUTIVA Sofia Mariutti
ASSISTENTE EDITORIAL Sophia Ferreira • Tamara Sender
COORDENADORA DE ARTE Isadora Bertholdo
DESIGN Giovanna Farah • Beatriz F. Mello (assistente) •
Sofia Caruso (estagiária)
COMUNICAÇÃO Clarissa Bongiovanni • Yolanda Frutuoso •
Livia Magalhães (assistente)
SOCIAL MEDIA Migue Oliveira
COMERCIAL Lais Silvestre • Leandro Valente • Tatiane Caetano
ADMINISTRATIVO Karen Garcia • Cleiton Santos (analista) •
Joyce Bezerra (assistente) • Letícia Lofiego (estagiária)
ATENDIMENTO Victoria Storace

Largo do Arouche, 161, SL2
República • São Paulo • SP • Brasil
editora@tintadachina.com.br • tintadachina.com.br

DADOS INTERNACIONAIS DE CATALOGAÇÃO NA PUBLICAÇÃO (CIP)
DE ACORDO COM ISBD

W492v Werneck, Humberto
Viagem no país da crônica / Humberto Werneck. - São Paulo :
Tinta-da-China Brasil, 2025.
304 p. : il. ; 14cm x 21cm.

ISBN 978-65-84835-43-6

1. Literatura brasileira. 2. Crônicas. I. Titulo.

CDD 869.89928
2025-1694 CDU 821.134.3(81)-94

Odilio Hilario Moreira Junior - CRB-8/9949

ÍNDICES PARA CATÁLOGO SISTEMÁTICO

1. Literatura brasileira: Crônicas 869.89928
2. Literatura brasileira: Crônicas 821.134.3(81)-94

Viagem no país da crônica foi composto em
Adobe Caslon Pro, impresso em papel Golden 78g,
na Ipsis, em maio de 2025, nos oitenta anos de
nascimento de Humberto Werneck